KB170529

넘다,
여성 시인 백년 100인보

한경용

넘다,

여성 시인 백년 100인보

초판발행 2019년 9월 15일   제 1판 인쇄

지 은 이 | 한경용
펴 낸 이 | 김성규 박정이
편집인 겸 편집주간 | 박정이
펴 낸 곳 | 도서출판 시담포엠

출판등록 | 2017. 02. 06
등록번호 | 제2017-46호
주　　소 | 서울시 강남구 테헤란로 311-1321호<역삼동, 아남타워>
대표전화 | 02)568-9900 / 010-2378-0446
이 메 일 | miracle3120@hanmail.net

©2019 한경용
ISBN 979-11-89640-04-0
값　　25,000원

* 잘못된 책은 구입하신 서점에서 교환해 드립니다.
* 이 책의 저작권과 전송권은 저자와 출판사에 있습니다.
* 이 도서의 국립중앙도서관 출판시도서목록<CIP>은 서지정보유통지원
  시스템 홈페이지(http://seoji.nl.go.kr)에서 이용할 수 있습니다

넘다,
여성 시인 백년 100인보

한경용

도서출판 시담포엠

마네의 초대장

　내가 안개에 젖었다가 당신을 초대 한다면 세느가 정원 금련화와 장미 벚꽃 사이 봄바람과 함께 풀밭 위의 점심에 응해 주리까. 비온 뒤 연록이 짙어갈 때 슬픔도 짙어 가는지 알 수 없지만 출렁이는 빛의 물결에 거추장스런 드레스와 모자를 벗고 현란한 혀의 유혹에 빠져보려오. 사과 향에 취한 호랑나비, 수련에 나래 접는 물결, 일렁이는 꽃구름에 접힌 시각은 빛의 입자이며 색채의 마술이어라. 동일한 사물이 언어에 따라 어떻게 변하는가를 보여 주려오. 여성의 문신, 장미 이슬의 연작은 시마(詩魔)에 빠진 우주적 시선이오. 햇살에 반짝인 당신의 살결, 땀 베인 내 실크셔츠, 붓의 떨림, 뒤섞이는 무늬, 공통적 색체(色體)의 배열

차례

차례

3부 1970년대 등단

4부 1980년대 등단

차례

5-1부 1990년대 전반 등단

차례

5-2부 1990년대 후반 등단

차례

6-1부 2000년대 전반 등단

차례

차례

6-2부 2000년대 후반 등단

제1부

1917~1959 년 까지 등단

탄실 **김명순**, 한없이 넓고 먼

안개의 나라에선 해를 보고 달이라 하지, 눈물 샘 너머 망양생, 먼 바다로 가면 슬픔이 잊혀 질지도 몰라, 나는 처음부터 신태양을 부른 의심의 소녀, 그대들의 등 뒤에서 별(別) 그림을 생명의 과실로 따리라. 매미 울음은 파아란 문장의 운율, '나'라는 계절이 출입금지 되었다면 당신들이 일군 고압전선은 벌레 탄압 쾌락추종자일 뿐, 자가자무(自歌自舞)라며 실시간 헛소리라 하리라. 그래요, 인간실격 문단에선 모두가 헌 문장을 좋아하세요. 난봉주의자가 말하는 탕녀의 소리로 당신들의 일그러진 욕망을 복제캐릭터로 그릴래요. 아오야마 뇌병원에서 새들의 유언을 들었나요. 사이코 패스 연인은 무위도취로 떠나도 세상망언 숨은 꽃은 음주가무 망나니의 귀환을 반기지요. 나쁜 피 콤플렉스는 작품보다 사생활을 즐긴다면서요. 불과 얼음의 갈림길, 꽃과 칼의 자백, 차라리 우물 안 아기 인형과 놀래요. 그 곳은 황녀의 섬이라지요. 불행 상속녀와 자존감 수업을 함께할 용기가 있다면 또 다른 뇌는 마음앓이를 하지 않아도 되죠.

'여자계'의 거듭나기로 자화상을 그린 종이여자 탄실, '나, 거기 있어 줄래요?'

정신병동의 연대기에선 지금 한밤인지 한낮인지 몰라요.

'조선아 내가 너를 영결할 때 개천가에 고꾸라졌던지 들에 피 뽑았던지 죽은 시체에게라도 더 학대해다오. 그래도 부족하거든 이 다음에 나 같은 사람이 나더라도 할 수만 있는 대로 또 학대해 보아라. 그러면 서로 미워하는 우리는 영영 작별된다. 이 사나운 곳아, 이 사나운 곳아.' *

* 탄실 김명순의 시 '유언'전문

김명순
1896~1951, 단편소설 '의심의 소녀' 1919년 청춘의 현상소설에서 당선되어 등단, 창작집 '생명의 과실' 1925 외 다수 발표

나혜석, 파리의 우중조(雨中鳥)

　나, 혜석은 여자이기 전에 인간이라오. 또한, 예술가라지요. 첫사랑은 동경 유학시절 시인 최승구라오, 각혈을 추상화처럼 쏟고 떠나 버렸소. 김우영 외교관과 결혼하면서 '네 가지 조건'*을 걸었지요.

　세상 밖으로 다니며 몽마르트르의 비시에르 화실에서 사사받으며 피카소나 마티스와 압생트 한잔 했으니 이 또한 영화의 스토리 아니겠소. 사랑을 나누기 하는 입체파보다 훔치는 야수파들이 전후 파리의 낭만이라 좋았소. 나, 혜석의 한 걸음은 조선 여성 전체의 진보라니 좋았소.
　'어머니가 된 감상기'에 쓴
　'아이는 엄마의 살점을 떼어가는 악마'라는 싯귀가 귀신 되어 일파만파라지요.

　당신이 베를린 법대로 간 사이 나, 혜석은 최린과 파리의 연인이 되었다오. 그와 세느에서 시와 그림과 샹송에 취한들, 파리는 안개에 젖었을 뿐이라오. 그와 그의 예술적 조예를 사랑했소. 농중조(籠中鳥)였으니 비에 젖은들 좋았소. 그러나 당신과 이혼을 아니 하렵니다. 그냥 헛개나무 꽃에 날아온 꿀벌이었다 생각하오, 미라보다리에서나 영변약산에서나 사랑은 통속적으로 피어나는 것, 그것이 예술의 뿌리라면 이해

되겠소. 그러나 동양극장 토월회의 연극 배역처럼 이혼도 예술이었다라고 나, 혜석은 이혼 고백서를 쓴다오.

김우영, 먼저 당신에게 묻노라. 베를린의 연인과는 구름 한점 없이 바다에 빠진 하늘같은 관계였나요. 두 버드나무가 미동 하나 없이 그늘에서 마주할 수만 있었나요. 당신의 법률적인 사랑, 차라리 흔들바위에 세운 목신에게 판결을 물으리다. 당신이 폭풍으로 암자의 절을 폐한다면 어찌 막겠소. 이제 천도교 도령 최린을 상대로 정조유린 위자료 청구 소송하였다고 세상 사람들아, 웃지 마라우. 종로 화신에 걸린 자화상이 다시 보니 타화상이라 좋고, 스페인 항구 목로주점에서 그린 여인을 자화상이라 한들 좋소. 딸들아, 에미의 발걸음 하나하나 행려병자로 간들, 자욱마다 봉선화로 압화 하면 좋아라.

내가 쓴 "경희"소설에는 처녀가 조혼을 반대하며 아버지에 맞선 이야기뿐이라오. 내 보다 한 살 많은 사춘기 처녀가 나의 아버지의 어린 첩이었으니 신파극이라 해도 좋겠소.

"조선남성들 보시오. 그네들은 적실, 후실에 몇 집 살림, 요조숙녀 현모양처 열녀문을 세우랴. 여자도 사람이외다!"

한순간 분출하는 감정, 스펀지로 빨아들인 실수도 하는 그
런 사람이외다.
　　그대들은 인형을 원하는가, 항상 방긋방긋 웃기만 하는 인
형 말이오. 나와 노라는 동지, 그대들의 노리개를 거부하오.

* 파격적인 네 가지 조건은 1) 일생을 두고 사랑해 줄 것, 2) 그림 그리는
것을 방해하지 말 것, 3) 시어머니와 전실의 딸과는 함께 살지 않도록 해
줄 것, 3)그리고 첫사랑 최승구의 묘지에 비석을 세워줄 것, 이었다. 정말
로 김우영은 고창 신혼여행 길에 목포에 들러 최승구의 묘에 비석을 세워
주었다고 한다.

나혜석
1896~1948, 단편소설 '경희', 1918 바료, 사 폐허, 냇물 폐허 1921, 이혼고백서, 삼천
리 1934년, 8~9월 호, 외 다수 발표

김일엽, 수덕사의 흰

스님 밤이 깊습니다. 이 밤이 깊은 만큼 물도 산도 여우의 울음도 깊어 가겠지요. 환희대를 지나다 보니 아직 등불이 켜져 조심조심 걸어갔습니다. 낮에는 '청춘을 불사르고'를 읽은 불자 여인이 왔었습니다. 저처럼 그 책을 읽은 예비 비구니로 보입니다. 사랑에 돌팔매를 맞은 탄실은 일본에서 풍찬노숙하고 혜석은 수덕여관에 와서 그림에 정진하는데 심덕은 사랑과 함께 현해탄으로 몸을 날렸다지요. 그렇다면 스님은 속세를 버리고 큰 스님이 되셨군요. 암울했던 시대, 앞서간 신여성들을 생각해 봅니다. 일엽(一葉)이란 필명은 춘원께서 스님의 아름다운 필체에 반해 지어준 이름이었다 하죠. 채공 준비를 하다 보면 바람에 흐느끼는 솔의 소리사, 허공에 스치는 것을 느낄 수 있습니다. 촛불에 비친 법당의 그림자, 목탁 소리 이 밤에 소승의 심장을 앓히는군요.

스님의 유일한 아들이 찾아온 날, 어미라 부르지 마라. 차갑게 거절하시는 모습에, 행자의 쌀 씻는 소리 새들이 우는 소리에 함께 실려 나갔습니다. 108번뇌 함께 묵언의 찰나, 어이 풍경소리도 멈추는지 모두가 불타의 뜻인지요. 일주문에서 서성이던 중년 신사분의 얼도 천년의 쇠북에 고여 울릴 것인지요. 고찰을 덮은 풍악은 곧 백설을 맞을 것이며 고요에 덮혀 있을 칠층석탑은 흰, 그냥 그 자리에서 녹히겠지요.

'아이가 걸어간 눈길에 문명의 바퀴 굴리지 마라.'시던 스님의 말씀, 소승은 선림(禪林)을 향해 걷고 있을 것입니다.

　웅산 합장

* 최남선의 신체시 '해에게서 소년에게' 보다 1년 앞 선 김일엽의 1907년 국문 자유시 '동생의 죽음'을 발표했다.

김일엽
1896~1971. 1920. 03월 잡지 '신여자' 발행인 주간을 하며 시, 소설, 평론을 주로 씀, '나의 정조관을 조선일보에 1027년 발표. '청춘을 불사르고' 문선각 1962, '행복과 불행의 갈피에서' 휘문출판사 1965, 외 다수 발표

노천명, 시인 기림에게

　당신은 나를 나는 백석을 백석은 자야를 사랑하여 우리들의 시문학청춘은 짙어 가고 상사(相思)로 시름시름 앓아 동천(冬天)이 걷힐 때 까지 흰 돌에 벌꿀 삶은 물로 칩거할 때 병문안 온 기림, 끝내 내가 방문을 열지 않자 댓돌 앞 당신, 흰 눈 위 발자국을 남기며 돌아갔지요. 기다림이 길어 슬픈 기림이여, 천명 외는 기댈 데 없는 천명이여, 나는 고백하오. 아슬아슬 붓끝으로 황도정신을 필하였다고, 6.25 전쟁 중 당신은 납북되고 북에서 온 임화, 나를 조선문학가 동맹에 강제 가담케 하더니 환도 후에는 부역을 했다하여 20년 구형, 창밖 하늘이 노랗게 원고지가 되었다오. 시인 김광섭과 조선문협의 구명운동으로 출소하여 베로니카 세례명을 받았다오.
　나는 표범에 쫓기는 겁에 질린 사슴 한 마리, 내 나이 스무 서른에는 정치도 이념도 아무것도 몰라요. 난 열 아홉 살 시심인걸요. 갈팡질팡 가시밭 시대 피 흘리고 있었어요. 이제 세기적 여명에 4강의 독아에서 남과 북은 마침내 판문점 합의를 이룬다면 얼마나 기다렸던 아침인가요.
　한라에서 백두까지 좌우익 나누던 그 몸뚱이들 어둠으로 몰아내고 내가 쓴 '싱가폴이 함락되다'를 누가 '제국주의자들이 함락되다'로, 죽은 후 퇴고하여 준다면 나와 백석의 사슴이 만날 수 있겠는지요. 백석은 '노천명, 모윤숙, 최정희를 조선의 신여성 삼인방이라우.' 그랬어요. 우리가 10년만 늦게 태어났어도 맹목의 구렁이를 피해, 방탄처녀단은 되지 않았을 것을, 윤숙이는 얼굴도 성격도 잘 달리는 준마상이라 새 시대에도 무슨 일이든 잘할 거예요.

이제는 새들의 청맹 할 날을 위해서 안개를 거두어 와 청보리 밭에 심어야겠죠. 키 크고 잘 생긴 기림, '누구든 늘 좋은 낯으로 대하는 우수한 견본'이라고 이상 선생은 당신을 평하였죠. 당신이 납북되기 전 중절모자 교수 시절 기억하오. 백석을 그리는 나를 기다리던 당신의 마로니에, 나의 찬바람을 막아 주던 당신의 외투, 그 때의 사랑 천명 부름 받고 나도 갈게요. 미안해요, 나, 조국, 그리고 당신, 홀로 사슴이었을 뿐이라오.

'이는 꿈일 게다. 진정 꿈일 게다.' *

* 1957.12.10 새벽 1시 30분, 서울 서촌의 가옥, 양녀 인자가 보는 앞에서
  중얼 거리며 시인은 절명하다.

주 : 노천명은 조선중앙일보학예부 기자로 근무하면서 활발한 창작활동을
해오다가 조선문인협회 간사로 일하기 시작한 40년대부터 본격적인 친일
활동에 참여하게 된다. 2009년 11월 8일 편찬한 친일인명사전에 오르다.

노천명
1912~1957. 1932년 '밤의 찬미'를 신동아에 발표하면서 등단, 산호림, 1938, '별을 쳐
다보며', 1953, '꽃길을 걸으며' 1967, '나의 생활백서' 1954

모윤숙, 메리 앤 모의 비창

시몬

　바람소리 낙엽 우수수 100년을 적습니다. 아프리카 숲 속
에서 홀로 우는 새, 렌(ren)은 기도를 합니다.

　국권침탈 된 해 탄생한 아기는 이미 운명교향곡을 들었으
리오.

　만주로 가면 조선말을 가르칠 수 있다기에 희망자가 없는
용정, 명신여학교에서 교편을 잡기도 하였습니다.

　신여성 선배들의 불행한 애정 행각이 싫었습니다.

　얼마나 사무쳤으면 등단작이 '피로 새긴 당신의 얼굴'이었
을까요.

시몬

　당신은 사랑에 수줍은 지도자, 식민 조국의 허약한 지식인,

　'렌의 애가'는 어둠의 시대 어떤 소나타로 불러야 하는지요,

　당신은 '시몬 베드로'였나요.

　진리 탐구자로서의 용감성과 예수를 배반하는 비겁성에 달
의 뒷면에서 괴로워했습니다.

시몬

　나는 그대의 발자취를 따라 먼 길을 가고 싶었습니다.

　단 한 번도 내 생애 사랑을 받아 보질 않았습니다.

부름과 명령만 받아 왔습니다.

그윽한 눈빛, 사랑의 로망에게 이가 시리도록 사랑을 받고 싶은 적이 왜 없었겠습니까.

올가미 텃밭에서 제국의 태양을 숭배한 게 부끄럽습니다.
꽉 익은 까만 시로 여물어 갈수 없던 슬픈 우리 젊은 날,
당신은 나의 '빛나는 지역' 머리말에서 꿈꾸었지요.
화관을 머리에 이고 떨군 당신의 모습
지난여름 무수히 영근 수치의 관이 해질녘 텃밭에서
고개 숙여 있습니다.
나팔수인들 나름, 녹색 영토로 짙어 갈 수 있다고 생각했지요.

시몬
빙글빙글 돌던
울안의 모가지를 부러뜨리기에는
우리는 너무 힘이 약했습니다.
창공을 나르다
유황도의 모래에 묻힌 청년들이여,
꺼이꺼이 새가 되어 내 죄를 씻느라
여성인재가 없는 신생 공화국

외교일선에서 한 짧은 영어,
헬프 코리아, 오, 피스 코리아

시몬
산골짜기에 혼자 누워있는 국군을 보았습니다.
그를 보자 급히 혈로서 하얀 치마에 써 내려 갔습니다.
초목도 우는 국토를 부여안고
혼자 살아 나온 생명이라,
"당신의 애무를 원하기보다 당신의 냉담을 동경해야 할 저
입니다.
용서하세요. 그러나 당신의 빛난 혼의 광채를 벗어나고는
살수가 없었습니다."

고개 위로 흐르는 구름
영운嶺雲

추신 : 조선 문인 협회 간사로서 친일 단체에 가입하여 강연, 저술 활동하다. 특히 일제의 대동아공영권 논리를 형상화 한 전쟁 찬양시를 발표하다. 그러나 1940년에는 '조선의 딸' '이 생명을' 발표하여 경기도 경찰서에 구류되기도 하고 일제의 창씨개명에 반대하다. 1990년 6월 7일 별세했고, 6월 8일 대한민국 금관문화상이 추서되었다. 1996년 '영운嶺雲 모윤숙 문학 산실'의 문학비가 한남동 자택에 건립되었다. 2009년 11월 8일 친일인 명사전에 등재되다

모윤숙
1909~1,990. 1931 동광에 '피로 색인 얼굴'을 발표하면서 등단, 빛나는 지역, 1933, 창문사.'옥비녀' 1947. '렌의 애가' 청구문화사, 1949. 1949년 '문예'발행인 주간 '국군은 죽어서 말한다' 자유문학 1987. '고독을 부르는 시몬', 어문각 1986 외 다수

이영도 유성(流星)

　예총 회의 마치고 비도 사람도 줄줄줄 미아리 정진규 시인 댁 처마 밑에 서 있었소. 싯방울이 물방울로 합해지다 갈라서다 무엇이 그리워 다시 만나 돌 뿌리 부딪쳐 흙탕물로 뒹굴다 가는 길은 하나로 졸졸졸, 귀갓길 정시인이 "선생님!" 하며 반겨 묵어가기로 했소 당신처럼 교사이고 단아한 신혼의 변 선생이 차려주는 주안상 송구스러움에 어이 할지 몰라 빗소리 마음소리 문학소리 웃음소리 허튼소리로 화답했지요. 발령 받은 부산 영도의 여학교가 참으로 좋소. 마치 우리의 통영여중 근무 시절처럼 바람 부는 날은 이송도로 내려 와서 '파도여 날 어쩌란 말이냐', 맑은 날은 고갈산에 올라 '이것은 소리 없는 아우성', 영도다리 건너면 간판마다 당신이라 품 안에 있는 듯 하하핫, 그럼 영(永)을 품고 시詩를 베고 허虛를 안고 우雨에 취해 객客을 덮고 정시인 댁이라 이만 자려 하오. 내년 2월 13일 부산 예총 마치면 시집 상재할 것이오. 그러면 날마다 그리운 영의 포켓 깊숙이에서 노닐, ―마馬

　그리움을 빼면 우리는 아무것도 아니었네
　더불어 사랑 별똥 향해 나눠 가졌네
　다른 장소 다른 시각 죽어서 멀고 먼 길
　창찬唱贊한 영겁 동반하길 바랬네
　동천冬天의 하얀 죽음 배반의 장미송이

함께한 그날의 성좌 홀로 남아 우러르네
머나먼 사념의 길목 '애정은 기도처럼'
'비둘기 내리는 뜨락' 어디서나 달무리로 영(永)

주 : 유치환 시인이 1967년 2월13일 부산 좌천동에서 교통사고로 소천하다.
   그 후 1년 만에 쓴 이영도 시조시인의 수필 제명이 유성(流星)이다.

이영도
1916~1976. 1945, 12월, 대구의 동인지 '죽순'에서 '제야'를 발표하면서 시조 등단,
'청저집', 1954 문예사, '석류',1968, '비둘기 내리는 뜨락', 1966 외 다수

홍윤숙, 지금 여기에서

나는 없다. '사는 법'이 죽는 법, 날지 못하는 날개는 떼어 버려요. 하루에 열두 번도 하늘 보는 법, 나는 있다 죽는 법 이 사는 법, 해방 후 최초 등단 여성 시인으로 풀잎처럼 사 는 법, 평안북도 정주 출생으로 들꽃처럼 야행하며 사는 법, 스무 살 무대 위의 운동권학생으로 포복하며 사는 법, 곱디 고운 소녀 같다는 말은 하지 말아주오. 한 사발의 목숨을 위 하여 전란 중에 북의 보위부에 조사 받으며 사는 법, 피의 내림 길에서 죽지 못할 유서는 쓰지 말아요. 환도 후에는 되 도록 몸은 작게 숨만 쉬며 사는 법, 전향한 남편이 정계 입 문 후 남파 공작으로 몰리면서 수감 생활 뒷바라지 추운 몸 살 부비고 남은 불 지피면서 사는 법, 이데올로기의 한 복판 에서 태양에 살을 지지며 4남매를 데리고 단단한 열매로 사 는 법, "가고 싶었다. 폐허로 변한 거리 그 모든 것이 포탄에 흔적 없이 사라졌다 한들" '생명의 향연'을 위해 전쟁의 외상 과 더부살이 하며 사는 법

1983년 오월 정오, 무역 회사 초년병 시절, 그 당시 자유 중국 대사관 앞길로 단발의 여사가 수채화처럼 걸어오고 있 다. 나부끼는 한복 통치마와 나래 접은 저고리, 단아하고 쓸 쓸하게 젖은 눈빛, 단 숨에 달려가서 인사를 했다. "홍윤숙 시인님이시죠, 신문에서 많이 뵈었어요." 스치는 아카시아 향

기가 잠시, 그해 겨울 시인님의 '사는 법'을 2,000원에 사서 지금 여기에서 읽는 법, 등단 후 행사에서 "선생님, 저 모르시겠지만 30년 전 명동에서 뵌 청년입니다." 저녁의 미소가 은빛으로 사는 법

2015년 시월 저녁, 시협에서 받은 부고 문자 '단풍 따라 곱게 간 시인을 찾습니다.' 마치 중국 대사관 앞이라는 것을 아는 듯이, '명동백작'에서 '사는 법'과 동동주하다 장례식장 2호실 앞에서 멈춘 발, 마지막 시집은 '죽음 앞에 의연하고 당당하라'*, 이승 끝에 서서 보아, 날마다 이승의 끝에 서서 생의 문법을 외어 보아.

* 홍윤숙 시인의 영정 옆에 크게 써 조문객들에게 보낸 글귀이다.

홍윤숙
1925~1915. 1947, 문예 신보에 '가을' 발표로 등단, 1958년 조선일보에 희곡 '원정' 당선. '려사麗史시집', 1962, '장식론', 1968, '타관의 햇살',1975 '사는 법', 열화 당 1983 외 다수

김남조, 그대는 시인이다

1966년 제 12살, 부산 영도 봉래동 4가 골목골목 기와 집 마루에 어정대는 봄 햇살, 마침 라디오 방송에서 김남조 선생님의 문화대담을 들었습니다. 대구에서 태어나서 일본 규슈에서 여학교를 다니던 이야기, 전란 중 피난지 마산에서 상재 한 시집 '목숨' 이야기, 해방 후 등단 여성 시인 중에 첫 시집이라, 이 땅에 진정한 첫 여성 시인 이야기, 조각가 김세중 선생과 결혼한 이야기, 대구 여자답게 굳세어라 금순이 같은 이야기, 그러나 울기도 잘한다 하였죠, 시 제목은 기억나지 않지만 장마에 관한 시, '어둠이 내려 머리를 빗질할 때 나는 그만 또 울어 버린다.' 여기서 그만 저는 절명 하였고 시의 눈으로 개명하였습니다.

황혼의 낙일엔 만가가 목숨인가 봅니다. 세월은 갔어도 귀한 오늘 위해 아침기도 올립니다. 비파소리 나는 겨울 바다, 가난한 이름은 눈보라와 함께 또다시 목숨 부여안고 가자 할 것이지요. 설 일에는 영혼과 가슴을 위해 나무와 바람마저 "정념의 기"와 "풍림의 음악"이었습니다. 내 나이 오십대에 하늘을 보았습니다. 기둥이 떠나간 하늘, 파도는 고독의 함성으로 밀어 닥쳤고 에로스의 욕망에 흔들려도 주를 위해 오늘도 내일도 갈 것입니다. 빛과 고요와 동행, 마음의 마음으로 새벽보다 먼저 피어난 겨울 꽃, 시인이란 안 들리는 것을 들리게 하는 것, 보이지 않는 것을 보게 하는 것, 말하지 않는 것을 느끼게 하는 것이라 하셨지요.

"젊은 시인들아, 그대는 빠르고 사나운 표범을 그것 도 여럿의 표범을 그대의 시안에 기르고 있다. 그대는 높게 빨리 말하고 그대는 부상의 상습자, 그대는 젊다 그대는 시인이다. 이로써 다 되었다."

김남조
1927~. 연합신문에 1950년에 '성수' '잔상' 발표하면서 등단. 등단, 첫 시집 '목숨', 1953, '나아드의 향유', 1955. '나무와 바람', 1958. '정념의 기' 1960. '겨울 바다' 1967. '설일' 1971. '말하지 않는 말', 문학사상 1989, '가난한 이름에게' 1991외 다수

김지향, 전후의 문학소녀

열일곱 살 복순이는 폐허 꽃, 화약 냄새 동영상 속에 내 첫 등단이 있었어. 규슈에서 '뱃내 믿음'으로 태어나 양산의 초등학교 시절에는 꼬맹이들과 새벽기도회 다닌 극성쟁이, 문학소녀로 밤잠을 설치며 상록수의 채영신 같은 인물이 되고 싶었지. 대학교 1학년 때 학예부장에게서 선물 받은 김남조 시인의 '목숨', 잃고 또 읽고, 문인들을 만나러 명동의 갈채 다방과 동방문화회관으로 몰려 다녔어, 그 때 김동리, 조연현, 손소희, 정한모, 전봉건 선생 등을 만날 수가 있었는데 그리 좋더라구, 서정주 선생의 강평, "김지향은 서정덩어리" 한 마디에.......

사실 아무 속박이 없었던 나는 제멋대로 상상의 나래를 펼치고 하룻밤 사이에 니체의 분신이나 릴케의 동반자인양 이 세상의 허무와 비애를 혼자 짊어진 듯, 눈 내리는 망우리 박인환 시비詩碑나 우중충한 명동의 밤거리를 정처 없이 헤매다 김수영 시인 등과 우연히 조우하기도 하였지.

첫 시집 '병실'이 결핵 병실에서 베스트셀러 가 된 후 몸조리를 위해 오빠네가 있는 울산 옥교동 유엔 성냥공장 아가씨들 인근에 살았지, '잘 있거라, 울산만'이란 장시에는 나의 그리운 서정이 담겨 있어, 이따금 전우신문에 시를 게재 할 때 군대 간 울산의 제자들에게 병영생활에 대하여 묻는 편지를 쓰기도 하였지. 울산을 떠난 지 60년, 메모 하지 않고는 시 한 줄 쓸 수가 없어, 망각 속에서도 시작詩作은 식지 않아, 아 마 내가 천안天安에 살고 있어 그러나 봐

나, 지금 '기다림'이란 노래 불러 볼까 봐. 그래,

"기약하고 떠난 뒤 아니올 동안
꽃밭엔 잡초만이 우거져 있네
그 후론 날마다 아니 피는 꽃이여
행여나 오늘은 맺어지려나"*

* 김지향의 '기다림' 가곡 작시

김지향
1938~. * 월반을 통하여 이른 나이로 등단, 1954 태극 신문에 발표 후 1956년 시집 '병실'을 상재, '한줄기 빛처럼', 한국 크리스천 문학회, '빛과 어둠 사이', 문학아카데 미 2003, '위험한 꿈놀이' 1996 외 다수

박현령, 또 다시 새파란 문장에서

1

　1950년대 중반에 마산의 고교생들 '백치' 동인, 우리는 동인지 한 권도 내지 못하면서 어디로 가고자 했나. 마산은 한국 전쟁 때 적군에 점령되질 않아 서울에서 문인들이 피난 오고 문학 모임이 활발했지, '김남조, 김춘수, 이원섭, 김수돈 같은 로맨티스트 시인들에게 우리는 주체 할 수 없는 열정을 자극 받았던 것 같아 이제하, 송상옥, 김병총, 박현령, 추창영 등, 동인들은 월례회 가서 백일장처럼 시작을 한 다음 합평회를 갖고 매월 문학의 밤, 년 2회 시화전을 가졌지. 우리 앞에 1950년대는 불투명한 유리창, 깨고 달려 나간 선착장, 어부가 묶어 놓은 배를 타고 합포만의 바다로 나가서 노래를 맘껏 부르다 통행금지 된 시간에 경찰에 붙들려들 갔었지, 가난한 낭만이라도 왜 우리에게 없겠는가, 우리는 53년이 지나 2009년에 '백치' 창간호를 만들고 호수(號數)가 늘 때 마다 문우들은 별과 동인회 하고, 검은 하늘 바다에 총총히 빛나는 문장으로

2

　시의 제목은 몰라도 박현령 시인의 이름과 시의 구절은 또렷이, 1974년 고3 여름 방학 진학반 교실에서 신문의 아침의 시가 평생 상사초가 되게 하였다. 꾸깃꾸깃 찢어 대입 국어

책에 끼어 놓고 17살 감성을 달랬다, 40년 후 여름, 첫 시집이 나와 박현령 시인께 보내려던 참에 시인의 부고 문자를 시인협회서 받았다. 나의 날개가 그대의 포켓 속에서 한없이 출렁거리는 깃털, 나는 익사 할 거냐 나는 익사 할 거냐. 누구를 그리는 연시 인가, 시의 전문과 제목을 찾으려고 헤매었다, 숨겨 놓은 사랑을 재우듯, 낙하의 절벽에서날개를 구원하듯, 성적 에스프레소로 음밀히 즐기다 어느 듯, 이 시는 뜨거운 응어리로 발효된 갈망,

아! 찾았다. 그 폭염에 지극한 상황에서

또 다시 그 바다에

"그대의 날개를 나의포켓 속으로
나의 날개를 그대의 포켓 속으로
한정 없이 출렁이는 깃털 세우며
나는 익사 할 거나 나는 익사 할 거나,
또 다시 그 바다에 슬픔이 짙어 와도
내 등에 돋아나는 은빛 지느러미 떼
내 어께에 돋아나는 그대 연연한 날개
나는 익사 할 거나 또 다시 그 바다에"

박현령
1938~. 1914. 1957 문학 춘추 시문학 현대문학 발표, 1958 여원에 '산 위에서' 당선되어 등단. '상사초', 한일문고, 1975. '오소서 이 햇볕 속으로', 문학과 지성사 1983. '지신님', 문학세계, 1990.

강계순, 인환 선생님

당신은 어찌하여 이 세상에 있습니까?

흔들리는 풍경화가 영상처럼 지나온 세월, 그대에게 가는 낙일에는 무제의 시 하나 지을 생각입니다. 눈 내리는 밤 당신이라는 화분 하나 내 안의 책상 위에 들여 놓았습니다.

그대는 씀바귀 뿌리 같은 꿈을 그리워하고 봄을 위한 소나타를 부르고 있다는 걸 알았습니다. 비록 망우의 묘원에서 깊은 잠자고 있는 들, 비둘기가 여행을 왔다 하니 속주머니의 동전 몇 잎 털어내고 눈비 맞으면서 서 있던 명동의 벗들, 그리울 뿐이겠지요. 저는 천상의 활을 쏘며 흔들리는 겨울에 '아, 박인환'이라는 평전을 상재하였습니다. 고도의 여자처럼 나는 먼 산 바라보고 있으니 그대에게로 갈 때는 부디 입 다물고 발소리도 줄이고 드나드는 흔적마저 줄이고 조용히 가겠습니다. 어느 날 익명의 편지를 받는 설렘에 있습니다. 짧은 광채의 지상의 한 사나흘, 쓸쓸한 땅에서 그대와 함께 적어 내려간 마른 잎에 띄우는 포에지, 고뇌, 그 빛나는 영혼의 불꽃은 사랑, 이별 그리고 다시 태어남이었을까요. 그대도 떠날 준비를 하라. 멀어서 가고 싶은 길 그래도 꿈꿀 수밖에는 그대 뒤에 숨어있는 바람. 쌍칼 같은 눈물 버려두고 그대 친구여, "쓰디 쓴 마늘과 쑥 한 짐 지고 나는 백날의 낮과 밤을 조용히 잠 속에 눈뜨고 있으니 그대에게 갈 때는 거친 들판에서 묻혀 온 진흙과 풀꽃들의 향기 모두 묻어두고. 맨몸으로 걸어서 저절로. 익어가는 땅 밑 수액처럼. 그렇게 가득 찬 배낭도. 신발도 벗어두고 빈 마음 빈 몸으로 조용히 가겠습니다."

강계순
1937~. 1,959년 사상계에 '풍경화', '낙일', '영상'으로 등단, '강계순 시집', 1974, '아! 박인환, 평전', 1985, '당신이 어찌하여 이 세상에 있습니까', 1994. '뿌리, 동반', 글나무 1986. '사막의 사랑', 푸른 사상 2019

제2부

1960 년대 등단

김후란, 청미회

　용인 행 전철에서 오늘은 '높게 더욱 높게' 김후란 시인을 만나다. '낮게 더욱 낮게' 저도 시를 씁니다 라며 인사를 하다. 문효치, 유자효, 최금녀 선생님이 출연한 문인극 "배비장전"이 공연되던 날, 뵌 적이 있다고 말하다. 신출내기인 제가 문단의 형태를 말하는 데, '남길 것은 남기고 구기지 않게' 끄덕끄덕 하시다. 시를 쓰기 전에도 쓴 후에도 '잊을 것은 잊고 시들지 않게' 끄덕끄덕 하시다. 어머니와 갑장이시라 이말 저말 이르니 '버릴 것은 버리고 쌓이지 않게' 모두 끄덕끄덕 하시다. '너를 세우고 나를 세우고 세상을 바르게 뜨겁게' 눈물 한 스푼 덜다.

　　청미(靑眉) 푸른 눈썹, 젊은 여성이란 말이죠.
　　청수(靑鬚)는 푸른 수염, 젊은 남성인가요.
　　비전의 전망은 새들에게, 비극의 전망은 우리에게,
　　상흔의 강을 건너가오. 자수를 뜨는 손길이 피로 얼룩지다.
　　'임아, 물을 건너지
　　마오. 임이 그예 물을 건너네. 물에 빠져 죽으니 이제 임은 어이할꼬' 우리가 이제 정한을 잇노라. 아시아라는 동네, 한국이라는 초가집, 질그릇에 오롯이, "바람이 불어도 눕지 않는, 세엽풍란이여, 하얗게 새 하얗게, 노을빛에 속눈썹 적시며" 돌과 사랑은 마침표를 찍지 않는

- 1920년대를 동인지 시대라고 한다. 신석초 선생님 추천으로 현대문학에 등단한 1960년대는 다시 동인지 시대, 남성들이 하는 동인지에서 여성 시인을 영입하려고 하였지만 여성만으로 동인회를 해보자는 의견이 모아졌다. 또 하나의 여성 시인 동인회 '여류시'가 탄생하여 바야흐로 60년대에는 여성 시인 시대로 접어들다.

 1963년 1월 29일 발족한 여류 시인들의 순수문학 동인회, '돌과 사랑'은 청미회 동인지 1호 제호, 1998년에는 35년간 매년 발간해온 동인지를 마감하면서 친목회로 성격을 바꾸다. 그동안 펴낸 동인지 21권을 묶어 <청미동인시지 총집>(전 2권)을 발간하다, 2013년 창립 행사도 열다. 김후란, 박영숙이 주축이 되어 김선영, 김혜숙, 허영자, 김숙자, 추영수 등 7명이 발기인으로 참여했다. 이들 중 박영숙, 김숙자는 도미(渡美)하고 이경희, 임성숙이 새로 합류했다. 1963년에 첫 동인지 <돌과 사랑> 1집을 낸 뒤 이름을 바꾸어 <청미>를 발행해 왔다. 시화전, 시낭송회, 독자와의 대화 등의 활동도 했다.

김후란
1934~. 1960 현대문학으로 3회 추천 등단, '장도와 장미', 1968, '음계', 1971, '어떤 파도', 1977. '눈의 나라 시민이 되어', '비밀의 숲', 2014 외 다수

허영자, 지리산의 목련

지리산 상림공원에서
목련을 보았네.
시인의 아픈 고향,
선비의 함양이라네,
목양 치마 흰 저고리, 은빛 머리,
손녀랑 손잡고 걷네.
미풍에 질듯 필듯 미소가 번지네.
뽕나무 숲 좌우 공원,
연리지 밑둥 사이 잠자리 날아와,
앉으려니 잡힐까봐 날아가네 살처럼
갈라서는 나무 가지
요리조리 잠자리 몸짓
돌아오나 다시 나나
등 굽은 햇살 짧은 그림자
아이들이 바퀴 굴리며 가네.
시인이 겪은 지리산
빨치산 좌우 이념 대립, 민족의 골육상쟁
1000년 전 피리소리
은쟁반 위 옥구슬로

– 나의 인격 형성에는 돈독한 불교 신자이신 할머니의 영향, 바느질법을 가르쳐 주셨지요. 침선은 우리의 정서를 다스리는 훌륭한 일거리, 우리 아버지는 참 미남 이셨는데 내가 열 살 때 멋진 인텔리 여성과 연애를 하셨어요.

어머니는 양반 댁 규수였기 때문에 이혼은 상상도 못하셨죠. 아버지가 다시 우리에게 돌아 올 때 까지 어머니와 단둘이 살았어요.

8.15와 6.25, 4.19 그리고 5.18 내 인생의 혼란기 숫자들, 좌우가 대립하여 린치를 하고 목숨이 아무것도 아닌 시대, 많이 죽이는 자가 영웅이 되고 정숙한 부인이 살기 위해 미군의 정부가 되는 것, 친구들 중에서도 전상자가 많았고 걸핏하면 7, 80년대 휴교령 속에서도 흔들리지 않고 학생들을 가르쳐야 한다는 의지로 쓴 시들은 먼 이상향을 꿈꾸게 되지요. 지리산 아래에는 평야가 없듯, 내 고향은 궁핍하고 가난한 마을이지만 문사의 고향, 좌 안동 우 함양이라 할 만큼 선비들의 자긍심이 많았죠. 호롱불 밑에서 책을 읽다 머리칼을 태우곤 했지요.

여성과 남성은 근본적으로 생리구조가 다른데 동질화하는 것에는 회의가 있고 동격화를 꾀해야 한다고 생각합니다. 꽃과 잎이 같을 수가 없지요. 그 특성의 차이점을 인정하고 함께 가야합니다.

시 쓰는 일은 한 번뿐인 인생에 있어서 한 없이 슬프고 즐거운 일,

쓰며 산 다는 것은 가난하게 살 각오를 해야 합니다. '얼음과 불꽃'

허영자
1938~. 현대문학 3회 추천 1961 등단, '가슴엔 듯 눈엔 듯', 1966. '친전' 1971. '어여쁨이야 어찌 꽃뿐이랴', 범우사 1978. '모순의 향기', 시인생각 2013, '투명에 대하여' 황금알 2017 외 다수

전혜린, 좋죠

1
  노을이 물든 유리창에 뺨을 대고 울어 봐요
  뮌헨의 슈바빙에서 안개비를 마시던 날
  레몬 빛 가스등이 점멸하는 것을 보았어요
  부나방들이 달려들다 죽는 것도 보았어요
  까뮈와 헷세를 만나러 헌책방을 돌 다 온 밤이면 더욱 좋죠
  언제나 불면이면 세코날 한 방울을 맥주에 안주삼아 마신
답니다.
  붉은 색 연필로는 불꽃을 다 그릴 수가 없어요
  검은 머플러로는 내 머리를 다 감출 수가 없어요
  명동 백작의 망상으로 술을 마실 때에는
  내 생의 한 가운데에 파비안이 살고 있어요
  수북이 쌓여 가는 우편함
  혈관처럼 곰팡이가 파랗네요
  목소리도 곰팡이가 낀 채 잘못 걸려온 전화를 붙잡았을 겁
니다.
  나는 지금 블루, 시간을 건너가는 목마
  레코드에는 파아란 피가 흐르고
  티브이는 모노드라마를 하네요
  불에 대인 잠 저 쪽에는
  인간의 마을이 있는데,

누가 나의 빛, 빛 독촉 전화에 답 해줄 것인가
불행이 동사되어 올 때는
기러기도 날개를 펴지 않는답니다
여명이 이명으로 들릴 무렵
무례한 침대는 깨어나지 않고
서재의 난초도 인형도
아스팔트를 따라 간 하늘이 좋아
나는 질주 할 거예요.
전혜린, 정말

2
마지막 편지 유고 장 아제베도에게. 1965년 1월 6일 새벽 4시

어제 집에 오자마자 네 액자를 걸었다.
　방안에 가득 차 있는 것 같은 네 냄새. 갑자기 네 편지 전부를 벽에 붙이고 싶은 광적인 충동에 사로 잡혔다. 나는 왜 이렇게 너를 좋아 할까. 비길 수 없이, 무엇과도 바꿀 수 없이 너를 좋아해, 너를 단념하는 것보다 죽음을 택하겠어. 너의 사랑스러운 눈, 귀여운 미소를 몇 시간만 봐도 금단 현상이. 일어나는 것 같다. 목소리라도 좀 들어야 가슴에 끓는 뜨거

운 것이 가라앉는다. 너의 똑 바른 성격, 거침없는 태도, 남자다움, 총명, 활기, 지적 호기심, 사랑스런 얼굴, 나는 너의 모든 것을 사랑한다.(Ich liebe alles an dir)내가 이런 옛날 투의 편지를 쓰고 있는 것이 좀 쑥스럽고 우스운 것도 같다. 그렇지만 조루즈 상드가 뮈세와 베니스에 간 나이인 것을 생각하면 아직도 나는 좀 더 좀 더 불태워야 한다고 분발도 해 본다. 나의 지병인 페시미즘, 페미니즘을 고쳐 줄 사람은 너밖에 없다. 장 아제바도! 내가 원소로 환원하지 않도록 도와 줘! 정말 너의 도움이 팔요 해. 나도 생명이 있는 뜨거운 몸이고 싶어. 가능하면 생명을 지속하고 싶어. 그런데 가끔가끔 그 줄이. 끊어지려고. 하는 때가 있어. 그럴 때면 나는 미치고 말아. 내 속에 있는 이 악마를 나도 싫어하고 두려워하고 있어. 악마를 쫓아 줄 사람은 너야. 나를 살. 게. 해. 줘.*

* 이 편지는 그녀가 세상을 떠나기 닷새 전에 그녀의 제자. 대학생에게
  쓴 것으로 그가 이 세상에 남긴 최후의 편지를 변용.

전혜린
1934~1965. 산문집, 사후 출간 '그리고 아무 말도 하지 않았다' 1966, '미래 완료의
시간 속에서' 1966, '이 모든 괴로움을 또 다시' 1976

김초혜, 능금

처음은 떫은맛으로
그대 향해 익어가다
애태우며 영글었노니
이제 찬비 맞으며 떨어지리라
그대 깊숙한 호주머니로
안 줏어 가면
그냥 풀섶에서
썩어도 좋으리라

"자기도
뜻을 모르고
남은 더 모르게 쓴다.
시가 울고 있다"*

* 김초혜 시인의 "현대시"시. 전문

- 시인에게 2017.5월 친필 사인 시집 신간 '사랑굿'을 받았다. 졸시집 '빈 센트를 위한 만찬'을 보낸 지 3년 만에 주소를 버리지 않고 보내주셨다. 내 나름의 사랑굿, 능금을 쓰다. 대학시절, 여성으로서는 처음으로 동국 문 학회 회장이 되시다. 회원들에게 한턱을 빵집에서 내시다. 마침 그 날 안 온, 지금의 부군이신 조정래 선생님께서 '왜, 내가 빠진 날 한 턱 내었나 요, 내가 있을 때 다시 한턱 내봐요'하셨다는데 그래서 그 날 한턱 내셨나 요? "안 냈어요." 선생님도 나도 웃었다. 은유보다 더 은근하게 짧은 시 능 금.

김초혜

1943~. 현대문학에 1963년 3회 추천 등단, '떠돌이별의 노래', 1984. '어머니' 1985. '떠도는 새', 미래사 1991, '사랑굿' 1,2,3, 1992, '세상살이', 문학과 지성사 1993 외 다 수

천양희, 마음자리

어릴 때 헤어진 피붙이를
16년 만에 신촌의 대학교 교정에서 만났다.
타는 그리움으로 천륜을 말하다.

내 마음의 숨겨 둔 수수천을 처음으로 보았다.
긴 터널 깊은 늪
잘못 채운 첫 단추 첫 연애 첫 결혼 첫 실패
마음의 사슬에서 벗어나 절 한 채 짓기
2남 4녀를 홀로 키우신 어머니의 울음소리 안방에서 들린다.
뻐꾹새 피울음 우는 밤, 새지 않는 듯 마당 한 쪽 펌프를
게욱게욱

그래그래, 산다는 것, 옷에 매달린 단추 구멍을 찾기 같은
것. 시인에게 눈물 생은 진술을 낳고 웃음 생은 묘사를 낳는
가. 산 아래를 지나 소로가 끝나는 곳에 갑자기 폭포가 쏟아
졌다. 산은 올려다보아야 한다. 고독은 징하게도 지껄이다 보
면 빛깔이 아름답다 카이. 터널을 지나 어둡고 긴 꼬리털, 회
임한 배꽃나무의 기다림으로 보인다. 다름과 틀림 사이 깊은
늪에 빠지다. 수레를 끌려다가 미끌어진 산길바닥. 바람 멈추
니 유정나무 그늘 더 깊다. 다시 비탈길을 오르니 은빛 수평
선을 타고 오는 새벽, 그는 누구런가. 금강경 독경 소리가 들
린다.
  '아상 인상 중생상 수자상'*

– 박두진 선생의 추천으로 이대 3학년 때 현대문학에 추천 완료 되다.

　연인 정현종 시인과 고전 음악 감상실, 르네상스, 뮤즈, 설파 등을, 시인 고은, 이제하 평론가 김현. 김치수, 김병익, 김주연, 작가 이청준, 최인호 등과 함께 찾던 명동은 우리의 밝은 동네였지. 김지하의 오적 필화 사건에 남편 정 시인이 연루 되고 1971~72년 '자유실천협의회' 사건으로 권고사직 당한 남편, 내가 의상실 운영을 계속 할 때 어느 날 그이는 아이와 책만 가지고 다른 집으로 가버렸다. 결핵으로 파스와 나이드라지드를 복용하며 스트렙토 마인신을 맞으며 지친 삶에 매달리다. 내 나이 32세에 아들을 그에게 보낸 이유가 자살 하려는 일념이었다. 묘하게도 자살은 실패하고 전남 부안 내소사 근처 직소폭포를 찾았을 때, 이름 그대로 끝나는 길에 갑자기 끊어 질 듯 쏟아진, 좌아! 좌아 놀라움과 경이로 내 뱉은 외마디, 아! 살아야겠다. 폭포의 곧은 줄기에서 보았노라. 어떤 신비주의, 선비주의 같은 영육이 깨어나는 비로소 백색정토와 무소유를 모진 생명성에 와락, 산도 나도 얼마나 울었던가. 누구나 죽고 싶을 때는 여행을 떠나라. "시를 쓰려면 피의 여로를 거쳐라" 시에는 가고 오는 자유가 있어야 한다. 살아 있는 시를 쓰자, 죽어 있는 시를 쓰면 자신을 죽이는 일, 가장 좋은 것은 물과 같죠. 그래서 나는 물속에서 살기로 했지요.

　"시 생각만 했다. 시 생각만 하다가 세상에 시달릴 힘이 생겼다. 생긴 힘이 있어 시 생각만 했다. 그토록 믿어왔던 시, 오늘은 그만 내 일생이 되었다. 살아봐야겠다."

* 불법 : 꼭두각시처럼 내 인생은 하루도 살아보지 못하고 남이 하는 일을 따라서 흉내만 내며 살다 가는 인생이다. 그것을 깨부수면 부처가 된다. 중생은 자기 상(相)에 마춰되어 있어 자신이 잘못 걸어 온 길을 인식하지 못하다가 인생의 마지막 길에서 비로소 깨닫는다고 한다.

천양희
1942~. 1965 현대 문학으로 3회 추천 등단, '마음의 수수 밭', 창비 1994, '나는 가끔 우두커니가 된다', 창비 2011, '새벽에 생각한다,' 문학과 지성 2017 외 다수

김규화, 섬진강 두껍이

바람 따라간다.
초여름 햇살이 무덥구나.
오체투지로 오르는 길
참으로 멀다.
혹풍과 땡볕 속 일그러진 둠벙, 비촌 마을 옆 도로를 지나
기어서라도 가는 불암사 새집,
두껍아, 두껍아 헌 집 줄게 새 집 다오.
길이 없어도 길을 찾을 것이다.
그늘진 고랑마다 심어 놓은 굴레
그대들의 굵은 땀방울
맑은 비되어 주룩주룩,
그대들의 몸은 황금빛 설렘
땀 속에 젖은 검은 그을음
해거름 사이
그리움은 달무리로 여물었나.
심연 밑바닥까지 안개비를 마시며
이 밤도 못다한 노래
메에엥, 꼬오오응.......
별을 보고 부른다.
숨이 멎을지라도

섬진강변의 개나리는 꽃으로만 피지 않더라.

－ 가장 오래된 시 전문지, 월간 시문학지, 단 한 번의 결호도 없이 "고통이라면 그것이지 다른 게 있나요." 순천시 승주면 3녀 1남의 셋째 딸, 다섯 살인 나를 세워 놓고 재롱 보시던 기억 하나, 광주 학생운동의 주역이었던 아버지, 몇 년 후 어디로 가셨나. 두 살 밑의 남동생아 암담한 사회 현실에 지고 약관에 갔구나. 우리 4모녀는 밭고랑에는 구름을 심고 바람을 키웠네. 사막의 말을 타고. 바람하늘지기까지 동국 문학회 부회장 시절 초록 징검다리에서 문우들을 만났네. 현대문학 자매지, 시문학과 결혼하였는지, 주간이던 문덕수 시인과 결혼하였는지 결국은 시문학을 인수하여 로드킬을 당하지 않으려 외줄을 탔네. 난방이 안 되는 사무실이라도 좋아, 팔목이 부러져 깁스를 한 아픈 손으로라도 좋아, 인쇄소를 일일이 다니면서 햇빛과 연애하기

　일상의 언어 의미를 버리니 자연히 음성 언어 쪽으로, 이 모든 게 구원의 시, 하이퍼 시, 이젠 구들방에서 지구를 돌리게 하는 힘, 당신!

김규화
1941~. 1966 현대 문학으로 3회 추천 등단, '이상한 기도', 시문학사 1981, '노래내기', 혜진 서관 1985, '관념여행', 신원사 1989, '바람 하늘지기', 시문학사 2018

유안진, 하루 중 가장 쓸쓸할 때 생각 한다

안동 무실 마을, 경학과 예학을 숭상 했던 조상들의 문과 행, 할아버지의 한시 읽는 소리 율이고 어머니의 규방 가사 외는 소리는 달빛 젖은 소리. 세 남 동생을 아기 때 잃은 어머니, 대를 이을 수 없는 삼 자매 중 첫째인 여식, 비 오는 소리가 비 가는 소리, 할아버지가 나를 시집보내고 대를 잇기 위해서 아버지를 새 장가를 보낸다고 그랬다. 대학에 낙방하면 오갈 데 없기에 새벽마다 교회 가서 성경을 통독하고 자신감으로 지원하여 합격했다. 어머니로부터 늘 지라는 이야기, 왜 향상 져야 하는지, 지는 것이 이기는 것이라는 어머니의 실존 철학,

그래, 인간이 죽으면 고승이 수행의 결정체로 사리를 남기듯이 자신이 몸부림치면서 살아온 흔적이 이름 속에 묻어서 사라지고 피카소는 **"예술가는 참을 위해 거짓을 이야기 하고 정치가는 거짓을 위해 참을 이야기 한다"**고 했어

대학 시절 청계천 헌 책방에서 집어든 현대문학, 그것은 시작점이야. 목월 선생님을 만났다.

"교육 심리학이 전공이라 했제 유군, 나는 시 몇 편을 잘 썼다고 시인을 맨들어 줄 수 없네.

기백 중에 아직도 시 쓰는 사람은 다섯 손가락도 못 꼽아" 말씀에 자리에서 먼 소금을 넣지 않고 맹탕으로 먹었다. 목

월 선생님은 쑥맥이라 '시를 잘 쓰겠어'라고 하셨다.

질긴 가난은 유년기부터 긴 터널, 남편도 나도 투병 중,
막내아들 출산 비는 월부 할부로 언제나 겨울밤, 깊다.
서울 봉천동 꼭대기 17평 시댁 식구, 친정 식구 8명이 함께 사는 집
더는 나무 아래 절벽
'지란지교를 꿈꾸며' 베스트 셀러가 되었다.

"살아있음이 희망이다. 사람은 비교 당하고 선택 받는 상품이 아니라 창조자가 각 인간을 독특하게 만든 유일무이한 작품이다. 삼중 장애 헬렌 켈러가 아무도 대신 할 수 없는 신의 최고 작품이 듯이 신으로부터 어떤 소명을 받고 살아가는 것이다. 부족 하지만 내가 가진 유일한 재능, 기도하는 마음으로"

유안진
1941~. 1967년 현대문학으로 3회 추천 등단, 시집 '달하',1970. '절망 시편' 1972. '날개 옷' 1981. '거짓말로 참말하기', 천년의 시작 2008, '다보탑을 줍다', 창비 2004, '지란지교를 꿈꾸며', 서정시학 2011 등 외 다수

강은교, 우리가 물을 말한다 하여

우리가 물을 말한다 하여
물이었다고 생각하는가.
우리가 바람을 말 한다하여
어느 들녘의 윙윙거림으로 끝났으리라 생각하는가.
우리가 꽃을 말한다 하여,
우리가 꿈을 말한다 하여
어느 가문비 나무집의 사랑에 모여
비타령만을 하고 있다고 생각하지 않으리.
우리의 69년 "70년대"*의 동인지,
전환 시대의 논리를 짊어진 우리의 어깨에
"똑 바로 해라!"였다.
배 고픔 보다 지식의 허기에 항거는 뜨거웠고
족쇄를 찬 젊음은 비루했다.
우리는 선(sun) 담배와 청바지,
맥주의 거품과 장발의 후배들을 나무라면서도
우리는 부러워했다.
우리의 청춘에는
'떠나고 싶은 자는 떠 날수가 없었고
잠들고 싶은 자는 잠들 수가 없었다.
꽃에 대하여 하늘에 대하여 무덤에 대하여
서둘지 말 것, 침묵 할 것,'

컴캄한 모래 찾아 가는 별똥별이다.
함남 흥남에서 서울, 부산 까지
모든 것을 놓아버리고 싶을 만큼
산다는 일이 먼저 지쳐 있을 때
기억하라! 견디는 것도 힘이다.
가장 넓은 길은 자네, 뿌리 속에 있다
그대를 지나서 비로소 그대를 생각 하듯이
"가장 큰 하늘은 우리의 등 뒤에 있다"

* 동인 : 강은교, 윤후명, 정희성, 김형영, 박건한, 임정남, 석지현

주 : 강은교 선생님께 '우리가 물이 되어'란 시에 대하여 여쭈어 봤다, 원래 1960년대 후반 '통일'이란 정부 간행물에 통일에 대한 염원시로 발표되었는데 국민 사랑시로 애송이 되어 "그래서 고맙죠."하셨다.

강은교
1945~. 1968년 사상계로 등단. 시집, '허무집' 1971, .'풀잎' 1974, '빈자일기' 1977, '소리집' 1982, '우리가 물이 되어' 1987, '단지 그대가 여자만이라는 이유만으로', 1989, '초록 거미의 사랑', 창비 2006, '마음의 풍경' 이레, '어느 별에서의 하루', 창비 1996, '봄무사'. 지식을 만든 시집 '사랑법'등 외 다수

김여정, 반세기 만에 온 편지

시인님

 안녕하십니까? 저는 이학이라는 늙은이입니다. 혹시 기억하고 계시는지요? 월간문학 5월호에서 임의 시 '하늘빛이 고와서'를 읽고 옛 생각이 나서 81살 늙은이가 이글 올립니다. 저는 55여 년 전 성균관대 교지 '주간 성대' 기자를 하던 사람입니다. 그 때 나도 시를 썼습니다. 당시 김여정님의 이름은 김정순님으로 기억하고 있습니다. 지금은 고인이 된 소설의 권태웅 학형등과 함께 월탄 박종화 교수님의 지도를 받았습니다. 지금도 저는 20대 여학생 김정순님의 곱사한 얼굴이 떠오릅니다. 그런데 오늘 김시인님의 시 <하늘빛이 고와서> 마지막 구절...., 나의 어머니
 팔순 넘긴 딸 만날 날이 가까워서인가.
 에서 아! 김시인님도 80을 넘겼구나 생각이 들고 무상함을 느껴.......
 늙은이의 주책으로 알고 읽어 주셔 감사합니다. − 이학

 기억은 나지 않지만 성대 교지 시절 생각이 납니다. 입학은 있어도 졸업은 없는 시인이 되셨으니 축하드립니다.
 저 각 대학 문예동인지 이성교 시인과 석탑 동인을 했었지요. 나의 불행의 시작은 풍모. 집안. 학력. 모두 잘 갖추었지

만 결혼 초에 남편이 결핵 병상에 10년 눕게 되었죠. 고통의 중심에서 빙벽에 걸린 자일, 스스로 매달리게 한 것, 시는 내 삶의 기둥, 내 안의 올레길, 차마고도, 늑골 깊은 지하에서 감추어진 아무도 밟아보지 못한 신생의 땅, 그 곳에는 무궁무진한 언어들이 보석처럼 묻혀 있었지요. 시는 밥이고 꿈. 시인에게는 칼날 같은 권세와 황금누각 같은 부(富)는 없지만 신성한 창조의 꿈의 정원이 있습니다.

시작(詩作)은 고독한 각고(刻苦)의 작업, 살아 있을 때 할 수 있는 진정한 해방과 자유, 죽음을 극복 할 수 있는 어떤 가능성이 아닐까요. - 김정

김여정
1933~. 1968년 현대문학으로 3회 추천 완료 등단, '눈부셔라 달빛', M&B연인 2008, '미랭이로 가는 길,' 시문학사 2010 외 다수

문정희, 몸새는 꽃나무를 찾는다

1960년대 중반 '여학생' 잡지 화보에서 전국의 문학상을 수상한 그가 가장 예뻤을 때부터

1969년 영화잡지 흑백 화보에 문정희 시인의 화보를 본 적이 있다. 검정색 정장에 흰 블라우스 단정한 단발의 여대생이 미소 짓던 흑백 사진, 당대의 인기스타들만 있던 대중지에 시인도 등장하여 젊음 경쟁, 미모 경쟁, 젠더의 시작, 종소리는 울린다.

초록 누비이불 녹차 밭 보성은 내 고향 산골초등학교에서 종이 울리네, 만국기 운동장, 한쪽 언덕에서 걸어 엄마가 나온다. "엄마, 나 아파", 넓은 세상 다니면서 정희가 용케 용케 지금은 내 안의 성주가 되어 곡비를 자처하고 있어요. 걱정마라. 너는 키 큰 아이들 사이에 운동회 쭉정이 알밤 한 톨을 주워 왔다. 말하리라. 내가 두른 성전의 큰 제사장처럼 큰 머플러는 항거의 깃발,

종이 울리네. 제 몸속에 살고 있는 저를 꺼내주오. '문학의 도끼로 내 삶을 깨워라' 깨어난 여성들이 말하기 시작하리. 새들도 꽃도 구름도 말도 말을 한다. 졸개들의 거짓 사랑이여, 당신들이 여성의 몸에 오를 때 능욕과 사랑을 구별하라. 범죄와 탐미를 구별하라. 야성과 야망, 야전과 야행에서 불꽃을 찾아 온 사막을 헤매며 검은 눈썹을 태우는 진짜 멋지고 당당한 잡놈은 어디 갔나. 천형의 그늘에서 태양의 벌판으로 가련다. 애의 성찬에서 꿈꾼 뱀의 비상이 화려하였노라 말하

련다. 다이아몬드를 박은 달을 탐미하다 새벽을 주어 오겠다
며 도망 친 바람 날개여,

그 많던 꿈을 준 '프랑수와즈 사강', 당신이 앉았던 의자에
앉아 에스프레소 한잔!, 슬픔이여 안녕, 내 젊은 날의 천재
칭호여 안녕, 고독으로 풍성하고 자유로운 여정, 뱀을 뒤집어
쓴 메두사는 나에게 말한다.

오늘보다 더 젊은 나는 없다. 지금 등장한 젊은 시인이 나
의 라이벌, '펜은 페니스다'를 반박한다. 탄실 김명순, 나혜석,
노천명 시인은 진명여학교 선배, 나는 쓰고 고로 존재한다.
카르마의 바다에서 춤을 추는 다산의 여성들이여, 기쁨이다.
우리 모두 여류가 아닌 시인이다. '짓눌린 여성의 삶과 상처
를 쓴다. 생명의 존귀함을 쓴다.' 수작이건 실패작이건 일단
썼다 는 것은 성공이야. 붓의 휘둘림은 순간 파도치는 것, 내
가 나를 사랑하기 위해 몸을 뒤집을 때마다 악기처럼 리듬이
태어나는 것, 자유라는 이름의 공기여, 고독이라는 이름의 음
식아, 종소리로 울려라. '정희의 희는 계집 희가 아닌 희망
희'*. 아직도 멀었어, 우리는 더 가야해

* 필자의 어머니와 아내도 동명 '정희'라 어머니가 하신 말씀이다

문정희
1947~. 1969년 월간 문학으로 등단, '작가의 사랑', 민음사 2018, '내 몸속의 새를 꺼
내주오', 파란 북, 2014, '한계령을 위한 연가' 바우소류 2017, '다산의 처녀' 민음사
2001 외 다수

제3부

1970년대 등단

노향림, 세 줄짜리 진주 목걸이

'온종일 속옷이 벗겨진 하늘에선 미처 피하지 못한 바람들만 산발'

묵은 김칫독을 들어낸 구덩이에는 겨울의 긴 뿌리가 언 채로 드러났다.

채 녹지 않은 꿈이 바닥까지 내려갔던 흔적,

몇 채의 집들이 들판에서 등 돌려 앉는다. 비는 추억 씻어내기,

빗방울은 흘러가는 수정, 어린 가슴에는 따스한 비가 제격이야,

빈 가지 끝에 앉아있기 놀이하기,

우리 연과 행으로 나뉠 때 슬그머니 목포의 적산가옥시절 바닷가여 오라,

문학행사 마치니 참았던 비가 오는 날은 가는 날,

세 줄짜리 진주 목걸이 메신 선생님을 우산 받혀 전철 까지 모셔 드렸다.

"선생님 시는 묘사가 아주 좋아요. 묘사의 여왕이세요."

"여왕, 여왕이니 좋네.

눈물방울 모아 세 줄로 꿰니 세 줄짜리 진주 목걸이 가 되었네."

"은총이 가득하신 마리아님, 기뻐하소서!

주님께서 함께 계시니 여인 중에 복되시며

태중의 아들 예수님 또한 복되시나이다."

나도 모르게 허밍하다. 빗방울이 굵어진다.
다시 "천주의 성모 마리아님,
이제와 저희 죽을 때에
저희 죄인을 위하여 빌어주소서."
선생님께서 아멘 먼저,
주님의 성당이 빗속의 광장을 걸어간다.

– 압해도는 아파도 압해도를 보지 못해요. 압해도는 아파도 보이는 건 목포시 산정동네 적산가옥, 6남매의 막내딸은 섬과 종일 다다미방에서 이야기하지요. 방문을 열면 수건 쓴 압해도는 아파도 복막염의 나를 간호를 해주지요. 중앙고보 출신인 아버지는 한량, 시를 쓴 문학청년이기도 했지요. 어머니가 대부분의 가게를 꾸려나가셨죠. 어린 시절 시신을 실은 수레, 바다로 가는 수장水葬, 콜타르 칠한 판자 울타리, 우울한 색감을 느끼며, 광주에서 여중, 서울 오빠네 집에서 여고, 중앙대 영문과에 다니면서 연극배우가 될까 꿈꾸기도 했지요. 시의 은사이신 김현승 선생님이 제게 들려주신 '첫 시집만큼은 완벽하다고 생각되는 때에 내야한다'는 말씀, 시합평회 다니다가 평생 한집에 기거하는 홍신선 시우를 만났지요. 압해도 연작시 60 여 편을 구슬로 꿰어 목걸이를 만든 날, 겨울비는 따뜻하다죠, 압해도는 아파도 어린 시절 슬픔의 작은 조각 바람, 신혼의 와우 아파트가 무너진 후, 공중에 올망졸망 정박한 돛배들 낡은 집의 유리와 유리가 맞부딪치며 덜컹거린 바람의 등 뒤에서 압해도는 아파도 억센 쇠닫 내리고 무섭도록 짙푸른 문장, 30촉 희미한 알전구, 압해도는 아파도 방울방울 진주방울

노향림
1942~. 1969년 12월 월간문학 가작 후 1970년 월간 문학으로 등단, '후투티가 오지 않는 섬', 창비 1998, '해에게서 깨진 종소리가 난다', 창비 2005, '바다가 처음 번역된 문장', 실천문학 2012, '그리움이 없는 사람은 압해도를 보지 못하네', 문학사상사 1992 외 다수

67

신달자, 아론

　겨울 축제의 봉헌문자를 내 고향 거창으로 보냅니다. 아론, '그대 곁에 잠들고 싶어라' 라고 노래하던 정미소집 다섯째 딸이 영혼의 시간을 선물합니다. 황홀한 슬픔의 나라에서 아론. 전쟁을 겪었고 재건을 지켜본 나의 아론, 하나의 빛깔로 하나의 사랑이라고 합시다. 내가 열네 살 때 만난 첫 사랑의 서울 소년에게 전하지 못한 편지 아론, 백치연인이 되어 그리울 때는 물 위를 걷는 여자가 되렵니다. 젖은 네잎 클로버의 사랑이여. 아론, 목숨이여, 혼자 사랑하기 세월이여, 아론, 묵언의 슬픔이여,

　새의 비상인 줄 알았던 아버지, 일기장에는 외로움을 돌로 치리라. 어머니의 가슴에는 노을을 삼키는 여자가 되리라. 내 딸들아, 젊은 노트에는 성냥갑 속의 여자가 되라. 험한 세상 눈 뜨니 환한 세상. 아! 어머니의 사랑은 가장 깊은 고독, 시인의 사랑으로 맞아주신 아버지의 동녘, 아론, 나의 아론

　결혼 초부터 뇌졸중에 걸린 남편 뒷바라지 9년 신혼 우울증에 걸렸어요. 나는 밤마다 서랍을 뒤지고 이불을 뒤지고 옷장을 뒤지고 어느 날 무작정 버스를 타고 나갔죠. 운이 좋았는지 우연히 종로에서 만난 목월 선생님 '신군, 요즘도 글을 쓰나', 그 말씀이 제 가슴을 꽉 치는데 인생을 거의 포기했었는데 시에서 탈출구를 발견하는데 그 때마다 어머니가 하신 말씀 "니는 될끼다. 니는 죽을 때 까지 공부하라, 여자

도 돈이 필요 하더라, 두 가지 다 이뤄도 마, 니가 행복 했으면 좋겠다 아이가.” “엄마, 그런 소리 마라, 되기는 뭐가 돼노, 귀신이 돼!”, “달자야, 된다 안카나.” 전화 너머 거창의 폭우 소리, 절벽 아래 구르는 돌덩이 소리, 기대를, 당신을, 그대로 내려놓고 사라지던 … , 바람 실은 등 물 실은 눈

신달자
1943~. 1964년 여상 신인 문학 상 수상 후 1972 현대문학으로 3회 추천 등단, '백치 슬픔' 자유문학사, '물위를 걷는 여자', 1993 자유문화사, '성냥갑 속의 여자', 자유문학사 1993 외 다수

김승희, 외불 꽃의 질료

그래도
베네치아 섬의 북쪽엔 묘지 섬이 있다.
니진스키 묘지에는 꽃다발과 발레슈즈가 있다.
찬란하라, 아드리아 해여,
그래도라는 섬이 여기에 있으리.
나의 숙명은 유난히 왼손을 위한 협주곡,
왼쪽 날개가 약간 무거운 새 로 비행을 시도 할 때
왼쪽 유리창은 깨지고 기울어져 있다.
왼쪽 청력을 잃어 가는 자는 다시 댄싱, 댄싱을 추어라
그래도 내 목소리가 습지에 묻혀 있다면
하늘을 봐라, 서정이 보인다.

승희勝熙야, 이기고 빛나라, 전남 도청을 다니 던 아버지,
전주 사범을 졸업한 신여성 어머니사이에 장녀로 출생하여
결핍을 모르고 자랐다. 아버지의 스파르타식, 어머니의 낭만
과 정열 이 두 가지 요소를 함께이어 받았다.
새처럼 날아오르고 싶은, 나르는 걸 두려워하는 중력, 부모
의 양면성이 내부에 공존하리. 할아버지는 풍류객 시조창을
부르시고 할머니에겐 기녀들과 사대부들의 시조를 배웠다.
5.18로 참혹한 광주의 태양은 나의 왼쪽이 아픈 남도창이다

당신이 소천 후 영안실과 시집 사이, 나도 죽음과 일인칭 하다. 저 너머의 세상과 지상의 인간 사이 분리의 고통이 넘치지만 결국 서정이 와서 고립된 일인칭, 영원한 일인칭, 보편적 일인칭으로 확대, 승화시켜준다는 생각이 들다. 서정은 아픔을 봉합하고 우리를 치유한다.

"당신에게 못한 일인분의 사랑의 말을 오늘 나는 또 누군가에게 꼭 해야 한다." 흰 나무 그늘에서 미선나무에게 말한다.

희망아, 외롭다. 여성에겐 국가가 없다. 공중에서 끊임없이 결핍, 흑장미 연가

"시인은 청진기, 아픔을 듣고 붉은 꽃을 처방한다."*

* 대산 문화 봄호 초대석에서 김승희 시인의 글에서 인용

김승희
1952~. 1973년 경향 신문 등단 시집, '태양미사', 한국문학도서관 1989, '왼손을 위한 협주곡',민음사 2002 '희망이 외롭다', 문학동네 2012, 소설, '산타페로 가는 사람', 산문집, '4분의 1의 나와 4분의 3의 당신', 나남 2014, '도마는 도마 위에서, 난다' 2017

한영옥, 도봉

암벽을 날으는 나비
풍경을 잡으려나
숨찬 몸뚱어리
바위 넘어 봉우리 넘어
바람 타고 날으다
헤여진 마디마디
고비마다 첩첩이
산이 권하는 술 잔
한걸음에 취한다
굼벵이 흐느적 남은 길
밧줄을 부여잡고 갈 때
짧은 정오의 나비
아스라이 피운 꽃
얼굴에 날아오르고 있다.

도봉리 봉우리에서 내려 온 햇살 봉오리 마다 피어나는, 조
근 조근 대면대면 풀꽃 들풀 산림청 근무 아버지는 명사, 이
꽃 저 풀이름을 가르쳐 주고 어머니는 형용사와 부사로 꽃의
맛깔을 일 깨어준, 돌배나무 덩굴이 겨를 물어뜯고 그냥 물고
늘어지듯, 대학시절 이성교 은사님 호주머니는 제자들의 습작
시 보자기, '시는 나의 비천이 날으는 비천으로 내 몸을

온전하게 공양 하리라.' 유재영 윤석산 조정권 '말' 동인들과 잠시 빗방울이 깨지듯 쏟아진 후 개안을 하다. 어떤 게인 날의 소묘, "제 몸이 여름 과실입니다" 가시는 생각 바래다주고 오시는 생각을 마중하다. 주섬주섬 넓적넓적 수국수국 잎바라기, 외야에서 고독달래기를 하며 공 굴리다. 멀리멀리 낮게 높게 조조조조 귀 어린 새들, 들려 줄 노래는 초월 보다 일상의 박물지, 봄은 범상의 사소함으로 깨어나고 모래의 시간에 생을 기록하다. 둥지 버리고 날아가는 새들의 날개,

한영옥
1950~. 1973년 현대 시학 등단 시집, '적극적 마술의 노래', 지문사 1979, '처음을 위한 춤', 둥지,1992, '비천한 빠름이여', 문학 동네 2001, '슬픔이 오시겠다는 전갈', 문학 동네 2018

고정희, 불꽃의 미학

누가 홀로 술틀을 밟고 있는가, 그의 초혼제에 날아온 나비 한 마리, 이 시대의 아벨로 먼저 떠난 자의 저승길 마중이었으리라. 그와 실낙원 기행을 함께 떠난다. 눈물 꽃으로 얼룩진 지리산의 봄, 저 무덤의 푸른 잔디 위로 날아오른다. 나와 너 광주의 눈물 비를 함께 쏟던 아름다운 밤 하나, 모든 사라지는 것들은 뒤에 여백을 남긴다.

B에게

바슐라르의 불꽃의 미학을 생각하오. 그리도 충만한 햇빛이 쏟아지는 창가에서 로드리고의 기타 협주곡을 듣는 아침 나절이오. 내게는 강 같은 평안과 안식이 찾아드오. 그러나 잇따라 이어지는 서러운 절망과 아픔을 어찌 할 길 없는 10월이오. 아직도 진공상태를 헤어나지 못하는 요즘은 정지된 시심이 떨리고 두렵고 난감하오. 어찌해야 잠든 이 시심이 깨어날 수 있을는지. 전번에도 말하였지만, 이 가을에 난 무심한 바람이 되어 산산이 부서지고 있소. 스승 김춘수의 무의미 언어처럼 실상 바람은 무의미한 것이오. 정서도 감정도 없이 도시에 거리에 지붕 위에 산산이 부서진다는 생각도 없이 부서지오. 어제도 교도소에 가서 여자 죄수들에게 성경을 갈쳤소. 성경을 가르친다기보다는 예수 때문에 할애 받은 시간에 함께 둘러앉아 웃고 애기하고 고통을 나누었소. 나는 그들에게서 일그러지지 않는 흰 영혼을 보았소. 눈물과 감정을 보았소. 나는 그들을 부활시키는 능력은 없건만 부활로 가는 길은 인도할 수가 있다고 생각했소. 도스토엡스키의 라스콜리니코프처럼 나는 그들을 부활시키고 싶은 욕망에 들떠 있소. 그곳에서의 깊고 예리한 체험이 있어지기를 바라고 있소. 당신은 아마 좋은 시 쓸 기미가 보이던데 만날 때 좋은 소식 들려주기 바라오. 나 말이오 어쩌면 이번 주 금요일 밤차를 탈까하오. 그러니까 8시쯤 그곳에 도착되게 말이요. 교회 친구에게 토요일은 긴, 대구에 있어 달라고 전화해 주시오 그럼 그때 만나서 애기 합시다. 안녕

1977, 9.17

고정희
1948~!991. 1975 현대 시학 등단, '실낙원 기행', 인문당 1981, '저 무덤 위에 푸른 잔디', 창비 1989, '눈물꽃', 실천문학 1986, '지리산의 봄', 문학과 지성사 1992

이영춘, 이 시인에게

1

  누구나 떠나는 것이겠지만 아무도 떠나질 못했네. 100년
전이나 1000년 전이나 떠나려 할 때 설악은 암석마다 다른
얼굴로 함성을 지르기에 갈 채비를 하는 명치끝을 의암호로
쏟아 버릴 것 같아서 그대가 머무르고 싶어 왔다면 흐느끼는
갈대처럼 울지를 말지. 그대가 떠날 수 없어 울었다면 고라
니와 다람쥐 두루미가 어울리듯 소양강의 시인을 그렇게 달
래주지. 문명이 얼룩진 옷자락, 모자이크를 이루며 봉평 메밀
밭 효석 선생처럼, 설악의 바람이 된 시인처럼, 지극히 시대
의 아방가르드라 불리 운 시인처럼 죽어서 살고 살아서 죽
은, 사람도 큰 자연으로 내려놓을 수 있다면 암석은 우정의
얼굴이 되고 호수는 모정이 되어. 단풍과 함께 색색이 강물
속에 화석이 되어 꽁꽁 박혀 있을 수 있다면

2

  여성계 시인도 미처 못한 일을 해 주셔서 감사드려요.
  나에 대한 시, 이 시인, 누구나 떠나는 것이겠지? 로 시작
에서
  제가 허무주의에 빠져 있고
  현존재Dasein로부터 본질적
  존재sein에 대한 의미가 무엇인지? 존재 문제에 무한히 빠

져 있어요. 젊은 날부터 지금까지도. 그 해답은 아무 곳, 아무것에도 없는 것 같아요. 봉평이 고향이라 허연 메밀 꽃 피던 밤, 9남매의 장녀로 휴학과 복학을 거듭하면서 졸업하고 강원일보에 있다가 교편을 잡았는데 몇 안 되는 강원도의 시인들과 문학을 나누다가 그들도 메밀꽃처럼 지고 막내 동생이 대학생 때 불의의 사고로 가고, 그래서 늘 죽음과 가까이 허무에 빠져 있지요. 사르트르의 말처럼 문학은 곧 존재 찾기의 물음이자 순례였지요. 지금도 순례 중이지만 영원히 도달할 수 없는 미지수, 미완성의 순례입니다.

결국. 한 줌 바람, 한 줌 흙 같은 껍데기일 뿐입니다. 강원도의 시인으로 북한강에 꽁꽁 박혀 있다지만, 그럴까요? 죽지 않는 시인으로 남고 싶지만 저는 늘 부족하다는 열등감으로 살아요. 그리고 해마다 최명길시인 추모제에 초청받아 갈 때마다 무엇을 남기고 죽는 것도 자식들에게 큰 짐이 되는구나! 란 생각이 들더군요. 그렇다고 시를 안 쓸 수도 없고 살아 있는 동안 살고 있다는 몸부림이자. 구원이겠죠? 시란 장르를 통해 생의 허기를 채워보려는 그릇?

1941~. 1975년 월간문학 등단 '노자의 무덤을 가다', 서정시학 2014, '신들의 발자국을 따라', 시와 표현 2015, '봉평 장날', 2011, 상출판사 외 다수

김정란, 노란 장미에 이슬이 맺힐 때

여자아이 하나가 어디론가 걸어가고 있다
몰래 들어 가 본 성모 마리아는 너무 아름다워
갑자기 꿈속에서 내 안의 아기는 죽어서 하관을 하고 있는
거야
릴케 시집으로 소녀는 감정을 달래었지
대학교 앞 까지 탱크가 들어오고
소문은 흉흉하고 대낮부터 막걸리에 처박혀서 유인물을 만
들었어.
언젠가 모두 바뀔 거야,
김현, 박상륭, 카뮈, 보들레르, 랭보, 이본 본노프
사로잡힌 죽음과 광기로 가슴에 파란 불꽃 영혼의 콜라,
난 가야 할 길을 알고 있다.
구로 교회, 전태일 추모식, 박형규 목사
장콕토의 모노드라마가 들려온다.
언젠가 모두 바뀔거야, 여자는 순결한 정치적 기다림을 상
징해
내가 내 맘대로 처분 할 수 있는 가장 확실한 언어야.

2,000년 1월 (유명지) 인터넷 자유 게시판 *

유명지에 B시인의 "육두문자와 욕설 도배 시리즈."

B는 같은 글을 문인들에게 우편으로도 발송 했다. 또한 평론가 b는 그는 대한민국의 최고 시인이다 하며 그를 옹호하며 줄기차게 문화권력 논쟁과 안티조선 운동을 들먹였다. 결국 언어폭력을 견디다 못해 두 사람을 출판물에 의한 명예훼손과 모욕죄로 고소했다. 여성문화동인 '살류쥬'는 연대의 차원에서 소송비용을 공개모금 했다.

두려워 하지마, 세상엔 놈철이들이 너무 많아
문단 최대 성희롱 사건을 기억해
실명이 거론 된 미투의 원조
뼈 속 까지 따뜻한 '다시 시작 하는 나비', 회색분자가 아냐

"랭보처럼 제게도 분명한 것은 은빛 갈망의 순결함뿐입니다. 그러나 어쩌면 같은 사막으로부터 떠났을지라도, 우리는 조금 덜 어두운 어둠에 도착하게 될지도 모릅니다." *

* 이브 본느프와의 [랭보 자신에 의한 랭보]에서 인용

김정란
1953~. 1976년 현대문학 등단 시집 '다시 시작하는 나비' 문지사 1989, '매혹, 혹은 겹침' 1992, '그여자, 입구에서 뒤돌아 보네' 1997, '용연향', 나남 2001, '여자의 말' 산문집, 북스피어 2018 외 번역서 등 다수

박정남, 대구의 시인들에게

우리들의 1975년대 가을을 말하고 싶어.

대구 중앙통의 매일신문사 근처 다방과 술집 두어 곳,

차와 술을 마셔라 부어라 하면서 '문학적 치기'를 주고받았었어.

나는 아직도 기억해,

동인 중에 대학 시절 내가 짝사랑하여 편지를 보내던 이도 있지만 그이의 첫사랑 이야기를 듣고 부터는 보낸 편지를 모두 되돌려 받았지.

다음 해 1월 눈 내리는 중앙통, 우리는 동인 명칭을 '자유시'*로 결정했지.

'시는 자유로워야 함을 우리는 믿고 있다. 우리는 시가 자유로우면 그만큼 언어도 자유로우리라는 사실을 믿는다. 모든 시들로부터', 이 시대의 침묵으로 부터 우리는 자유롭자.

고정희 시인이 김옥영 시인과 함께 자주 대구로 내려 내려왔다. 또한 고정희 시인은 내 남편을 보자 시 못 쓰게 할 것 같으니 우리 시집가지 말고 시집만 내자고 한다.

그 말처럼 덜컹, 남편이 이태수 시인을 찾아가서 "자유시 동인"에서 탈퇴시켜 달라고 부탁을 하니 어느 잡지에서 내 시집을 다루어 주겠다는 전화가 왔을 때 남편은 완강히 거부하여 나는 갇힌 시, 서러웠다. 시집가기는 외길 가기, 돌아오지 않는 외나무다리 건너기, 단절과 이별, 잘려짐, 그래서 딸은 여윈다고 그랬나. "어느 날 갑자기 저 꽃들이 우리 여자들처럼 꽃을 피우지 못한다고 생각해 보라" 두 딸을 낳고도 아들이 없어 돌아누웠던, 나는 증오한다. 조선인을 꽁꽁 묶은 남아선호사상, 집단무의식을, 내 시는 근원의 자리 찾아가기, '길은 붉고 따뜻하다'

한 때 "성적 상상력(性的 想像力)의 피안"이라
'소금과 여자' 9인 여성 시인** 사화집을 기억해
'숯검정이 여자'가 되어 처음으로 돌아 가
나에 의한 자유시

* 이하석, 이태수, 이동순, 이기철, 이경록, 박해수, 나중 합류한 정호승, 강현국 시인 그리고 나는 홍일점이다.

** 1991년에 발간된 여성주의 문학 선집
강은교, 고정희, 김경미, 김승희, 김혜순, 나희덕, 박정남, 최승자, 백미혜 (효성 여대 미대 교수, 화가 시인)를 고려원에서 장석주 시인이 선정하여 출간하다.

박정남
1951~. 1976년 현대시학 등단 '숯검정이 여자', 청하 1985, '길은 붉고 따뜻하다' 1992, 청하, '이팝나무 길을 가다' 2012 '명자', 한국문연, 2008 '꽃을 물었다' 시인동네 2014

이해인, 횡단보도에서 만난 수녀님

　부산 광안리 요양 병원 가는 길 어머니 뵈러 가는 길, 횡단보도 건너며 가는 길 눈부신 사월 과 가는 길 햇살 수녀님을 비춰 금방 알아 봤지요. 현대시학 지난달에 게재 된 시를 잘 읽었어요. 제 시도 이번 달에 게재되어요. 빠르게 말하니 "힘든 사람부터 사랑해야겠다 아픈 사람부터 달래야겠다"* '여성 시인보 100 년'에 대한 시작詩作을 수녀님만 못 알렸는데 우연도 신이 주신 기적, "아프다고 푸념하는 시간에 오늘도 조금씩 인내와 절제로 맛을 내는 희망을 키워야지"** 저를 열 살 까지 저를 키우신 세례명이 카탈리나인 할머니를 생각하다가 갑자기 이해인 클라우디아 수녀님에 대한 시를 쓰게 되었어요. 10여 년 전에 수녀님이 대장암 치료 중에서도 법정 스님의 소천에 대한 추모의 글을 손 편지로 보내신 것에 꽃이 지고 나면 잎이 보이듯이 수녀님의 어린 시절 아버지께서는 여섯 살에 돌아 가셨지만 어머니께서는 1남 3녀를 키우시고 언제나 소공자, 소공녀, 안데르센 동화 읽게 하셨다지요. 장미 빛 교복의 성의 여고 시절에는 수녀가 될까 시인이 될까 학원 같은 문학잡지를 들고 다니셨다는데 이제 두 가지 모두 선물을 받으셨으니,
　3남 1녀를 홀로 키우신 어머니는 나의 시집, 수녀님과 함께 찍은 사진 보여 드리면서 병실에서 함께 읽는 시,

"봄은 다시 나에게 시작하라고 한다. 다시 희망하라고 한다. 다시 사랑하라고 한다. 누군가를 따뜻하게 만드는 햇볕이 되라고 한다."

* 이해인 시 '비오는 날의 연가'에서 인용.

** '시간의 새 얼굴'에서 인용

이해인
1945~. 1976년 시집 '민들레 영토' 상재, 두레박 1990 분도출판사 1990, '외딴 마을의 빈집이 되고 싶다' 열림원 1999, '오늘은 내가 반달로 떠도', 분도 출판사 2003, '사계절의 기도', 분도 출판사 2004, '희망은 깨어 있네' 2010 '마음 산책' 등 외 다수

김혜순, 우리는 어디로 도망갔는가

거울 속의 저 여자는 누구인가. 원래 내 이름은 김정경, 할아버지께서 호적에 잘못 올려 내 이름이 되었다. 고로 나는 글자만 있음 읽는다. 간판도 선전물도 정음 을유 백과사전도 통째로 먹는다. 지뢰에 붙은 입술은 도서관의 책들을 읽어달라고 아픈 몸이 소리 지른다. 내 병실 옆 고아처녀가 남의 집 살이 하다가 2층 유리창에서 떨어져 죽는 날도 나는 책을 읽는다. 책을 많이 읽어서 늘 지각 대장, 수학과 교련 시간은 지옥이었고 국어와 국사 시간은 눈이 초롱초롱, 아는 남학생은 한명도 없느니 혼자 뜬 구름 잡고 있었지. 시는 쓰는 것이 아니라 몸이 시하는 것, 나는 여성의 몸에서 시의 발생론적 근거를 찾는다. 여성은 식민지다 여성은 생리 타자 잉태 출산 피를 끝없이 더럽고 추악하고 동물성 고통 불완전 그로테스크 블랙유머 경쾌한 악마주의, 여성은 유기 되었다. 꿀꿀 절규와 낑낑 비명은 삶의 동반. 또 다른 별에서 아버지가 세운 허수아비는 우리들의 음화, 달력공장 공장장님 보세요. 불쌍한 사랑 기계, 한 잔의 붉은 겨울이다. 슬픔치의 눈발 한 스푼 크림을 먹고 피어라 돼지여 죽음의 자서전을 쓴다.

남편은 이강백 극작가, 딸은 현대 미술가, 극과 시와 설치 미술은 거슬러 가는 일상의 단면, 긴 시간을 실패처럼 둘둘 감아서 들고 무거운 서사 꾸러미를 짊어지고 아이 되기, 여신 되기, 짐승 되기를 통해 천연덕스럽게, 딸아, 갔는가 있는

가를 그리고 쓰는가. 비밀 아이디로 여는 척 닫는 문, 새로운 지역주의 시대에 독자를 믿지 않는 작가가 진짜 작가, 제 몸의 파도가 열었다가 조였다 다시 펴면서,

"시인 공화국의 시인들은 평등하다 그들 대부분 세속적 가치 판단과 순위 매기기와 멀리 떨어진 채 외따로 살아간다. 연말 시상식에서는 심사자도 수상자도. 박수부대로 나뉜다." 불청객으로도 나뉜다. 어쨌거나 시하다, 저쨌거나 냉하다.

김혜순
1955~. 1979년 문학과 지성으로 등단, '또 다른 별에서' 문학과 지성사 1981, '아버지가 세운 허수아비', 문학과 지성사 1985, '불쌍한 사랑기계', 문학과 지성사 1997, '어느 별의 지옥', 문학과 지성사 2002, '여성, 시하다', 문학과 지성사 2017, '죽음의 자서전' 2016 문학실험실, 시집으로 캐나다의 권위 있는 '그린핀 시 문학상'을 2019, 06월 수상하다, 그 외 다수 저서

최승자, 저녁을 굽다

어느 날 O에게 묻고 있을 것이다.
어느 날 빈 배 되어 떠나고 있을 것이다.
어느 날 한 세계의 바닥에서 앵앵거리고 있을 것이다.
어느 날 개돼지 같은 꿈을 꾸며 사나흘 간 누워있을 것이다.
과거를 주렁박 처럼 달고 떠도는 풍운 꽃
고장 난 생은 언어의 화석
마음 환한 봄날인 양 혀로 춤추던 날도 있었지.
흰 나비 같은 여자는 타임캡슐 속에서 한 남자의 그림자랑
살았네.
병실 밖 바다 풍경은 내 존재의 미학
죽은 해면 위로 시간이 후두둑 떨어진다.
해장국 한 그릇에 소주 한 병 적시고
얼마나 오랫동안 써 내려 가야 백지에도 천국이 오는가.
가도가도 정신이 혼절한 지도 위로
빗속으로 달려온 발바리 쌍판대기 존재,
죽음 이후에 나는 얼마나 늙어 갈까.
그 곳에서 조상들이 물으면 나의 임시 거처에는
잎들이 붉더라, 꽃들이 퍼렇더라.
지금 한 그루 나무되어 창공만 바라보니
저 O의 유리창은 또 누가 씻을 것인가.

구운 생을 지나니 산중으로 달아난 새벽 비가 내린다.
올빼미 애도 소리 달빛 죽인 시간,
퇴고한 모국어가 내린다.

최승자
1952~. 1979년 문학과 지성으로 등단, '이 시대의 사랑', 문학과 지성사 1981, '즐거운 일기', 문학과 지성사 1990, '쓸쓸해서 머나먼', 문학과 지성사 2010, '빈 배처럼 텅 비어' 문학과 지성사 2016

제4부

1980년대 등단

이사라, 노을과 마주앙

더는 침묵이 약이 되는 시간
미학적 슬픔으로 숲 속에서 숨는다
먼 길 돌다오니 세상은 둥근데
우리는 저녁이 쉽게 오는 사람
슬픔과 고독이 상처를 낳아
춘분과 추분의 밤과 낮처럼
시간의 추로 표했던 생,
구름은 상복의 아들 되어 장송을 연주 하고
파도는 소복의 딸 되어 곡을 할 때,
'상처가 있는데 안 아프다고
상처가 없는데도 아프다고'
생각이 물들 때 까지 참 오래 걸렸다.
머얼리서 구름 장미 다발들고
가라 내 마음이여, 금빛 날개를 타고……

'더는 시에 끌려 다니지 말자
어떤 수사도 필요 없는 진심을 보이며 편안한 시,
누구와도 공감하고 산다는 일에 힘을 빼고 싶었다.'
히브리안 마을 앞에서 불태웠던 모습
이제 홀홀 바다에 안기시라.

바람과 함께 이리 저리 부딪치며
"미친 사랑 아니었으면 도착 못 했을
그래도 여기가 아직 세상 끝은 아니어요."

이사라
1953~. 1981년 문학 사상, '히브리인의 마을 앞에서' 1989, 미학적 슬픔, 한국문학
도서관 1990, 1997 '숲 속에서 묻는다', 세계사 1997 '훗날 훗사람' 문학동네 2013,
'저녁이 쉽게 오는 사람에게', 문학동네 2018

양애경, 거울 속 아침 햇살

"해, 맑은 씨앗 한 알
곧 행복해지리라는 믿음 하나"로 쓴다
암늑대의 시는 내게 사랑이 찾아오고 있다

선홍의 오월 시는 좋은 것만 생각하자
숫늑대의 시는 건강하다 그들을 사랑한다
순도 높은 은빛 창가에서 두려워 마
고요의 바다 폭풍이 일듯
돌고 돌다 향하여 오르다
어느 여명의 영토에서 마음 부자가 될 수 있다.
처음 느낀 눈빛 그대로 저 순백의 황홀
염화시중처럼 응시한
뜨겁고 차가운 꽃길로 눈길로
행복 배달, 꿈 배달
나는 중요한 일을 하고 있다
"나의 하루, 나에게 거는 주문"
바닥이 나를 받아주네

"생에는 종종 축복으로 여겨지는 순간들이 있어요. 햇빛과
바람 같은 자연이 주는 쾌감도 있죠. 저는 앞으로 은퇴 후
조용하게 살아갈 세월에 대한 기대감이 있어요. 저의 생은

꽤 꿈대로 해왔지만 남자와 자연스럽고 편하게 사귀어 보지
못한 거예요. 사실 저는 냉정했다기보다는 수줍었던 거예요.
지금처럼만 사람들을 편하게 대할 수 있었으면 연애도 결혼
도 잘 할 수 있었을 텐데."*

* 김명원 시인의 '시인을 만나다'에서 대담
2015 봄비 내리는 공평동 포장마차에서 故 하명환 시인이 대전에서 문학
활동 하던 양애경, 김백겸, 김명원 시인과의 추억을 말하다

양애경
1956~. 1982년 중앙일보로 등단. '불이 있는 몇 개의 풍경' 청하 1988, '바닥이 나를
받아주네', 창비 1997, '내가 암늑대 라면', 고요아침 2005,' 맛을 보다', 지혜 2011

최문자, 향나무

1

언제인가 말했네. 강렬한 에너지를 내뿜는 환시나 광기의
촉수와 피를 가지고 시에게로 무작정 막무가내로 쓰러지며
투신하는 시인이고 싶다고, "당신은 나를 꿰맬 수 있는 가장
굵은 절망의 바늘이야. 나는 봉합되지 않아."

재동초등학교를 입학하던 해 6.25사변이 일어났다. 오빠와
먼저 떠난 피난 중에, 오빠는 군인들의 트럭에 강제로 실려
가고 남겨진 나는 어머니와 만나기까지 상거지 신세가 되었
다. 금강의 모래들이 수근거렸네. 9개월간 다 뒤져 어머니와
재회 후 어머니는 동네서 가장 좋은 집을 사서 3년간 살다
전학시켜 주었다..부서진 문짝 잃어버린 조각보, 이미지로 다
듬은, 시라는 탐나는 사과 를 가졌다.

어느 날 청보리 밭의 풋풋한 향기를 맡네. 종달새가 노래
해주지 않은 속알이들이 영글어져 가네. 산은 언제나 강이
뿜은 안개로 둘러 쌓여 있네. 따뜻함이 묻어 있는 흙 위로
맨발로 걸어가네. 심혼 속에 기독의 부름을 들을 수 있다네.
네 마음의 밭에 시를 뿌리라, 늦가을의 풀섶에선 송곳 같은
추위가 있네. 겨울 역에 내리는 나의 시에는 비밀의 사과를
품고 있었네. 유목의 사마리안, 권력의 외부에 있으며 법의
보호를 받을 수 없는,어리석은, 소외된, 길 바깥의, 모래 바람

을 안고 황폐한 ,나는 차마....... 로만 밖에 말하지 못하는,

"지난밤 웬 바람이 그리도 불어댔을까 아무 말 없이 뜨겁게 꽂혀 있던 꽃잎 죄다 떨어뜨리고 불구가 된 나무"

2

2017. 08월 11일 '예술의 기쁨'에서 열린 최문자의 밤'에 갔다. 빗방울이 흩날리고 많은 시인들이 복도 까지 서성였다. 동영상과 시인의 강연이 이어지고 시 노래가 이어진다. "어느 날 교회를 다녀왔더니 남편께서 지병으로 소천 했어요. 남편은 조그만 아내가 트럭인 줄 알고 계신 적이 있어요." 라는 말씀에 나는 찔끔거렸다. 시인께서 병마에 걸렸을 때 남편에게 처음 들어 본 말 "내가 당신 곁에 지켜 주겠다고" 나도 바들바들 떨면서 그렇게 말하지. 언젠가 마지막 송구영신 역은 무슨 색깔일까, 누가 먼저 닿을까 하고 생각하다가 하얗게 지워지는 새벽도 많았지. 하루의 시동을 꺼트리고도 트럭 같은 자그마한 당신, 핸들을 잡았던 푸른 손목을 비추는 더 푸른 달빛, 달빛마저 트럭 같은, 직장 생활 반생의 당신,

"향나무처럼 사랑할 수 없었습니다. 제 몸을 찍어 넘기는 도끼날에 향을 흠뻑 묻혀주는 향나무처럼 그렇게 막무가내로 사랑할 수 없었습니다."

최문자
1947~. 1982년 현대문학으로 3회 추천 등단, 시집 '귀안에 슬픈 말 있네' 한국문학도서관 1989, '나는 시선 밖의 일부이다' 한국문학도서관 1993, '울음소리 작아지다' 세계사 1999, '나무 고아원', 세계사 2003, '사과 사이사이 새', 2012 민음사, '그녀는 믿는 버릇이 있다' 시와 표현 2015, '우리가 훔친 것들이 만발하다' 2019 민음사

김경미, 비망록 실패감기

1

　24살 쓰다만 편지인들 다시 못 쓰랴, 이기적인 슬픔들을 위하여, 쉿, 쉿 나의 세컨드인 시와 고통을 달래는 순서로 내 안으로 입국 심사를 통과하다.

　그 해 비망록에는 이슬비 흉내에도 실패했고 바닷가 모래 밭에 엎드려 자는데도 실패했다. 미루나무처럼 크는데도 실패했고 시인 배우자와 시적인 반생을 흉내 내는데도 실패했다. 여행용 트렁크에 나의 목록을 끝까지 들고 간다. 날 낳아 미역국 먹으신 엄마에게도 언제나 미안하고 별이 빛나는 밤에 방송 일을 하면서 실패의 목록은 담벼락 위로 걷는 고양이, 비관 없는 애정과 삶은 언제까지일까, 깨어 보니 24살, 달려 보니 44살, 다시 일어나 보니 84살이리라. "불안은 사랑을 갈구한다."어깨에 묻은 이슬 발을 툭툭 털어내며 언제나 24살의 비망록을 꺼내 인사한다.

2

1983년1월1일 신춘문예 당선작 김경미의 비망록을 읽고
낙방한 내 24살의 비망록을 생각해 본다
오문과 비문, 잊음과 잊혀짐 사이,
우리의 등뼈와 기차를 타고 간 입영 전야 바닷가,
바램이 간절하여 바람이 불고 낯선 역에서

소라의 감옥에서 벗어난 속살과 목덜미,
고동의 엉덩이, 멍게의 혓바닥,
금이 간 유리 창에 몰아 친 눈 송이,
그간 우리는 밤의 입국대에서
너무 마음 바깥에 있었습니다.

김경미
1959~. 1983년 중앙일보 신춘으로 등단, '쉬잇, 밤의 세컨드' 문학동네 2001, '고통을
달래는 순서', 창비 2008, '밤의 입국 심사', 문학과 지성사 2014, '그 한마디에 물들
다', '책 읽는 수요일 2016', '너무 마음 바깥에 있었다', 혜다 2019

김명리, 서정은 귓속 말

세월이 가면서 시인과 조각가 부부의 귓속말
갈대는 갈대끼리 제비꽃은 제비꽃 끼리
바람 불고 고요 한 날
슬픔은 슬픔끼리 기쁨은 기쁨끼리
천둥 속에 폭우 속에
불멸의 샘이 여기에 있다
숨 타는 꽃 잎 속 흐드러진 암향이여
적멸의 즐거움에 부둥켜안고
우리 이제 半공중에 납작 엎드리자
습지의 햇살, 작은 물살, 연꽃의 미소
나는 그대가 꾼 길고 긴 꿈
머지않아 캄캄한 후미도
수런거리며 이야기로 푼 생이 어디이랴.
한 떼의 반짝이는 박새 울음으로 흩어질 것이다.
"우리는 자신의 입으로 생의 쇠망치를 삼켜 뭇 생명들의
상처를 꿰매는 몇 쌈 바늘로 그것을 정련해 토해내는 사람이
아닐 것인가."
문학회도 같이 전람회도 함께
서정의 궁극은 부부가 아닐 것인가.
물 보다 낮은 집에서 적멸의 즐거움을
불멸의 샘은 여기에 있다,
제비꽃 꽃잎 속

김명리

1959~. 1984년 현대문학으로 등단, '물보다 낮은 집', 미학사1991 '적멸의 즐거움', 문학 동네 1999, '불멸의 샘이 여기 있다', 문학과 지성사 2002 '제비꽃 꽃잎 속', 서정시학 2016

황인숙, 캣맘

켓맘, 나도 오늘 캣맘이라 부를래요.
마마 오늘 비오는 날 아기 데리고
아파트 소각장 옆으로 향나무 아래로 갈게요.
그저께 준 생선구이랑 쌀 과자랑 물, 잘 먹었어요.
요즘 날씨가 많이 더워져서 그런지 차 밑에 누워있어요.
파아란 플라스틱으로 둥근 집
근데 아파트 어떤 주민들이 자꾸 치워버려요.
마미, 나도 시를 쓸 수 있어요 야옹 하는 소리 잘 들어 봐요.
날쌔게 벽을 타고 올라가서 행과 연을 줄게요.
행복한 아침 시 마당에 올려 주세요.
마미, 내가 다시 태어난다면 여자 시인으로 태어날래요.
윤기 졸졸 안 흘러도 맘처럼 까망 머리 여자로
태어날래요.
"사뿐사뿐 뛸 때면 커다란 까치 같고
공처럼 둥글릴 줄도 아는"
그리고 곧장 내달아
제일 큰 참새를 잡으리라.

　스무 살 때 내게 시가 뭔지도 모르고 찾아왔어요. 40여 군
데 냥이에게 밥을 주기 위해 카트를 끌고 다니면서 시를 구
상하고 메모하고. 동아일보에 행복한 시 읽기에 3년을 연재

했는데 머리를 꽁꽁 싸매고 도끼를 휘두르듯 써오곤 했어요. 시인에게는 어쩌면 이기적이거나 악의 성향도 따돌림이라도 정신적으로 상처를 받아 사회적 반응으로 화학 작용을 일으키지요. 기(氣)가 있는 시를 쓸 수 있는 자양분이 되어 그냥 미적으로 훌륭하면 되는 것이지요. 나와 동거 동락하는 냥이, 란이 복고 명랑, 숨 탄 연약한 것에 대한 연민, 고양이는 바라만 보면 무엇인가를 항 상 줘. 고통에서 자유러워진 자처럼, 매일매일 길 고양이의 소외와 고통을 사뿐히 뛰어 넘듯

황인숙
1958~. 1984년 경향 신문으로 등단. '새는 하늘을 자유롭게 풀어 놓고', 문학과 지성사 1988, '슬픔이 나를 깨운다', 문학과 지성사 1990, '우리는 철새처럼 만났다' 문학과 지성사 1994, '나의 침울한, 소중한 이여', 문학과 지성사 1998, '자명한 산책', 문학과 지성사 2003, '리스본 행 야간열차', 문학과 지성사 2007

김추인, 사막의 뮤즈

은빛 여우라 불러다오. 멀어지는 풍경들의 시간
당신의 발자국은 사막의 행로
일상의 조각보에 숨긴 뮤즈의 음표들이다.
길이 없어서 어디나 다 길인 유목의 길
아지랑이는 없다. 분명한 삶을 떠받드는 지층이 있을 뿐.
모래폭풍 속에서 사하라의 샘을 퍼 마시고
해질 녘 피라미드, 스핑크스를 바라본다.
세상에 없으면서 세상에 있는 자 누구냐?
나다. 그대가 떠도는 바람이고 전사이고 사막의 움직이는
오브제라,
모래의 땅은 흐르고 흘러 소금사막 천만 빛
소금 알알이 모래 알알이 여우들의 춤은 계속 되리라.
과거를 보내지 못한 검은 숯덩이, 미라는 일상이 사막인데
내게 사막은 진정 오아시스인가.
여기가, 구름 두른 사구이더냐?
답이 없는 것은 말씀이 별무 소용이더냐?
전사여
미답未踏의 내세까지 이어질 그대의 음표들이 보인다.

근엄한 아버지는 항상 말씀이 사막, 어머니는 늘 바싹 마
른 사막, 집에서는 노상 한약 냄새가 사막의 공기로 떠돌았

죠. 열 살 이상 오빠는 외지에서 공부를 하고 동생은 너무 어려 나는 단연코 개미, 땅 강아지, 들꽃들과 혼자 노는 아이였어요. 그 결핍은 지리산 아이가 서울의 숙명여고에 혼자 시험을 치르고 졸업하기 까지, 고개를 꺾은 채 걸어가면 골목 까지 사막이 구불구불 뒤 따라 왔어요. 모성을 찾아 우주로 떠도는 몽상가, 개인의 지평을 넘어. 시는 필생의 업보, 절망의 가장 자리에서 늘 머나먼 스와니 강의 별, 고도를 기다리는 사람, 나는 지구인들과 잘 어울리지 못하는 외계인, 언젠가는 안드로메다 같은 곳에서 나를 데리러 오리라, 집 창가에 우주인 표식으로 외계인 풍선을 매달아 두죠. 죽을 만큼 쓸쓸 할 때마다, 홍윤숙 스승님의 추상같은 가르침, "시는 활 사위처럼 팽팽해야 되는 거야" 아버지의 아버지, 또 그 아버지, "떳떳한 가난이 아름답다"라는 오만한 지성, 외가의 음악, 미술적 끼, 자연과 문화 그래 좋죠, 사막을 건너오니 그것은 나,

　죽을 만큼 외롭고 영원한 아웃사이더 일 때 보이는 그 행성은 시

김추인
1947~. 1986 현대시학으로 등단, '나는 빨래에요' 한겨레, 1988, '광화문 네거리는 안개주의보', 청하 1991, '고장난 시계', '모든 하루는 낯설다', 세계사 1997, '행성의 아이들', 서정시학 2012, '온몸을 흔들어 넋을 깨우고', '전갈의 땅', 천년의 시작 2006, '오브제를 사랑한', 문학의 전당 2017

허수경, 아서라

세상사는 모두가 이별 한 줌, 종자로 남으리. 심장은 뛰는 것만으로도 뜨거운 성기가 된다. 슬픔 한 움큼 거름으로 남으리, 고국은 찬란한 지옥, 세기말 핑크스를 추다가 독일에 와서 지도 교수와 결혼하고 동방의 고대문학 박사가 되었다. 제기랄, 지금 암동 병실에도 멍청한 별들은 심장을 비추고 있다. 아뿔싸, 나의 시 제명은 운명의 징검다리, 옷 한 벌로 한 발 내딛었다. 내 사랑은 이 별 밖에 선 사랑, 아침에 눈을 떴는데 어떤 공간에 버려진 미아 낙태 위태 젊은 날, 구멍이 뻥뻥 통풍이 잘되는 곳에 있고 싶어요.

헌 문장 헛 걸음 한 수저 한 사람. 내가 쓴 반전서 '청동의 시간 감자의 시간'에 약 설명서 같은 문장들, 시간이라는 말과 당신이라는 말, 남은 시간을 찾는 건 사랑이 없으면 불가능하리. 낯선 고향 혼자 가는 먼 집 아무도 기억하지 않는 역에는 노고지리와 왕벚나무, 내가 겪은 사랑이 전부이랴. 참말 같은 거짓말로 나는 떠나도 누구를 기다리는가.

'빌어먹을, 차가운 심장'에 고고학적 상상력이 시속으로 들어오라. 500년의 세월이 2미터로 축약되는 데 나의 시간은 지층 속에서 몇 밀리미터로 남을까. 그 안에서 괴로움, 상처는 어떤 흔적으로 남을까, 내 삶은 포동포동 순무 야들야들 상추 이젠 사월 텃밭의 사랑을 믿지 않는다. 오히려 약봉지보다 촘촘히 써 내려가는 손금의 운명을 믿으리. "그때, 나는 묻는다. 왜 너는 나에게 그렇게 차가웠는가. 그러면 너는 나에게 물을 것이다. 그때, 너는 왜 나에게 그렇게 뜨거웠는가. 서로 차갑거나 뜨겁거나, 그때 서로 어긋나거나 만나거나 안거나 뒹굴거나 그럴 때, 서로의 가슴이 이를테면 사슴처럼 저 너른 우주의 밭을 돌아 서로에게로 갈 때, 미워하거나 사랑하거나 그럴 때, 나는 내가 태어나서 어떤 시간을 느낄 수 있었던 것만이 고맙다." 잘 있거라 내 사랑.

허수경

1964~. 1987년 실천문학으로 등단, '슬픔만한 거름이 어디 있으랴', 실천문학사,1988, '모래 도시를 찾아서', 현대문학, '혼자 가는 먼 집', 문학과 지성사 1992, '나는 발굴지에 있었다', 난다, 2018, '청동의 시간 감정의 시간', 문학과 지성사. 산문집. '그대는. 할 말을. 어디에 두고 왔는가', 난다 2018

나희덕, 말의 4계

해가 질 때 까지 봄들이 흙투성이가 되어 낄낄낄
우리 가족이 살던
에덴 보육원의 중심에는 큰 놋쇠종이 있고 종이 울리면
숟가락이 동시에 달그락, 생명의 소리
내 귀소 본능은 소수자를 위한 여러 공동체를 떠돈다,
길들여지지 않는
길 찾아 떠난 말들이 둥둥둥둥둥 '말테의 수기'를 읽다.

1987년 오월,
나의 청춘 캠퍼스는 최루탄과 화염병의 동반시대, 한열 동
기에게 받은 가투 안내서, 지금도 던지지 못한 '뜨거운 돌', 도
덕적인 지극히 도덕적인 내 안에 푸성귀들이 퍼어렇게 질려
있다, 사색의 초록 너머 봉은사에서 들려오는 종소리 나의
나무야 고통, 꽃아, 뿌리에게로 가게, 어둠하고 한번 발음해
봐. 안으로만 타오르다 한 줌의 재가 되게, 오월의 말을 뿌린
산야가 둥둥둥둥둥 비루하다.

무등산 비탈 군데군데 붉은 돌무더기 사이 물소리, 비가
오면 더욱 선명 해지는 말소리, 자음과 모음을 꿰지 않고 남
겨 놓은 소리, 삼킬 수 없는 것들을 삼켜 버린 소리, 말을 구
토한 소리, 모닥불에 젖은 빗소리, 붉은 밤을 쏟은 불 소리.

마른 잎 빗방울 마신 소리. 말이 말을 하는 소리, 말이 말을 탄 소리, 하이에나 같은 소리, 누우 같은 소리. 일 촉 단발마의 소리, 말을 타고 달아난 소리, 둥둥둥둥둥 지금도 차갑게 굳은 혀, 그렇게 오랜 말들이 돌고 돌아 다시 물소리로 들어앉다.

누가 겨울의 소로에서 말을 타고 내게로 오고 있다, 귀로의 행간에 가슴이 칼날로 주욱 그은 것처럼 이별 보다 더 슬픈 울음의 끝, 열 살의 내가 이 까마득한 시간까지 따라와서 라듐 빛을 내며 가는 환절기, 느릿느릿 말들이 다가온다. 저들 끼리 차창가로 흐르다 깊어가다 모두 잠긴 말들, 하얗게 날리며 함께 둥둥둥둥둥

나희덕
1966~. 1988년 중앙일보 로 등단, '그 곳 이 멀지 않다' 민음사, 1997, '마른 물고기 처럼' 현대문학, 2009, '말들이 돌아오는 시간', 문학과 지성사 2집, '그 말이 잎을 물들었다' 창비, 1994, '반통의 물 창비', '진 손바닥', 창비 2018

정숙자, 눈뜨는 별

유년 시절 나의 집엔 풀 나비 하늘, 깊은 우물 위로 하늘,
돌계단 위 대문을 열면 하늘 몇몇 무덤과 늙은 소나무위로
하늘, 하늘과 맞닿은 모악산과 방죽 위로 하늘, 아스라한 들
녘 신작로 위로 하늘, 나의 우물 안에서 두레박으로 길어 올
린 얼굴위로 하늘,

서너 살 무렵, 죽음의 문턱 위로 하늘, 중이염으로 잘 듣지
못하는 아기에게 해열의 바람아 불어다오.

어느 여름 동산에 올라 초저녁, 별 하나 나하나

그것은 내 처음 '시의 눈', 그날 밤 바람 따라 별을 따며
태양의 빛, 시를 봐버렸다. 찰나, 청력에 이어 이성마저 시의
제단에 바쳤다. 수예품의 실 색깔 하나라도 남들과 달라 고
이고이 시를 읽고 책갈피에 낙엽으로, 사운드 오브 뮤직의
트랩 대령 같은 배우자와 결혼하기를 원했었지.

고등학교 진학을 사뿐히 단념. 오로지 문학만을 위한 독학
으로 좋은 문장들을 구절구절 노트 노트. 나의 방향성은 한
쪽만을 편애하였다. 아들, 딸 출산으로 이만하면 몽돌몽돌 얼
굴은 행복한 유령을 닮아가나.

아앗, 차오르지 않는 앞의 생,

음독 소동은 요절 시인들의 특허품이랴.

철없는 자해의 계절은 가고 철학 탑에 하나 둘 돌, 쌓아
갈 때, 남편이 트랩대령처럼 진급되자 곧 바로 대학원 철학

과 수료과정을 꿈꾸고 미당 선생께서는 당장 추천서를 써 주셨다.

　전방으로, 전방으로 30여 차례 이사 하며 바라본 별은 천연하고 은은했지. 생에 처음 마련한 아파트 에서 떠난 그는 시의 눈

정숙자
1952~. 1988년 문학정신으로 등단, '그리워서', 명문당 1988, '하루에 한 번 주심은', 혜진 서관, 1988. '이 화려한 침묵', 명문당, 한국문연, 1994, '정읍사의 달밤처럼', 한국문연 1998 외 다수

정끝별, 난 이제 늦별을 패러디 할래

　다수가 불러 낸 명찰을 떼고 소수자를 패러디할래
　심심해 넣은 김밥 속 미나리를 패러디할래
　아, 겨울밤 성성한 숭어의 속살과 월북 작가의 금서를 패러디할래
　대학도서관의 800번 대의 문학책들을 패러디할래
　기습적 물벼락을 만난 민들레를 패러디할래
　상심한 오후의 바람이여, 새장임을 알아버린 앵무의 앵무를 패러디할래
　실랑이하는 강아지와 말이 거느린 힘을 패러디할래
　언어서술에만 치우치면 실패한 프롤레타리아 시가 되고 언어작용에만 치우치면 사이비 난해시가 나온다는 날아간 노트북의 문장을 패러디할래
　어린구름의 집과 길에서, 어머니의 가락과 리듬을 패러디할래
　죽어서도 남근 중심주의자 였던 모던보이 아버지를 패러디할래,
　리틀 아버지 오빠들 넷이 아홉 살 내게 주었던 꽃주머니를 패러디할래
　오랜 것들을 참고 이겨내고 조용히 감내했던 할머니의 치아를 패러디할래
　서울 간 엄마 늦도록 기다리다 부른 '하얀 찔레꽃'을 패러디할래

반 현모양처의 열 댓 장의 결혼 각서와
받아 준 허허실실 그 남자를 패러디할래
두 딸과 함께 베란다에 깃든 새들의 휴식을 패러디할래
여중여고여대로 이어지는 성적 정체성을 패러디할래
386세대라 불린 저항의식을 패러디할래
고향 영산포 밤의 취기를,
남성들 틈에서 살아남은 개그와 코미디를 패러디할래
보리까시 같다는 엄마의 말과 내 거실 끝자락 음지식물도
패러디할래
이번 생, 보여주면서 숨기도 받아들이면서 초월한 패러디
시학을 패러디할래
어디에서나 가까스로 '은는이가'가 불러내는 단어의 힘을
패러디할래
오! 할렐루야.
난 끝내 새벽에 본 끝별의 '와락'을 패러디할래

* 정끝별 시인의 이화여자대학교 박사논문 "한국 현대시의 패러디 구조 연
구"(1996), 저서 『패러디 시학』(문학세계사, 1997), 『패러디』(모악, 2017)

정끝별
1964~.1988 문학 사상으로 등단, '와락', 창비 2008, '시심전심', 문학동네 2011, '은는
이가', 2014, 문학동네 2014 외 다수

이경림, 푸른 고독 무늬

겨울 턱이 덜덜 발이 시려, 1963년 차창가, 단발머리 여고 생이 시절 하나로 접혀져 있다. 강원도 사투리 으악, 새처럼, 그악스런 짐승들이 급 고독! 밤 열차를 부르고 아버지요, 동생이 죽었어요. 늘어놓지 못한 이야기보따리, "춥제" "아니요", "공부 잘하나", 그제서야 눈물은 함백 폭포처럼, 급! 고독, 새벽녘 아버지가 중얼 거렸다. "육이오 때 말이다. 월북자들이 실려 가는 트럭을 탔었다. 칠흙 같은 밤, 개성쯤이었을까. 불현듯 네 살 먹은 네 얼굴이 떠올라 미치겠는기라. 순간적으로 달리는 트럭에서 뛰어 내렸제, 네 얼굴만 생각하고 하룻밤 40리를 거꾸로 달렸제 그 때 부터 남쪽에서는 월북자요, 북쪽에서는 반동분자가 된 거지, 우수 운 일이지, 나는 낭만주의자 일 뿐인데,.... ,"

세상의 사람들이 아닌 작가들을 말하시던 아버지의 눈은 불빛으로 달아올랐다. 눅눅하고 어둑하고 비의 배경 "딸아, 네게 주고 싶은 건 만년필이다. 원고지 수만 장은 국보요. 좋은 글 많이 써라 욕심내지 말고 많이 써라 원고지 칸칸이 나의 눈이다." 내 손을 꼭 쥔 채 가신 하얀 얼굴 아버지는 내 몸에 있다. 푸른 호랑이 무늬,

나의 문청시절은 쇠똥구리가 내리막길을 막무가내 굴러 내리듯,

각본에 없는 결핵 병동에서 시작되었다.

요절한 국문학도 남동생이 갖다 주는 책으로 고독급을 달랜다.

오규원 선생과 몇몇 도반에 의해서 문학이란 꿈의 실체

보.인.다.

문학에 의해 영원히 잠들지 않는 철들지 않는

병들고 가난한 어미가 외아들에게 준 선물, 너의 이름은 '윤동주'

하늘을 우러러 한적 부끄럼 없이 살았으면,

2016년 가을 '서시 윤동주 문학상' 첫 번째 수상자가 되었다.

지금 나는 문청이다. 70대는 기쁘고 황홀한, 나는 문장이다.

떠도는 일은 태어남과 죽음을 반복하며 존재하고 사랑하다 문득

급! 고독(孤獨)이 급! 고독을(高獨)'과 맞닥뜨리는 순간

이경림

1947~. 1988년 문학과 비평으로 등단, '시절 하나온다 잡아먹자', 창비 1997, '나만 아는 정원이 있다', 2001, '상자들', 랜덤하우스 코리아 2005, '내 몸 속에 푸른 호랑이가 있다', 문예중앙 2011, '언제부턴가 우는 것을 잊어 버렸다', 이룸 2008, 창비 2019

조은, 뒤 돌아보고 싶은 순간들

"벼랑에서 만나자.
벼랑에서 밧줄 하나,
그러면 나는 젖소 유에 노루 피를 타서 네 입에 부어 줄까"

종로구 사직동에 개 한 마리 키우며 살았네.
시 쓰기 좋은 땅은 호락호락 죽음을 받아주지 않는다네.
안녕하세요, 꽃은 일찍 썩는답니다!
그럴 때는 오감이 만족하는 시가 되지요,
네. 육화의 뼛가루도 내 몫이 아니거늘.
불행이 시에 양념으로 버무려진 진수성찬,
새들이 내 몸을 먹고 있다네.
그로테스크하게 나를 벌떡 일으켜 세우랴.
저것이 죽음이라니 이것이 삶이라니
모두들 잠든 깊은 밤에, 대 낮에 개 짖는 소리들
당신은 나 처럼 당신처럼, 나는 당신처럼 사고하라고요.
그건 서로가 없는 유전자 관계 주의자인 정치가나 은둔자
는 한 통 속,
삶을 시로 쓰는 같은 사람이죠. 나는 한 번도 열정의 멋,
못 살아봤네.
행복 불신죄로 갈망이 없었네.
손가락마다 지문으로 새기며 살아 온

내 모순의 흙이여

한없이 길고 캄캄한 터널이죠,

맨손으로 벽을 더듬으며 혼자 걸어 나왔을 저쪽엔 무엇이 있어요.

저기요, 저긴...보내자.

옛은 똑같이 가난하여 좋네.

거친 동네 여인들과 때로는 사소한 일로 부딪치기도 하며 사는 그것은 시.

기적은 기적처럼 나를 부른다.

비바람에 억새들도 흔들린다

시인은 궁핍을 두려워하지 않는다네.

조 은
1960~. 1988 세계의 문학으로 등단, 시집 '사랑의 위력으로' 문지사 1991, '무덤을 맴도는 이유', 문지사 1996, '따뜻한 흙' 문학과 지성사 2003, 산문집, '조용한 열정'마음산책 2004, 산문집 '벼랑에 살다', '조용한 열정', '옆 발자국', 문학과 지성사 2018

김언희, 메두사

시와 반시 등단 추천한 유홍준 시인을 발굴한 문단의 메두사
나도 시를 분류 해볼게요.
김언희 시인께 전화하니 제자 김남호 시인이 쓴 '보고 싶
은 오빠'의 발문을 보라한다.
여기 저기 쓴 지금은 이게 시,
생각을 지우기 위해 머리를 잘라 불단 위에 놓아두었으니
이제 가마솥으로 뛰어 들어봐요. 시는 보행이 아니라 춤이요.
차라리 춤 선생한테 몸을 맡겨요. 블루스를 배울 때와 똑 같
이, 좋은 시는 춤이란 걸 절대 잊지마오.

"이리와요 아버지, 내 음부를 하나 나눠드릴게요, 벗으세요
아버지 밀봉된 아버지 쇠가죽처럼, 질겨빠진 아버지의 처녀,
막을 찢어들릴게요 손잡이 달린 나의 성기로 아버지 죽여드
릴게심장이 갈래갈래 터져 버리는 황홀경을 아버지 절정을
그래봤자 아버진 갈보에요 사지를 버르적거리며 경련하는 아
버지 좋으세요 아버지 뿌리째 파내드릴게"

예술의 불구대천 원수는 나요. 틈만 나면 독사 대가리를
쳐들고 나오는 '나' 그 '나'를 쳐 죽여야 하오. 나는 시를 에
드리브라 믿소. 대본에도 검열도 안 된 무의식의 발현, 느닷
없는 돌기, 그것을 시라 보오. 혁대를 풀어버리시오. 당연히

궁둥이는 뒤로 쭉 빼고 똥 누고 일어서는 그 순간이 시요.

그래도 오빠 하는 수가 없어 나의 배를 가른다. 섬벅섬벅 뛰는 심장을 꺼내, 내 맘은 아직 붉어, 변기를 두른 선홍색 시트처럼 낭심을 꽉 움켜잡은 사내처럼, 언제 한번 들러, 공짜로 넣어줄게, 언니 보지 코 고는 소리에 밤새 잠을 설쳤어! 니 보지 가래 끓는 소린 어떻고! 아침부터 와자하던 큰 꽃들아, 달은 여태 푸르고 나는 살아있다 목 뒤에서 쳐주기로 한 당신은 언제 오는가? 내가 재가 되어 흩어 졌을 때 내 문장들 역시 재가 되어 흩어졌으면 좋겠어. 시 쓰기는 모래 만다라 같은 것, 다 그리고 나면 빗자루로 깨끗이 쓸어버리는 것, 나는 그 모래 바람 속에서 길을 잃는다네.

김언희

1953~. 1989 현대 시학으로 등단, '말라죽은 앵두나무 아래 잠자는 저 여자, 민음사, 2017, '보고 싶은 오빠', 2016 민음사, '요즘 우울 하십니까' 문학동네, 2011, '뜻밖의 대답', 민음사 2005, '트렁크', 세계사 2000

박서원, 내 등단 시는 '학대증'

그 해 여름은 창백했고
'아무도 없어요' 내 곁에는
고발과 폭로를 해줄 이는
겨울밤 망망대해의 부표,
중년 창부가 흘린 미소와도 같은 새벽
어디로 닿을지 모르는 시간들
그냥 사라질 수도 원하지 않는 방향으로 갈 수도
그러려면 내게로 오라
'난간 위의 고양이'야, '이 완벽한 세계'에 오라
우리 같이 할 수 있는 것은 버티는 것 뿐
천년을 천녀로 건너온 여자는
어릴 시절 끔찍한 겨울을 고백해요
나는 지금 어디까지 왔고 어디로 가는 가요
나의 가방에는 늘 약봉지, 줄 담배도 나의 약
신경쇠약 기면증 내 먼저 세상을 떠남에
엄마, 미안해요
내 장례식장에 초대 하고 싶은 시인
김정란, 최춘희, 노혜경, 이경림, 노향림 시인,
그들에게 여쭈어 봐주세요.
'모두가 깨어 있는 밤'
제 시집은 좀 더 먼 곳으로 갈 수 있는지요.

주 : 2012년 5월 12일 52세의 박서원 시인 쓸쓸한 죽음 문인들 아무도 몰랐다.

8세때 아버지를 잃고 가족과 떨어져 살아야 했고 희귀 신경병인 기면증에 정신질환을 앓았고 '천년의 겨울을 건너 온 여자' 시집에서 미성년 시기에 당한 성폭력의 상처를 지녔다고 썼다.

2016년에 황현산 문학평론가의 트위터에서 "박서원 시인이 있었다. 최근에 그가 죽은지 오래 되었다는 풍문을 들었다. 정확한 사망일과 정황은 알려지지 않았다"라고 썼다.

박서원
1960~2012. 1989년 문학정신으로 등단, '아무도 없어요', 1990 열음사, '난간위의 고양이' 1995, '이 완벽한 세계', 1997 세계사, '모두가 깨어 있는 밤' 세계사 2002

송종규, 녹슨 방의 비밀 열쇠

　세기말로 넘어 오며 야경시대는 저물고 돌멩이도 정리 해고 우리들의 어제는 따스한 저 쪽으로, 흘러가고 그대에게 가는 길은 고요한 입술, 녹색 별장의 비밀 열쇠 번호를 받아 들고 설레었어요.

　'정오를 기다리는 텅 빈 접시'는 '녹슨 방'의 테이블에 쩍 달라붙었다.

　나의 시작은. 공중을 들어 올리는 하나의 방식

　이였습니다. 홀로 약국의 셔터 문을 내리면서

　창밖으로 보낸 문장, 불발 될 때마다

　머릿속의 에필로그는

　유통기간이 지난 약처럼 삭제되었더군요.

　녹슨 방의 피에로가 나에게

　매듭 문자로 거듭 물어보는 설문지

　"중학교 때, 이호우 시인의 「낙동강」 이라는 시를 외우는 숙제가 있었어요. 밤새 그 시를 "낙동강 강나루에 달빛이 푸르르고" 소녀의 가슴에 붉은 웅덩이 하나 불행하게도 흠뻑,

　저는 여전히 근원적인 결핍을 시를 통해 표출할 것이고 운명의 불가항력과 모순을 끝없이,"

　패랭이꽃을 피우려는 방안인가? 스프링만 넣고 다니는가? 할 때는

주술사의 오기를 먹었지요.

유모차와 처방 약과 시들이 함께 있는 창가에서

새들이 시비를 걸었어요. 행간과 행간 사이

메모지에 적힌 이파리들, 시인이 되지 마라, 결코 행복 하지 않다던 아버지, 당신이 가고 난 후 발견된 노트, 여식의 시가 보도된 신문, 문예지,

비문과 오문을 실은 조각배, 달빛이 휘엉청 '내'라고 하고 있습니다.

때로 진부하고 유치한 것들이 문득 삶을 끌고 가며 문득 마주치는 실존의 한계에 문득 시적인 모든 사건이 의약 부부로서만 여유를 누리기에는 문득 내 안에서 녹슨 방의 문득 시간만큼 슬프고 아름답고 불가사의 하고 긴 문장이 또 문득

송종규

1952~. 1989년 심상으로 등단, '그대에게 가는 길처럼,' '고요한 입술', 민음사,1997, '정오를 기다리는 텅빈 접시', 시와 반시사, 2003, '녹슨 방', 민음사 2006, '공중을 들어 올리는 하나의 방식', 민음사 2015

제5-1부

1990년대 전반 등단

김상미, 날아라 흰 고래여

바다가 보이는 언덕에서 태어났다.
나는 은밀하게 흐르는 물결들의 선장
그러나 이따금 가슴 한 편에 있는 낭떠러지,
그 곳은 살기보다 죽기가 좋은 곳

우리 눈에는 물고기가 살고 사랑은 눈 동공에 사는 물고기
의 먹이,
결국 두 눈에 흐른 들 사랑만이 물고기들을 키울 수 있으
리.
애린의 바람, 모진 사랑, 바다의 창고로 보내 포말이 된다.

초등학교 입학 무렵, 우리 가족은 집과 양계장과 향나무
정원과 바다를 은행에 차압당했다.
용이 되지 못한 이무기가 안에서 부글부글 거품이 일며 용
솟음 치곤 했다.
수정동 산동네 열 한 가구가 사는 피난 촌 같은 공동주택
언제나 소녀에게는 정착은 거두고 버리고 가고 잊고
머무르고 싶은 천막은 없다.

허먼 멜빌의 소설 '모비딕'을 읽곤
눈 밑에서 한 뼘치 아래 아무도 찾지 못하게 숨어 있으리.

흰 고래 모비딕이 미완의 계절풍을 물고 오면
회심의 미소로 새벽에 떠나는 에이햅 선장,
너울성 파도에 갈매기 꾸억 소리,
나는 사라진 섬 하나 품고 있다.
그런 파도 한 마리가 몸에서 떨어져 나간다.

아프도록 잊.지.못.해 또다시 목마른 계절
내 앞의 문을 결국 포기하고 말았다.

두 개의 섬 사이사이 당신 같은
고래잡이들을 생각했다.
며칠만 고래가 되어 나신으로 안겼으면 좋겠다.
날렵하게 번뜩이는 칼 하나를 입에 물고 뱃머리엔 작살을
장착한 채,
고래인 나를 향해 끝없이 노를 저어 올 고래잡이 당신,

물새와 산새들이 불새로 되어 나는 곳, 자살 그만 비석 위
에 놓아둔 향과 촛불, 한 올의 동앗줄로 꽁꽁 묶여 훨훨 날아
갈 소망, 그대의 갈비뼈하나 포켓에 넣고 손수건 한 장이 날
린 곳으로, 번개치고 천둥치는 날이면 태종대로 달려갔겠다.

그런 날은
발 묶여 울음이 되고 궁국의 햇살은 이별이라
이미 터득한 머리칼을 흩날리자.
굶주린 짐승이 억세게 우는 바다에서 내 몸이 더 멀리 수
평선까지 밀려갔다 밀려올 때 까지

'내가 미치도록 사랑한 한 남자'도
막다른 길에서도 만난 적 없는 그대여,
고래가 되지 못한 내 앞에서 굿바이로 잘 살고 있으라.
홀로 날개를 하강 하면 좋겠다.

'우리는 아무관계도 아니에요'

김상미
1957~, 1990년 작가세계로 등단 , '모자는 인간을 만든다', 세계사 1993, '검은 소나기 떼', 세계사 1997, '우린 아무 관계도 아니에요', 문학동네 2017

서안나, 이별후애

청굴 바다에 반달을 빠트린 적이 있어요. 검은 물에 젖은 당신을 보았어요. 숨 참기를 하며 푸른 동굴을 지나 서쪽으로 가다 동김녕과 애월 사이 너무도 먼, 밤의 연동에선 달을 길어 올릴 수 없었나요. 풍문에 젖은 반달을 전복이라며 따라갔지요. 바람결을 거두니 젖가슴은 유두화 처럼 붉어졌지요. 간절한 몸을 서쪽으로 뉘면 입술은 술잔이 되고 유채꽃 피는 톳 공장에서 빈 사랑을 길어 올리다 지친 문장들, 노랗게 비루하게 떠들다가 간 등짝에서 꽃 무더기가 깃털처럼 돋아나도 허기진 반달 사랑, 언제까지 채워야만 온 달이 되는지 언제까지 검은 색을 삼켜야만 온 사랑이 되는지.

제주도 연합통신 지사장 아버지, 초등학교 교사이신 어머니 제주 바다의 미역내음이랑 한라의 고사리랑, 북초등학교 선배 에베레스트 정복한 고상돈 선배랑, '안하고 싶습니다' 필경사 바틀비랑, 독서독사 말라깽이 소녀, 시는 불온 한 육체를 지닌 네모난 옥상 정원에서 자라고흰 눈 위에 툭툭 떨어지는 동백이 보이는 작은 방, 출가한 할아버지는 큰 스님, 비의는 무서운 밤바다 소리로 소라의 귀에 들려주었지요. 늘 창가에 앉아 창밖을 보던 할머니도 동백기름을 바르고 붉게 휘감긴 입술 마냥 그렇게 졌네. 제주의 밤바다는 안개가 자욱하고 방파제의 검은 먹돌은 별밤을 불러내곤 하였지. 다층

동인을 창설하고 합평 때 마다 시 분량은 호치키스로 찍을
만큼 많았지만 호치키스로 찍지 못한,
　4,3과 동백과 대량 학살과 입산과 아버지와 너와 나, 그리
고 산울림.

* 돌 모듬 터

서안나
1965~. 1990년 문학과 비평 등단, '푸른 수첩을 찢다' 다층 1999, '풀릇속의 그녀들',
2005, '립스틱 발달사', 천년의 시작 2013 외

신현림, 몸을 넘어 담을 넘어

그 누가 살펴주지 않아도 봄바람으로 피었네, 세기말 블루스에는 침대'를 타고 해질녘에는 반 지하에 성을 짓고 빨간 벽돌이 흐트러진 아무 구석이나 만족해, 시인의 이름으로 지루한 '세상에 불타는 구두를 던져라' 엄마의 이름으로 '딸아, 외로울 땐 시를 읽으렴' 반쪽 유리창에 먼지 날린 길에 피어난 사과 꽃, 낯선 길은 아름다워 슬픔과 함께 지평선을 새로이 해석하라. 내 살길은 이어질듯 끊어질듯, 홀로가 홀로에게, 가계도는 주업이 외야 운동권, 들길과 풀꽃, 빗소리 타고 들려오는 종소리를 좋아하지, 또한 달리기를 좋아하여 주류가 아닌 주류로 문학 판을 흔든다네. 몸을 넘어 담을 넘어 달려 온 예술은 고단한 울음 상자, 전업 작가는 파아란 얼굴로 죽음 가까이 살다가네. 10년의 사막 길 10분의 포옹, 하늘로 하늘로이 살았노라 손짓을 하네.

군사정권시절 형사들이 20년은 집으로 출근해 늘 살폈지요. 데모주동자 등 틈틈이 피신했다 떠나, 아버지는 투사로 훗날 민추협사회국장직 등 맡은 등 감옥소가신 때요. 그래서 시골 약사이셨던 엄마는 탯줄도 혼자 자르시고, 제 배꼽에서 고름 한 사발 나왔대요. 죽었다가 살아난 경험, 긴급조치 2호. 4호 때도 아버지 감옥 살다 나와. 언젠가 인터뷰 때 아버지는 민주화 투쟁에 재산 내놓고 학생장들 숨겨주고, 주변

고문 후유증 앓다 간 분들도 있고. 아버지는 3수 끝에 당선 재산 다 말아먹고 딱 한 번. 얼마나 다행인지 몰라요.

　투사 아내, 정치가 아버지 내조하고 생계 책임지시느라 골병들어 돌아가신 엄마에게 그 많은 말들을 시집들을, '삶이란 자신을 망치는 것과 싸우는 일'

신현림
1961~. 1990년 현대시학 등단, '지루한 세상에 불타는 구두를 던져라', 세계사 1994, 세기말 블르스 1996 창비1996 , '딸아, 외로울 때는 시를 읽으렴', 2014 걷는 나무 2014, '사과 꽃이 필 때', 사과 꽃 2019 외 다수

안정옥. 시시각각時詩各各

뻐꾸기 달력을 보면 아마도 진달래꽃을 적을 수가 있다.
아버지는 도립 병원 약사이시라 대전 대흥동 서양식 집,
그 골목 안 식물성 K는 동생 친구라서
일요일 마다 낮잠 잘 만하면 대문을 두드렸다.
오렌지 꽃봉오리 햇빛 같은 날,
대전을 떠난 후 부드럽던 기억으로
붉은 구두를 신고 안부를 묻고자 찾았다.
부유하던 시간들 지나면 산은 뿌리를 숨기고
천지간 조경은 성장한 미인이 되었는데
내가 알던 정원에서 식물의 몸은
몇 십 년 후의 폭설에 난롯불이 이글거릴 때 까지
먼저 청춘을 맛보았겠다.
꽃들은 그 때부터 울 줄을 알았을까.
고독하다 고통스럽다 조용하다 예민하다 패쇄적이다 내성
적이다 침울하다 까다롭다.
어제 내린 비에서 내일 내릴 빗소리 까지
시시각각 우연이고 헤어지고 만나고 시(詩)다.
20여년 만에 상재한 '웃는 산' 출판 기념회 때
K는 시인이 되어 어설픈 축가를 부르고
나는 얼굴을 돌리면서 '웃는 산'이 되었다.
안개에 젖어 몸을 떠는 푸른 식물,

나는 뽀족 구두를 신고 걸어 다니는 그림자

버들 비에 젖은 뻐꾸기의 울음소리, 생 울타리는 대답이
없어

맨드라미 한 마리, 거무튀튀한 싸리나무인 우리가

어떻게 하늘지기인 시를 쓸 수 있었단 말인가.

모래알의 변심 .빗방울의 반란인가, '나는 독을 가졌네'

편협하거나 아득하거나 불길 하거나 저녁 별 같이 창백한
산책

시로詩路에서 함께 걷다가 물푸레나무로 쓴 글,

양평의 내 북카페 '조르쥬 상드'에서 만나면

아마도, 석양에는 곧 좋아질 거야라고 속삭였었지.

안정욱
1948~. 1990년 세계의 문학으로 등단, '붉은 구두를 신고 어디로 갈까요', 세계사
1993, '나는 독을 가졌네', 세계사 1995, '웃는 산', 세계사 1999, '나는 걸어 다니는
그림자인가', 2003 세계사, '아마도' 종려나무 2009

이진명, 나뭇잎들의 주소록

노랑 올챙이들을 따라가면
고철 간판이 있다.
곧아서 회초리나 지팡이로 사용된다는,
물푸레나무들을 지나면 야적장이 있다.
유리창 너머에 맡겨진 서리 낀 적요가 있다.
내 산책의 끝에는 언제나 복자 수도원이 있다.
저녁 식사 테이블을 부러워하다가
팽나무를 찾아가는 울음이 있다.
나무는 길 떠난 어린 생들의 여관
이파리들은 울음이 덮을 이불이다.
불빛 창가를 찾아 앉는 새가 있다.
나무는 수런거리며 오라고 한다.
곤히 쉬는 빈 가지 위를 누가 두드린다.
가지 하나로 호흡을 의지 한 새가
강물 위로 떠다닌다.
나무의 주소록에서 지워진 이파리들이 날아간다.

"너는 처음부터 날았던 사람
떨어지지 않았던 사람이다
두려워하지 마라"

실향민 아버지는 새벽마다 첫 뉴스를 듣는다. 남에서 결혼했지만 북의 아내와 자녀도 그리는 떠도는 별 내내, 19살 내내 문예반 내내 불교반 내내 교지와 주보 '보리', 19살이 시작 되는 겨울 내내 19살이 끝나는 겨울 내내, 외할머니와 어머니 희디 흰 속으로 가셨다. 내내 모두 내가 내내 염을 하다. 나는 유령처럼 내내, 저녁을 위하여 모든 것을 내내, 남 보듯이 풍경 보듯이 내내. 고교를 졸업하고 13년 동안 동생들 뒷바라지 위해 돈벌이 내내. 죽을까 살까를 생각하며 풍경처럼 내내. 서른셋에 서울 예대 문창과에 입학했다. 시운동 2기 동인 활동 하면서 수도자적인 김기택 시인에게 용기를 보았다. 늦잠 자면 내가 밥해 줄게 내내, 몸통 팔다리 자물통으로 채워진 벌레가 되어 있었다. 이제야 죽은 할머니 어머니가 불려졌다. 우주에 혼자 거 하고 있다. 이 세상 공부 마친 날, 할머니. 어머니 학교 다녀왔습니다. 집 앞에 당도해 내내 크게 말하리라.

이진명
1955~. 1990년 작가세계 등단, '집에 돌아 갈 날짜를 세어보다', 문학과 지성사 1994, '단 한사람', 열림원, 2004, '세워진 사람', 창비 2008 외

조용미, 조용히

당신의 청계에는 연두,
내천의 하류에는 기다림이,
청둥 새는 항상 짝을 이뤄 그들의 시제로 살고,
당신의 저수에서 그리던 초록도 노랑도 합하면
이제 말을 막 시작 하려는 당신의 입술.
찬란으로 환유하는 색체, 흙 안의 속살로
연두에 빗대어 살며 피어나며 사랑하며,
안으로 안으로 웅큼 씹히는 키위 과일,
조용히 연두를 마셔요.
어둠을 찾는 늪의 향
날지 못하는 키위새도 조용히
호수에 레옹의 눈동자가 결빙되고 어린 눈물로 글썽이네.
그 계절은 연두의 스크린으로 아직 남아 있겠다.
녹슨 밤, 바람은 날개의 녹을 세탁하고
키위의 눈망울은 어둠 속에서 짧아지는데,
그냥 그때 문득,
습지에서 웅크린 채 날개를 펴니 극히 시작詩作이겠다.
당신을 '편애하고 해석하고 평정하고 회유하고 연민하는
봄이다'
어둠은 가녀린 새롬, 조용히 슬픔을 마셔요.

초등학교 시절 아버지의 선물, 고흐의 화집, 초록색이 좋아 태양을 녹색으로 조용히 그렸다. 예대 다니면서도 졸업 후에도 조용히 혼자 다니고 혼자 글 썼다. 초록과 연두사이 강함과 연함 사이 조용히 눈길이 있다. 두루미 같은 느낌. 외 따로 높이 있고 깊은, 적막하고 조용히 독을 품지 않고는 견딜수 없는, 조용히는 무서운 곳, 서른 이후부터 병약한 몸을 이끌고 강한 기氣로 조용히 살아 왔다. 불안은 영혼을 잠식하며 겨울 산에 서 있는 나무들의 흰 뼈,

'일만 마리 물고기가 산을 오르다.' 삼천 개의 뼈가 움직여 춤이 되듯 시를 쓰겠다며

'삼베옷을 입은 자화상'을 쓰다. 고독은 서늘한 서정이다. 조용히 글썽이는,

어쩌면 피 보다 짙은 어떤 말을, 삶 속에 죽음, 죽음 속에 삶 조용히 연두로 피어나겠다.

조용미
1962~. 1990년 한길문학으로 등단 '불안은 영혼을 잠식한다', 실천문학 1996, '일만 마리 물고기가 산을 오른다', 창비, 2000, '삼베옷을 입은 자화상' 문학과 지성 2014

최정례, '레바논 감정'을 읽다가 병점 까지 가다

레바논 지도를 보면 레바논 사태, 레바논 내전이 자꾸 떠오르다 보면 수박은 저 혼자 늙어가고 안으로 더 익어가고 씨알들이 총총히 총알처럼 박혀있다는 구절에 꽂히고 말았어요. 누가 레바논 감정을 영화 제목으로 사용했다지요. '왜?'라고 묻지 않았어요. 젊은 날 이쁘고 똑똑한 여자를 버리고 남자는 떠나 버렸다나요. 그렇게 한 세상 한 세월 흘러가는 줄 알았겠지요. 70년대 중반 학번들은 중동에 가면 부호가 되어 돌아온다고 생각했어요. 그게 전쟁을 취재하러 간 것이나 건설, 외교 상무로 간 것이나. 어느 날 애인이 레바논 사태 방송에 나왔다 하면 이걸 뭐랄까요. 포탄 맞은 집 사이로 히잡 쓴 여자들이 지나가고 검은 색으로 눈만 빼꼼 남기고 꽁꽁 가려야 놀란 맛이 나지만 내 마음에 오래 묵혀둔 연애는 붉도록 내전을 치러야 만 단맛을 낼 수 있는지요. 기독교, 이슬람, 정부군, 반군 세력, 공습과 테러에 대한 뉴스가 하루도 그치질 않고 대륙 반대편 분쟁도 시집 한 권으로 묶겠다는데 애매모호 빗줄기 안개 사이 밤 전철,

시집을 읽다가 깜빡, "여기는 병점, 병점 마지막 역입니다. 잊으신 물건 없이 안녕히 돌아가시길 바랍니다." 병점은 다시 출발역이다.

* 병점

"병점엔 조그만 기차역 있다 검은 자갈돌 밟고 철도원 아버지 걸어 오신다 철길 가에 맨드라미 맨드라미 있었다 어디서 얼룩 수탉 울었다 병점엔 떡집 있었다 우리 어머니 날 배고 입덧 심할 때 병점 떡집서 떡 한 점 떼어먹었다 머리에 인 콩 한 자루 내려놓고 또 한 점 베어먹었다 내 살은 병점떡 한 점이다 병점은 내 살점이다 병점 철길 가에 맨드라미는 나다 내 언니다 내 동생이다 새마을 특급 열차가 지나갈 때 꾀죄죄한 맨드라미 깜짝 놀라 자빠졌다 지금 병점엔 떡집 없다 우리 언니는 죽었고 수원, 오산, 삼남으로 가는 길은 여기서 헤어져 끝없이 갔다"

* 최정례의 '병점' 시 전문

최정례
1955~. 1990년 현대시학 등단, '레바논 감정', 문학과 지성사 2006, '개천은 용의 홈타운' 창비 2015, '캥거루는 캥거루고 나는 나인데', 문학과 지성사 2011

최춘희, 한 여름 밤 갑자기

　어느 날 갑자기 엿가락처럼 휘어져 무균실에 누워있을 때 '세상 어디선가 다이얼은 돌아가고' 나의 병명은 라틴어로 늑대의 발톱으로 불린다지요. 하얀 장미 같은 얼굴로 양치질도 못 할 때는 선홍빛 종이꽃에 둘러싸여 가리라. 어느 날 갑자기 주부자작시에 입상하여 시의 길로 들어섰을 무렵, 어느 날 갑자기 남편이 교통사고로 2년간 병원 신세를 지며 시를 포기했다. 어느 날 갑자기 딱히 여기신 홍윤숙 선생님께서 시의 부름을 받게 해주셔 90년 등단하였다. 시와 열애에 빠져 동국대 문예대학원을 다니는 어느 날 갑자기 병명도 희구한 늑대와 시와 동거하는 기묘한 생활, 그럼에도 불구하고 골수의식 무균실에서 기약 없는 투병실에서 논문을 쓰고 졸업을 하고 여의도 성모 병원 닥터 김춘추 시인에게 두 번의 수술, 육신의 질병을 잊어버리고 생명수인 시 하나만을 바라보며 ... ... ,

　어느 날 갑자기 숲으로 가서야 알았다. 새가 되지 못한 새가 몸속에서 튀어 나오고 구름 문장들이 시퍼런 여백 위에 흘러가고 심해의 눈동자, 돌고래의 울음소리, 하늘에서 보면 지상은 맨홀인가. 어느 날 갑자기 유년 시절 오빠와 아래 남동생의 죽음, 어느 날 갑자기 아버지의 갑작스런 죽음, 죽음에 익숙한 내게 어느 날 갑자기 여동생이 스스로 택한 죽음,

나 자신의 죽음 목전에서 살아온 생, 나의 시는 삶과 죽음의 문제에 천착해 왔나. 어느 날 갑자기 병원 복도에 주저앉아 창밖만 보던 시간을 삭제 해줘 치수틀린 환자복 입은 배역 사양하고 싶어 어는 날 갑자기 죽음의 습지를 건너가는 흰 맨발이 보여 한 때 눈부시게 빛났을 우리들 어깨 위 자랑스럽게 번쩍였을 우리들의 봄 취생몽사 열락의 우물 속으로 수장 되었다. 어느 날 갑자기 백척간두의 칼날 위에 서있는 맨발의 시간, 어느 날 갑자기 시 앞에 번쩍이는 내가 기다리고 있다.

최춘희
1956~. 1990년 현대시로 등단, '세상의 어디선가 다이얼은 돌아가고', 글나무 1992, '종이꽃' 고려원 1997, '소리 깊은 집', 문학과 경계사 2003, '초록이 아프다고 말했다', 천년의 시작 2018

박라연, 1951년 생

고난의 형틀이 이 땅에서 기다리고 있었다. 천사 가브리엘이 어미에게 그 해 겨울, 수태고지로 알려왔다. 1,4 후퇴에 아버지의 사업장 인 양조장이 거덜 난 후 산골 외가에 맡겨졌고 혼자 남아 동네 어귀마다 슬픈 제비꽃처럼, 나비처럼, 햇살도 그늘이 가득, 전쟁이 끝나고 평화가 오면 '빛의 사서함'이 열리리라. 따뜻한 방 한 칸 없는 춥고 배고픈 유년, 나리꽃을 먹고 봉숭아 꽃 잎을 따서 손톱에 물들였다. 가장 추운 산에서 길들여진 바위', 절망의 꽃밭에도 알곡이 가득한 꽃들로. 건망증과 실수는 나의 분신, 물건 잃어버리기, 심부름 잘못 가기, 헛생각하다가 돌부리에 채여 넘어지기, 눈 감고 어디까지 가나하다가 큰 다리 아래로 떨어지기, 우편배달부 아저씨에 의해 구조되기, 깨진 지붕 아래서 평강공주, 1977년 7월 7일 행운의 숫자 네 개가 마음에 들어 혼인신고부터 먼저 해버리기, 동짓달에도 치자 꽃이 피는 산동네 신혼집은 없어도 따스한 신혼 방은 있어. 산동네 맵찬 바람에도 아랫목에는 뜨거운 바람 첫 사랑을 포기 못한 평강 공주 수십 년 간 댓가 치루기,

봉 할 수 없는 봉투 접기, 인정에 곱게 물든 대추나무 산방을 지키네. 가끔 전기가 나가도 좋았어. 가난한 사랑은 꽃씨 봉지랑 청색 도포를 한 땀 한 땀 정성스레 깁는 것. 온달은 산 공기 헉헉 대며 평강공주의 아랫목에서 추운 밤 몸 녹

이네. 나를 키운 8할의 분양 받은 어둠으로 빛의 사서함을 바느질 한다. 봄마다 고산을 헤매며 야생 두릅을 캐는 여자, 고산의 쑥들을 캐어 한 해를 마무리 하는 여농, 내소사 전나무 길처럼 금방 끝나버릴 것 같은 아름답기에 뒤돌아보게 되는 전등불도 안 켜고 어둠 속에서 기다리던 방

박라연
1951~. 1991년 동아일보로 등단, '서울에 사는 평강공주'. 문학과 지성사 1991, '빛의 사서함', 문학과 지성사2009, '헤어진 이름이 태양을 낳았다', 창비 2018

이연주, 비공개 유서

'매음녀가 있는 밤의 시장'을 거닐다 '속죄양 유다'의 방, '적과의 이별'을 한 시인이 있다.

잘 가라, 나의 옛 사랑. 어리디 설운, 그가 본 것은 순결 졸업식 이 언니는 중학교 중퇴, 저 언니는 국민학교 졸업, 그 언니가 그래도 젤 나아요. 야간 상업 전수학교 때이니까요. 죽음을 소제로 개성을 탐미하다. 1991년에 첫 시집을 출간하며 의욕적인 활동을 펼치다. 그 다음해 1992년에 작가세계 이동하 주간에게 시집용 원고 51편을 우체국에서 보내곤 바로 집으로 돌아와 비공개를 당부하는 유서를 남기고 목이메인 생, 맨다.

무슨 일일까?. 버지니아 울프처럼 성추행을 견디다 못해 템즈강에 돌을 안고 투신 했다는 풍문처럼, 우리는 벽에 가로 막혔어, 한 참 후에야 소문은 연기처럼 소 꼬랑지 쪽부터 피어올라 와, 냄새를 풍기지.

'당신 몸이 내 속으로 들어올 때
아마
당신은 내 먹먹한 심장을,
나는 쇠처럼 차가워진 당신 간을
후벼 파 내고 있는 것이네.'

생전에 군산의 기지촌 주변의 병원에서 수간호사로 활동했다. 여자는 얻어맞고 착취당하고 피 먹이고, 피 빨리는 혼이 없는 살 주머니, 도시의 하수구에 내 던져 지는 심장들, 뛰엄 뛰엄 그녀의 목걸이로 꿰이다. 얼음 동태 트럭에서 실려 가다 떨어지듯, 부패한 냄새 가득한 도시에 갇힌 소외와 절망감, 그로테스크한 죽음의 언어가. 성당의 비잔틴 유리창 햇살에 반사되다. 창녀 시장판의 현대 문명, 인간적인 비인간적인 부패, 유다의 절망을 바탕화면에 깐 채 이루지 못하는 사랑을, 매음녀들의 빙의를, 생의 바닥을 지렁이처럼 기어간다. 썩은 피와 고름 주르르 살점이 튀고 시체 썩는 냄새.

주 : 1992년 10월 14일 벽제 화장터에서 동료 문인 50여 명의 애도 속에 화장되었다.

이연주
1953~1992. 1991년 월간문학 신인상, 작가세계로 등단, '매음녀가 있는 방의 시작', 1991, '속죄양, 유다' 세계사 1993

이화은, 여자여 안녕

　남자는 미래형, 여자는 과거형이라서 싫었네, 매번 경산시 진흥면장이신 아버지에게 이기는 엄마가 싫었네. 형부에게서 늘 죽은 전처의 그림자를 언니가 싫었네. 오빠와 몰래 연애하던 X언니도 모른 척 하던 올케언니도 밤마다 남자를 불러대는 옆방의 천사 같은 여 선생님도 바람둥이 남편에게 매 맞고 사는 가겟집 아줌마도 여자라는 이름으로 불쌍하고 싫었네. 그들이 들키는 것도 싫었네. 그 모든 여자를 합한 것 같은 나라는 여자 같아 싫었네, 소설과 영화 속의 여자들은 모두가 비극의 탄생이었네. 여자의 생리대가 싫었네. 불임여성을 석녀라는 것도 싫었네. 몸이란 말, 몸을 연다는 말, 몸을 허락한다는 말, 몸을 버렸다는 말, 몸을 바쳤다는 말, 여자의 몸이 한없이 슬펐네. 그 말들의 이면에는 늘 남자의 그림자가 얼비쳐서 싫었네. 내가 미워했던 여자여! 불편했던 여자여! 감추고 싶었던 여자여! 다시 보니 지극히 아름답고 사랑스러운 여자여! 이제야 내가 너를 사랑했음을 알겠네.

　내 여기서
　머무르랴
　안타까이 머무르랴
　여자라는 이름 앞에
　그립도록 머무르랴

꽃 다이 아름다이 사랑하랴.
더 할 수 없는 지친 몸
벗어 버리고
다시 나는 여자
모두를 잊어야
푸르러 지네.

이화은
1947~.1991년 월간 문학으로 등단, '이 시대의 이별법', 시와 시학사, 1994, '나 절정
을 복사하다', 문학수첩 2004, '미간', 문학수첩 2013

이원, 인생은 누구나 주요시집

　사랑과 함께 석천 마을에서 탄생하라. 병 속의 돌가루를 담으니 슬픔이 반짝이고 몇 갈래의 길들이 산 속으로 사라지고 나무들이 짐승처럼 울어대고 귀로에 과자봉지를 든 당신의 시는 어둠 사이 오동나무 사이 서먹 거리는 지구 봉, 사랑은 114번 버스 종점에서 탄생하라. 서민의 탈춤. 구로의 고층 아파트와 노점상, 나, 땅은 쳐다 보지 않았다. 나, 하늘 사진만 찍었다. 다수에서 소수로 관객이 나 혼자인 연극, 선 하나만 넘으면 드라이하게 구 건물과 신 건물도 포로 교환을 했다. 늙어가며 젊어지는 명동의 밤에서 사랑은 탄생하라 마네킹들을 만나고 어둠을 배경으로 반짝이는 쇼윈도엔 나의 눈동자도 배경이다. 젊어지며 늙어 가도 마음대로 이해하라.
　한 마리의 양을 얻기 위해선 아흔 아홉 마리의 양을 포기해야한다는 마법에 걸리다. 사랑은 아리조나 카우보이를 부르는 아버지와 함께 탄생하라, 길은 사라져도 말발굽 소리는 들리고 현재의 시로 내 몸을 달리고 있다.

　초등학교 5학년 때는 오빠가 죽고 날은 바랜 가을빛, 중학교 1학년 때는 아빠가 죽고 날은 희디 흰 폭설이 가득했다. 미래의 시는 아득했고 나의 문장에는 몇 개의 말줄임표가 있었을 뿐, 이번 생은 정신과 물질, 두개의 무덤을 내 몸 속에 집어넣다. 시의 시, 뿌리가 없고 꽃을 오브제로 삼으며 거리를 거닌다. 시와 시, 여자가 탄생하면 사랑도 시도 태어나네. 길을 찾아 걸으면서 몸에다 길을 새길 뿐이다. 꽃의 출구는 낙화이다. 눈물도 미소도 떨어지네. 이 순간 이 순간이 전부이다. 아이들의 외마디 비명 같은, 작두 위 무당의 맨발 같은 순간, 춤추는 풍경이 된 여자들, 아직도 술에 취해 어둠 속을 돌아다니는 아버지의 얼굴, 사랑은 탄생하라 내 얼굴이 닿는다. 인공 낙원에서 어둠으로 꽉 찬 손으로 틀어막고 깊이깊이 울 때 불꽃은 어둠을, 어둠은 불꽃을, 최초의 방이 자궁이며 최후의 방은 무덤. 그래 삶과 싸워 이겨야 하는 것이 아냐, 서로 한없이 달래 봐, 비명은 몸 안으로 넣으면 날개가 된다. 그래 손바닥에 쓰랴

"한적한 오후다
불타는 오후다
더 잃을 것이 없는 오후다
나는 나무속에서 자본다."*

* 오규원 절명시, 시인이 타계하기 열흘 전 병실을 찾아온 제자 이원 시인 손바닥에 쓴 시

이 원
1968~. 1992년 세계의 문학으로 등단, '사랑은 탄생하라', 문학과 지성사 2017, '최소의 발견' 산문집, 민음사, 2017 외

최영미, 서른 더하기 서른 잔치는 있다

1

제임스 휘슬러*,

서른 더하기 서른에는 우리들의 운동권 시절을 기억하라,
서른 빼기 서른만 남았다고 생각이 들면 당신의 그림과 비슷
한 호텔에서 커피를 마셔라. 그립고 슬플 때 아직도 서른을
사랑함일텐데 어쩌랴, 상관도 없는 일들이 방송을 어지럽히
거나 신문 찌라시에 나돌지만 그들만의 잔치에 나의 무대를
필 하였다 한들, 감춰진 노래를 이제야 부를 수 있다 한들,

"나는 여성 시인이 되었단 말인가, 술만 들면 개가 되는 자들
앞에서 밥이 되었다고 꽃이 되었다고 고급 거시기라도 되었단
말인가" 가해자가 이기는 세상 우리가 딛고 가야 할 서른

2

호텔방에서

창밖을 바라보지 마 "내 로망이 미국 시인 도로시 파커처
럼 호텔에서 살다 죽는 것. 지도를 뒤적거리지 마 서울이나
제주의 호텔에서 왜 멀리 떠나 왔을 까? 내게 방을 제공한다
면 내가 홍보 끝내주게 할 텐데. 후회하지 마 내가 죽은 뒤
엔 그 방을 '시인의 방'으로 이름 붙여 문화 상품으로 만들
수도 있지 않나"

한경용 씨는 "프랑스나 영국 같으면 화가나 작가 음악인들

이 저런 제의를 시대의 낭만으로 받아들이고 보다 새롭고 사회를 풍요롭게 하는 정서"라며 "유쾌한 재미로 생각하지 못하고 비난부터 하는 것이 아직 문화선진국이 되긴 멀었다"고 지적했다.** 한번 길을 떠났으면 계속 가야 해

　네가 갈 곳을 좋아하지 않더라도,

　나의 링크 복사에 최의 한마디 "감사합니다,

　힘이 납니다."

* 제임스 휘슬러(1834~1903) 어느 화파에도 속하지 않았다. 영국에 프랑스의 현대회화를 소개 시킨 미국 출신 화가, 주요 작은 '휘슬러의 어머니'다. 최영미 시인이 차려 첫 시집을 낸 '다시오지 않는 것들'의 시집 표지의 그림이다.

** 2017.09.11 매일 경제. 기사와 최영미 시를 혼용

최영미
1961~. 1992년 창작과 비평으로 등단, '서른 잔치는 끝났다', 창작과 비평 2009, '시대의 우울', 창작과 비평사 1997, '다시 오지 않는 것들', 이미 출판사 대표 최영미 2019

김소연, 텅

사랑의 품절이 익숙한 풍경에 텅!
텅 빈 하늘 텅 빈 가슴. 텅 빈 집. 텅 빈 냉장고,
텅 빈 머리, 텅 빈 마켓
노래를 못하지만 노래를 흥얼거린다. 스피커 앞에 쪼그리고
산울림과 비틀즈의 배경음악은 내 생애 앞에 울리는 것일 뿐,

아버지가 육신을 탈출 하신다. 텅, 유년기 아버지 책꽂이에
서 소월의 진달래꽃과 김현 선생의 번역한 어린왕자를 보았
다. 경주에서 큰 목장집의 딸로 태어났다. 갓 짠 유를 양푼
주전자. 소등에 나를 업혀 놓고 포대기로 묶고 부모님이 목
장 일을 하셨다.
녹색 뱀의 혹한기에도 연못에는 수련의 문장이리라.
잉어를 잡으려 헤엄치고 쫓아다니고 표고버섯을 따는 그늘
속, 장어와 사슴도 보랴.
그러다가 텅은 동결 되었나. 텅은 줄다리기하다가 품귀현
상을 일으키는가.
텅 빈 소리라는 확신자 옆에서 살고 싶지는 않다.
스테인 래스 냄비가 나를 기다리며 끓고 있었다.
늑대의 울음소리로
혼절로 자정을 자백하며 괘종을 때린다.
누군가의 주장이 외톨이가 되어 간다.

산이 텅 비어있다
봄이 텅 비니 여름도 텅 비었다고 이미 가을이 와서 말한다
바다가 텅 비니
바다로 올 사람이 아니 온다
시집은 나 혼자만을 위한 작은 오두막,
시적 진실과 사실 사이에 피겨 스케이트 타듯,
문학의 상상력 너머 미끄러지듯 슬라이딩
텅, 겨울을 과녁으로 입 벌려 봐, 탕,! 쏠 것이다

탕, 한글 자 사전 "동물의 살점을 오래 달여 뜨끈하게 먹는
국을 뜻하기도 하지만 사람이 뜨끈한 물에 몸을 푹 담그기
위해 들어가는 곳을 뜻하기도 한다."

주 : 한 글자 사전은 '감'부터 '힝'까지 시적언어로 묶은 310자 사전, 김소
연 시인 시집이 있다. 사전적 정의가 아닌 한 글자 한 글자 화두로 삼은
내 마음 농사. 내가 품고 싹을 키운 언어들이 썩거나 버려진 경우도 많았
지. 시적 정의를 한 글자 씩 한 권으로 품고 싶다. 하나의 낱알이 글자 되
어 별빛 우주 광활 속으로 나의 밤을 끌어 당긴다.

김소연
1967~. 1993년 현대 시사상 등단, '수학자의 아침' 문학과 지성사 2013, '시옷의 세
계', 2012, '마음 산책, 한 글자 사전' 마음산책, 2018, 'i에게', 아침달 2018, 산문집 '나
를 뺀 세상의 전부', 마음의 숲 2019, 시집 '사랑에는 사랑이 없다' 문학과 지성사
2019

유정이, 태아와의 약속

눈을 감고 느껴봐요. 배에 손을 얹어봐요.
십년 간 불임의 엄마, 아기 궁 동산에서 심장이 열리고 있
어요.
내가 잉태 되어 있어요.
한 때는 자그마한 생이라
꽃으로 피어날까 걱정 하였지만
겨울을 이긴 봄이 왔으니
마음속 모든 것을 데려와
꽃 피우듯 살아요, 예?
폭풍을 잠재운 기대는 설레고
엄마의 몸에서 분리 되면
새로운 공기를 마셔야 해요
불어오는 바람조차 마셔야 해요
처음부터 생명의 별을 보며
사랑을 기도 하였듯이
슬픔을 갖지 않기로 약속해요.
언제나 앞으로 걸어가며
두렵지 않고 여기까지 왔잖아요.
이 봄은 꿈꾸던 동산인 것을
처음과 마지막 사랑은
아이의 눈과 심장으로 동화로 말 하는 것을, 엄마, 세상으
로 나가면

하루하루 죽음을 생각했던 어제의 강 잊기로 해요 주름 질 때 까지
굳게 잡은 손을 놓치지 말아요 손금을 안고 가야 해요.
자, 이제 시작 할래요.
앞으로만 갈래요,

그래 고마워 엄마는 몸속에 하늘과 땅과 별을 삭이고 또 하나의 우주인 네의 생을 보며 따뜻이 시로 창조해 가는 시인이니라. "이렇게 뜨거운 혀로
삼천 생을
핥아 주는데
자궁 속
벌거숭이 아가야
너 언제
울음을 그칠래?"*, '누군가 말해 달라 이 생의 비밀'** .

*유정이 시인의 시 "시" 전문 ** 유정이 시인이 2013년 네팔 여행 후 번역한 국민 시인 '두르가 랄 쉬레스타' 시집 명, 입양아 문제를 다룬 유정이 시인의 동화집 『이젠 비밀이 아니야』
'가족은 핏줄이 아니라 사랑으로 이뤄진다' 작가 자신이 10년간의 불임의 고통을 겪으며 관심을 갖게 된 입양가족의 희로애락을 그린 동화집

유정이
1963~. 1993년 현대시학으로 등단. 시집 '내가 사랑한 도둑', 그림 같은 세상 2002, '선인장 꽃기린' 황금알 2010, '나는 다량의 위험한 물질이다', '세상의 모든 시집', 2017

한강, 한강

내 몽고반점은 미완성의 존재, 피로와 좌절감,
내가 껴안는 붉은 닻은 사랑과 사랑을 둘러싼 것들,
한 여성의 실종을 보았네
타인이 주는 고통을 구도자적 자세로 받아들인,
희망 없는 삶을 체념하며
하루하루 베란다의 나무로 변해 가던
단편 속의 주인공과 어린 시절 각인된 기억
철저히 육식을 거부한 채
나무가 되길 꿈꾸는 채식 주의자
내가 10살 무렵, 5.18 광주
캄캄한 데로 가, 불안과 흉흉
고립되고 짓밟히고 훼손되고
이것이 광주라 했다
살아남은 소년이 온다.
다시는, 절대로,

 딸아, 아비가 네게 지어 준 이름 한강
너가 태어나던 1970년대의 한강은 참으로 눈부셨다.
내 삼남매는 대학에서 모두 현대문학을 전공했다,
너희들에게 보여 줄 것이 있다. 원고뭉치와 대학 노트들,
초고를 몇 번이고 다시 옮겨 쓴 것

대부분 출판사에 넘겨지는 원고는 다섯 번 이상을 쓴 것들
이지
  아비는 어민이자 농민의 아들이고 너희들은 소설가의 자식
  책들이 널려 있어 마음데로 보며 자랐구나.
  전통적인 분위기에 뿌리를 깊이 내린, 인간의 내면을 들여
다보는,
  딸아 아비의 고향 장흥은 동학운동이 세를 떨쳤던 곳
  벌교 꼬막은 달빛을 받아 맛살로 웅크려 갔지
  6.25 동란 때는 빨치산이 집결하여 동족 끼리 전투가 끊임
없던 곳
  이곳이 어이 문향으로 만들었나.
  바다가 있고 탐진강이 흐르는데
  내 뒤에 천관산, 억불산, 제암산세가 버티고 있구나.

  딸아, 내가 흉내 낼 수 없는 세계로 가라. 승어부勝於父
  작가 집안에서 작가가 나오는 것이 당연하지만
  어미가 나를 공경하지 않고 네들을 법대 의대로 보내려고
국문과 가는 것을
  반대했다면 당연 작가가 되지 못했을 것이야
  우리의 눈빛이 별빛과 달빛, 햇빛을 만든다.
  사랑하는 아들딸아, 너희는 자신만의 독특한 슬픈 눈빛을

만들어라,

  그 눈빛으로 너희들만의 풍경을 창조하도록 하여라,

  예술가는 광기가 있어야 하고 젊은이들은 도전적으로 살아
야 한다.

* 아버지 한승원 작가, 오빠 한동원 소설가, 배우자 홍용희 평론가 문학 가족

- 2005 이상 문학 상, 김동리 문학상, 2016 영국의 맨부커상 인터내셔널
부문, 2017 이탈리아의 말라피르테 문학상, 2018 김유정 문학상, 2018 파
라다이스 문학상, 2019 스페인의 산 클레멘테 문학상

한 강
1970~. 1993년 문학과 사회에서 시, 1994년 서울신문에서 소설로 등단, 시집 '서랍
에 저녁을 넣어두었다' 문지사 2013, 소설집 다수

이규리, 카프카, L 시인님

 카프카, 시를 쓴다는 것, 내가 잊힐까 두려웠던 것입니다
 저의 어린 시절 안동 본가에서 누군가 권력이라면 누군가
는 천역의 모습, 그것은 내게 벽, 열리지 않을 것 같은 벽이
었습니다.

 '발작적인 쾌활은 툭 터놓은 슬픔보다 더 애처로운 것입니
다.'*

 카프카, 당시 여고 1학년이던 셋째 언니의 방을 '두근거리
는 붉은 방'이라고 생각하던 시절, 향긋한 냄새, 하얀 레이스
커튼, 작은 옷장 옆에는 빨간 제라늄, 니스 칠로 반짝이는 책
상 위 책들, 나는 가슴이 콩닥거렸지요. 그 방의 서쪽 창으
로 눈을 찌를 듯 노을이 들어와 핏물처럼 흥건히 방바닥을
적시고 있었습니다.

 카프카, 당신이 거기 있었습니다. 책이나 잡지를 줄 때에
는 늘
 '이 책은 돌려주시지 않아도 좋습니다.'*라는 글귀가 있었
습니다.

카프카, 그 노을이 막 당도하는 어둠과 섞이는 눈부신 순간에 나는 헉, 수건을 틀어막고 울었습니다. 그냥 예견해버린 미래와 이별의 부피만큼 울었고 일곱 남매의 다섯 번째 딸이라는 불온함에 울었던 것 같았습니다.

　'그런 슬픔이란 희망이 없어 보입니까? 중요한 것은 희망, 기대, 전진, 그것들입니까?'*

　카프카, 언니가 성인이 되어 시화전을 가졌던 날, 한 점의 시 제목 '현실의 꽃'을 기억합니다. 그런 언니가 딸아이가 세 살 때 원인도 모르게 죽었습니다. 염습한 모습에서 죽은 사람이 얼마나 어여쁜지를 보고 말았습니다. 그 방을 탐낸 죄, 그 언니를 흠모한 죄, 그리고 동일 항목에 넣은 죄. 그것이 내가 건너가게 될 문학이라는 정의(正義)라고 생각하면 될까요.

　'문학은 병입니다, 열을 내리면 건강하게 되는 것은 아닙니다. 오히려 반대입니다. 고열은 정화하고 빛나게 해야 합니다.'*

카프카, 노을을 밟고 산책을 합니다. 우리를 둘러 싼 요소 중에서 돌도 바람을 먹고 자란다고 생각합니다. 오늘도 나뭇 잎 하나 온 우주가 스치고 떨림과 두근거림에 최선은 그런 것일까요. 어딘가 외로움을 지킨 이가 있어 아침은 또 다시 시작 되는지요.

'절망은 우리가 더는 절 망 할 수 없을 때 까지 책은 우리 안에서 꽁꽁 얼어붙은 바다를 부수는 도끼여야 합니다'*

* 카프카의 대화록

이규리
1955~. 1994년 현대시학 등단, '최선은 그런것이에요', 문학동네 2014, '뒷모습',랜덤 하우스 코리아 2006, '앤디 워홀의 생각', 세계사 2004

제5-2부

1990년대 후반 등단

이수명, 기질의 시인

　시의 수상한 냄새가 난, 나의 초등학교 3,4학년 때 그 시절, 집에 왔는데 아무도 없었는데 후미진 복도 벽에 기대어 멍하게 앉아 있었는데 갑자기 죽음을 강하게 느꼈었는데. 모든 게 정지 된 것 같은, 두어 시간 동안 노트에 써 내려갔었는데 이 세상일들이 별로 중요하지 않다는 걸 느끼는 최초의 순간, 접신의 순간, 초월적 순간, 날 냉정하게 만든 것, 살아 있게 만든 것, 그 느낌이 계속 몸에 붙어 시를 쓰게 만든 것, 모더니스트 아나키스트 무국적자. 무의미성,

　"시는 이것과 저것을 힐끗거리고 이것저것을 건드리는, 이것과 저것으로 앞서 나가고 이것저것에 불과한 무능이다. 시는 쓸모없는 것들에 권력이 없는 것들에 본능적으로 여전히 헛소리다. 시에 손을 대서는 안 된다. 시란 무엇인가 질문하지마라 그냥 무엇이다."

　이수명 시인께 '포지션'지에 나온 기질의 시인을 잘 읽었다며 전화를 하였다. 나는 "시에 대해서 계속 떠들어 대는 사람. 피 자체가 잉크가 되어버린 사람. 시로 삶에 맞서는 사람. 삶과 시로 대결하는 사람. 시밖에 모르는 삶. 세상에 얽매이지 않는 삶. 배워서 시를 아는 것이 아니라 선험적으로 감시한 것을 행하는 사람. 기질의 시인은 누구에게 보여 주

는 것이 아니리 원래부터 그렇게 살아 온 사람. 세상엔 이 기질의 시인에 반해 밤낮 술이나 마시고 자기 시가 최고인 것으로 착각하는 그냥 단순히 어리석은 사람들은 기질의 시인이 아니다. 우리 시대 기질의 시인은 이상.서정주.김수영.박용래.김종삼.강우식시인" 그리고 나

시인이란

보헤미안적 기질, 항시 새로운 예술의 길을 걷고 싶다는 열망, 영화, 음악, 미술, 사진, 연극 만화 분야 뿐 아니라 슬픔과 고독 불안과 우울을 섞은 칵테일을 언제나 마시면서

이수명
1965~. 1994년 작가세계로 등단, '새로운 오독이 거리를 메웠다' 1995, 세계사, '왜가리는 왜가리 놀이를' 1998, 세계사, 평론집 '표면의 시학', 시집 '물류창고', 문학과 지성사 2018

강기원, 5악장

라스칼라좌의 오페라 가수가 복화술사가 되어
낙타의 아리아를 부르듯
외할머니는 몸이 약했던 엄마를 동네 무당에게 수양딸이를
놓았고,
임종 전에는 예수를 믿으라 하셨다 하네

언제나 그립던 내 안의 붉은 이리의 여인은
귀와 혀에 퍼어싱을 하고 별을 찾아
알프스 산허리로 떠나네
자매 승희는 아름답게 관속에 잠들었네. 너의 18년,
지상의 집을 비우고 는북시게 날아가리라.

깊은 산 목장 풀 섶에서
양치기 목동에게 물어보니
그 별들은 모래알이 되어
은어들과 노닐며 시냇물로 흘렀다하네
가계가 몰락하기 전 우리 집을 대축나무 집, 개 4 마리,
고양이 일가족, 토끼 한 쌍, 거북이, 카나리아, 열대어, 병아
리, 심지어 흰쥐까지. 뒤 숲에서 꿩이 날아오기도 풍요의 향
기였네

저 찬 숲 어귀에서
이슬로 방울방울
귀뚜라미 소리로 또르르... ...,
물안개로 아롱아롱 ... ... ,
내 한 여름밤의 꿈으로 아리아리, 아라리오.
'고양이 힘줄로 만든 하프'를 연주하며 지그시 가라앉히네.
　내 첫사랑은 여자 친구. 키 크고 서글서글하고 품이 넓어
지평선을 바라보는 사과 향 풍기며 치아를 들어내어 웃는 모
습, 그의 눈동자에 내가 흐르는 외사랑 열병에 '모든 사랑은
아름다운 거야. 네 사랑을 받는 그 친구가 정말 부러운 걸,
카운슬러 선생님의 성숙 같은 한 마디, 그리하여 일곱 철의
일기장으로 쓴 글쓰기 치웠렸다네.

언제나 쉼표도 없이
들녘에서 음표를 밟으며
걸어온 나의 아리아,
'바다로 가득 찬 책'을 펼치면
여름에 잡은 시어 몇 마리
가을에 씻은 나물 같은 문장,
'은하가 은하를 관통하는 밤' 준비하네

잊고 있던 동생은 나 자신이 되어 내 죽위를 떠돌고 스며들고 북욱하고 내동댕이치고 들어 올리고 녹이고 내게 있어서 펜은 이미 장기의 일부라네 붉은 피가 검은 피가 되는 그 날까지

강기원
1957~. 1996년 작가세계로 등단. 시집 '고양이 힘줄로 만든 하프', 세계사 2005,' 바다로 가득 찬 책' 민음사 2006, '은하가 은하를 관통하는 밤', 민음사 2010, '지중해의 피', 민음사 2015, 외 동시집

김선우, 도화는 이럴 때 EQ로 핀다

내 몸 속에 내가 있지 않으니 도화 아래 잠들고 나는 원래 태어날 운명이 아니었다지, 큰 오빠가 중3 때 페니실린 쇼크로 죽자 아들을 원했던 부모님에 의해 칠 남매 중에 넷째 딸로 태어났지 돌이 될 때 까지 남자 옷을 입힌 나는 바리공주, 알게 모르게 죽음은 내 의식에 스며들고 영적 교류로 교감이 깊었던 둘째 언니는 내가 고3 때 출가를 하였지, 초등학교 교사였던 아버지는 나의 열렬한 지지자, 아버지의 의지대로 교사가 되기로 하였지만 사범대학 2학년 때 부터 소위 운동권이 되었어, 졸업 후 좋은 문예운동가 되기로 하였지만 좋게 살기가 힘든 나날, 나를 구원 해준 것이 붓다와 마르크스, 이념서는 내외적 자유의 균형, 가슴에 담은 이는 김남주 시인, 창공으로 낙화 할 詩에 첫사랑은 몸속에 잠들다 내 혀가 입속에 갇혀 있길 거부 한다면 무한한 나의 혁명이여 자궁 속에 가득한 평화를 위하여 대관령 옛길, 내 20살, 깊은 산속 옹달샘, 여성의 무한한 조국이며 우주여, 에코 페미니즘이여

비정규직 젊은이가 자살했다. 파리하게, 몰골을 해 가지고 돌려 막기 카드 연체 고지서가 수북이 쌓여간다. 우리는 88만원 서비스 센터 직원. 배고파 라면만 먹어요. 재벌의 먹자 골목에서 파르르 떨리는 힘줄이 있다. 한 살 된 딸아 이 아

비의 무능한 죽음을 욕해다오. 그 넓은 밭에서 나오는 식량은 다 어디 갔나. 숨은 태양이여 나와라. 죽어가는 지렁이는 안 밟아도 꿈틀합니다. 비, 새, 풀벌레, 천둥, 파도, 바람 소리도 스마트 폰에서만 들려요. 경제는 세상의 종교, 재벌 회장은 예수, 부처이다. 우리를 먹고 살게만 해준다면 그 앞에 납작 엎드리리라. 내가 죽도록 일하고 네가 죽도록 놀고 기침을 하자, 환멸의 세상이여, 당신들은 천민자본주의 쌍두마차에서 우리는 경비가 되어 수레바퀴에 깔려 죽고 정치꾼들이여, 우린 당신네 도구이다. 어묵 찍고 목도리를 둘러 주고 봉사 김치 만들고 서민위한 가짜 선거꾼들이여 새처럼 날아가라.

　지금 마주 본 우리가 서로의 신神이다. 나의 혁명은 지금 여기서 이렇게 시작 되었다.

김선우
1970~. 1996년 창작과 비평으로 등단, '내 몸속에 잠든이 누군신가', 문학과 지성사 2007, '나의 무한한 혁명에게', 창비 2012, '도화아래 잠들다', 창비 2003, '내 혀가 입 속에 갇혀 있길 거부 한다면' 창비 2000 외 다수

김혜영, 당신이란 기호

1

'당신이란 상상 속의 기호 혼자 사랑했지요'

나의 극으로 가다보니 숲속의 마을, 오슬로란 지명에서 안개가 피어올라요. 뭉크의 마돈나가 내게 말했어요. 여자는 생명을 잉태하면 세상을 내려다보아도 성스럽다고요. 밤이 하얘져 버렸어요.

야생의 유전자로 떠돌다 번쩍이며 머릿속도 하얘졌어요. 서쪽에는 바이킹의 본거지 베르겐이 있어 더욱 좋아요.'비늘이 벗겨진 물고기 한 마리를 유리병에 넣어 보냈지요.'

우리도 바이킹처럼 살다 가나 봐요. 뭉크가 절규하네요. 빙하 속에서 새들이 튀어 나오고 메아리가 내 안에서 들려와요. "당신이란 기호가 꽃으로 피었던 적" 사랑이라는 이름의 족쇄가 얼음처럼 녹아내려요. "당신이 흡혈귀처럼 내 피를 빠는 줄 알았을 때" 노라처럼 이제는 달아날 것이에요. 춥고 어둡기만 한들 어때요. 아름답고 환상적인 오로라가 감싸 안고 올라 갈 것이니까요.

내가 해독 하고자 하는 말랑말랑한 시계 안에서 길을 물으

니 피오르드에서 물구나무로 보는 달에 거대한 박쥐가 달라
붙듯 느릿느릿한 당신이란 기호,
　당신이란 시침에 나의 초침이 쫓아가듯

　겨울은 기호 하나 모자를 필요로 하지요.

　2
　'프로이드를 읽는 오전'에 쓴다.
　경남 고성 배둔리 바닷가 기호 하나
　초등학교 교장선생이신 아버지와 평생 문학소녀 어머니 기
호 둘
　2남 3녀 중에 넷째이면서 셋째 딸은 기호 셋
　어릴때 별명은 프랑스 인형이란 기표
　군부시절 데모하는 대학 분위기에 학업도 흥미를 잃은 기의
　타자의 눈 맞춤에 만족 했던 나를 끌고 온 기표
　우울하게 웃고 자살에의 충동도 느낀 기의
　카톨릭 신자가 되어 이해인 수녀의 언니 말가리다 수녀님
의 기표
　담백하고 고요한 호수의 기의
　하숙집 아줌마 소개로 옆집 사법연수생이라는 기호하나
　수녀회에서 받아 주었으면 결혼하지 않았을 것이라는 기호

하나

　기호와 기호가 부딪힌다.

　박사과정에 임신한 몸으로 다니면서 혼자가 두개의 기호를
쓴다

　영문학 전공과 공허감으로 기표와 기의를 쓴다

　큰 형부가 주간으로 계신 시전문지 '마루문학'에서 시 쓰기

　박사 학위 논문을 위해 혼자 조지 워싱턴 대학에 체류하기

　'로버트 로웰의 미국적 숭엄미'란 논문쓰기

　어느 어디에도 교수 공채와 관련하여 위선적인 기호는 없다

　방황하는 3년의 기표

　카톨릭 신자이면서 불교에 관한 시는 기의

　시간 강사 기호에는 나무라는 기표와 기의 하나가 필요하다.

주해 : 기호記號= 기표(記標)와 기의(記意), 소쉬르가 정의한 기호의 근본
을 이루는 두 성분이다. 즉 문자 자체는 기표, 그 문자의 의미, 떠오르는
개념이 기의이다.

김혜영
1966~. 1996년 현대시로 등단, '거울은 천 개의 귀를 연다', 천년의 시작 2004, '메두
사의 거울' 평론집, 부산대 출판부, '프로이트를 읽는 오전', 지혜사랑 2011, 산문집
'아나키스트의 애인', 푸른 사상, 2015

신미균, 베이비부머 양띠들

1962년 국민학교 입학내기들은 알죠

앞집 방앗간 피댓줄 돌아가는 소리, 귀가 먹먹해서 아무런 소리가 안 들려도, 갑자기 전기가 나가면 모든 것이 얼음 땡, 일시에 세상이 멈춰 버리는, 아니 세상이 사라져버리는, 난 혼자라 갑자기 그런 적막이 밀려들면 견딜 수 없었지요. 태어날 때부터 이상한 나라의 엘리스 같았어요. 미군이 떠난 콘세트 교실에서 오전반, 오후반, 한 반에 96명 바글바글, 지금 가보니 운동장에는 쓸쓸히 '웃는 나무'들만 있었지요. 강냉이 떡, 삼각 오렌지 주스, 달걀 모양 아이스케키, 달고나, 불량식품, 그것을 모델링한 요즘 세상 보니 핫도그 위에 토마토케첩이 흘러내리는 시간만큼, 맨홀에 빠진, 한 생이 끝나는 기분 이것도 웃기는 짬뽕이죠.

일류 중고교가려 재수 삼수하던 시대, '롤러스케이트 타는 신데렐라' 되려고, 밤잠도 못자고 못 먹고 공부만 했다니, 정말로 웃기는 짬뽕이네요. 잠자는데 긴 머리 잘라 가는 도둑이 전봇대에게 들켜 줄행랑치던 시절, 먹다 남은 짬뽕 국물 속에 빠진 하얀 나비 한 마리

그 험난한 경쟁의 산술 시대, 열두 살에 생애 처음 낙방하여 '파스칼의. 팡세'를 읽기 시작했지요. 서예가 아버지는

3남3녀 에게 한시를 읽게 하고 기둥이 기울면서 식솔과 함께 인천으로, 중2부터 고2까지, 새벽 4시 30분부터 밤10시까지, 산곡동에서 종로5가까지, 등하교기차와 버스는 아름다워

키에르케고르, 니체, 하이데거랑 잠자고 공부하고 노래를 하다 피댓줄이 멈추듯 갑자기 세상이 멈춰 버리길 원했지요, 교대 졸업 후 발령 받은 학교 옆 반, 화가 남편 덕에 난 '맨홀과 토마토케첩'을 벗어나려 했었지요. 가족 덕에 기뻐했지만 가족 덕에 슬펐던 일들, 슬픔과 우울의 곡조 송송 블루……. 당신의 화실에는 그리지 못한 당신이 있고 나의 서재에는 쓰지 못한 내가 있지요. 한로에 서리 내려 산과 하늘이 을씨년스럽게 씻겨 세상은 벌써 늦가을, 새는 무리지어 날고 들녘이 비워지면. 내 마음에 떠돌던 구름 흐를 지니, 넘기지 마오, 이 결핍의 장을 낙엽 위에 남기시라, 불타는, 쏟아 질, 잎을 가득 받으시라. 떨어지는 별별 일들, 그 절박함에 서로를 부르며 웃는 나무들, 이제부터는 즐거운 이별을 자진모리로 길게 부르시라.

신미균
1955~. 1996년 현대시로 등단. '맨홀과 토마토케첩', 천년의 시작 2003, '웃는 나무', 서정시학 2007, '웃기는 짬뽕', 푸른 사상 2015

정채원, 몽롱적 풍경

'유치원 다니다가 홍역을 심하게 앓고
한쪽 눈이 약시가 되었습니다.
그 후 세상을 보는 눈도
자꾸만 한쪽으로 미끄러짐. 분열증의 시. 어른거리는 것들
속에서
늘 어지럽고
저건 가짜가 아닐까 의심을 품으며 살아갔었습니다.'
병실 유리창에 달라붙어
등나무 그늘이 있는 한강변 풍경을 바라본다
"내 몸속에 다른 생물이 들어와 함께 살기 시작했다"
두 눈이 각각 세상을 바라 봐, 두 귀에는 다른 소리가 들
려 와
파란 피를 가진 바람아
창자 속에 식물이 자라면서
바람이 앓으면 죽고 싶고
목소리에 빗물이 스며들면 종소리가 필요해
몸 안의 그 생물은 고독과 불안과 슬픔을 먹고 자랐다.
나는 움직이는 가구가 되기 싫어요.
소울메이트와 캐쥬얼한 다툼을 한다.
대숲에는 생과사가 계속 임무 교대 중
갈래나무 사이 섬 하나 떠있다

금붕어가 떠난 못에 수련이 수런거린다.
높은 담을 지키는 은행나무 열병식
호리병의 함성이 응급실에서 들린다.
참새가 왔다 간 쓰레기 통
모과나무는 피부병을 앓는데
비둘기는 봉황의 날개 무늬를 닮고 싶어 한다.
'하루하루 모호하게 매 말라 간다.
여러 겹으로 안전하게 부서져 간다.'

정채원
1951~. 1996년 문학사상으로 등단, '나의 키로 건너는 강', 시와 시학사 2002, '슬픈 갈릴레이의 마을', 민음사 2008, '일교차로 만든 집', 천년의 시작 2014

김금용, 6자시담六者詩談

아버지가 늦장가를 가셔서 처음 낳은 귀한 딸,
감히 금용이 되라.
아들 둘을 잃은 엄마, 평생 약을 달고 사시다 50대에 가셨
다.
고교 시절 독서토론그룹에서 남편을 만났다.
남편이 외무고시에 합격하면서 내 꿈을 접어야 했다.
그러나 내 안에선 늘 용암이 출렁.
꿈속에선 이상하게도 툭하면 흑, 흑, 흑
과민성대장염으로 긴장할 때마다
쓸개에도 자궁에도 마음에도 흑, 흑, 흑
다시 시작해 볼래 시, 시, 시,
바람도 햇살도 우리 모두 제 3지대
경계선의 나는? 교민은 외로워, 어려워, 그리워
굴욕과 박탈과 소외는 우리의 좌표,
그림자를 밟고 담, 담, 담
그들과 함께 시담하다

1) 열도
아침 고요의 바다 건너 산사에서 온 목어는 바람 속에 피
어난 국화를
달 빛 아래 눈을 뜨고 지켜보고 있다.

2) 장성

매화꽃 마냥 오월의 피를 토하던 천안문 광장의 숨결들을,
무너진 장벽 사이로 숨 쉬던 민초들이 뜨거운 햇살 아래
바램으로 불어 가던 거대한 용트림을,

3) 람보

가자! 신세계로, 링컨이 타고 가던 하모니의 열차를 타고가
자.
킹목사의 꿈이 깃든 노을이 붉게 물든 종착역에서
형제들이 어울리는 테이블의 만찬은 준비하는가?

4) 라라

러시아의 겨울밤은 너무 길다 루파시카를 입은 지바고처럼
기차를 타고 가서
시베리아에 자작나무가 떨 군 사랑, 하얗게 이야기 할 것
이다.

5) 유월

저, 군번 줄 만큼도 못한 육신 다시 피어나는 야산의 중턱은
햇살이 잠시 수그러지며 약속 하지 못한 비를 토하였다.

6) 적묘

적성면 답곡 리 에는 봉해버린 적묘(敵墓)가 있다.
넝쿨장미로 어울리지 못한 고요가 있다.
바람에 쉬어도 되겠느냐고 묻는 장미가 있다.

'문을 열어야 그에게 갈 수 있다
문을 열어야 그에게 말 걸 수 있다
문은 등뒤에서 강물로 넘치다가도
문은 번번이 등 뒤에서 수갑을 채운다.'

김금용
1954~. 1997년 현대시학으로 등단 ,'광화문 자콥', 고려원 1998, '넘치는 그늘', 천년
의 시작 2006, '핏줄은 따스하다, 아프다', 문학세계 2014, '문혁이 낳은 중국 현대시'
(중국 시 한국어 번역 시집), '나의 시에게' (한국 시 중역집) '오늘 그리고 내일의 노
래' (今天與明天的歌, 2013 김남조 시인 중역 시선집, 중국 강소풍 문예출판사)

김지헌, 타지마할

– 투어리즘 포엠

너의 터번 속에 바람의 날개가
나의 샤리 속에 젖은 눈이
세월 속에 잠들어 있다.
히말라야, 만년설을 이고 흐르는 갠지스 강에서
장미와 부겐빌레아 꽃이 세욕을 하고 있다.
유해가 흘려보내진 강의 가장자리에서
희고 탁한 물과 푸른 물이
선명하게 줄을 그으며 합류한다.
노을에 비친 타지마할의
하얀 대리석은 우리의 식어 버린 살결,
불가촉 여인이 되어
고개를 들고 눈을 씻으랴.
이곳은 궁이 아니라 아름다운 무덤일 뿐,
안개의 성에 갇혀 지내던
너의 터번 속으로
나의 샤리 속으로
합해진 아노마 강이 깨어나고 있다.

어느 날 배 떠나 듯. 약국집 남자도 가출을 했다. 일주일
쯤 지나서 아이들 걱정하며 온 전화에 귀는 때로는 막히라고
있는 것, 그래도 아이들에게 버팀목이 필요하겠지, 교직을 그

만 두지 않았다면 누구의 말도 듣지 않고 무쇠의 뿔처럼 갔겠다. 오! 통제라, 시대를 탓하기 전에 내 자신이 주체성이 없었음을, 떠난 배를 찾아 항도로 이전 했지만 여전히 오륙도 갈매기들처럼 꾸억꾸억 바람 성을 재건축하고 있었다. 이럴 때 시는 나의 유일한 도피처, 세상 밖으로 나가서 내 안을 찾아 돌아오니, 어, 내가 시인이 된 건 순전히 그의 탓?

김지헌
1956~. 1997년 현대시학으로 등단, '회중시계' 고려원 1999, '황금빛 가창오리 떼', 문학과 경계 2005, 베롱나무 사원, 시인 2012

문성해, 시혼식詩婚式

　서울역 광장이 여름 끝물을 하는 날,

　두 시인이 처음 만난 날, 이윤학 시인이 소개한지 6개월 간 전화로만 깊어가다가, 우리의 사랑은 '조그만 예의'로 시작 되었네, 걸어오는 이목구비가 뚜렷한 프로필 사진, 눈부터 환희 웃네, 설레임의 당신이 설레 일 땐 난 수줍어요. 빗방울이 우산을 퉁퉁퉁 심장이 가슴을 통통통, 걸음마다 총총총, 유 시인이 문 시인을 만나기 위해 사랑은 술 취한 채 대구 행 기차를 타라, 무슨 바람이었나. 한 걸음 비행기로 캔디에게,

　"시인 둘이 만나 뭐먹고 살라카노"라던 어머니, 사위의 부처 같은 성품을 보고 결국 허혼했네. 신랑 유종인 보다 5살 연상인 신부 문성해 시인은 오늘 시혼을 했음을 선포합니다. 이성복 시인이 주례를, 손택수 시인이 사회를, 그 해 2000년 대구서 치른 결혼식은 문인들의 잔치였네. '열심히 사랑하고, 시 쓰라'

　"신혼 초에는 서로 시를 보여주기는 했지만 그것도 한두 번이지 이제는 딴청을 피워요. 신혼 초 섭섭함도 가졌지만 서로 간섭하지 않는 게 이젠 오히려 편안해졌어요."

　두 딸과 함께 건강함은 닮음 꼴, 시가 무엇인지 '자라'처럼 스멀거릴 때, '불 끄고 쓰는 시' '잿빛에 대하여'

‘시 한 줄 쓰고자 할 때’, ‘밥이나 한번 먹자고 할 때’, ‘벽 하나 사이에 두고’ ‘작업실에서 빠져 나오는’ 우리,
　시와 시는 멀리 있는 게 아니라, 시와 시는 누가 알아주지 않더라도, 시와 시는 변방에 있다 하더라도

문성해
1963~. 1997년 매일 신문 ,2003 경향 신문으로 등단, ‘아주 친근한 소용돌이’, 랜덤 하우스코리아, ‘자라’, 창비, ‘입술을 건너 간 이름’, 창비 2012, ‘밥이나 먹자고 할 때’, 문학동네 2016

작가, 시인 부부

    홍길동의 작가 허균과 김씨 부인, 사르트르와 보봐르처럼 작가 시인부부, 때로는 경쟁자로서 때로는 조언자로서 일생을 반려하며 전업 작가의 경우 생활의 난곡 과 자녀 교육을 병행하면서 더욱 힘든 건 자기 안의 자기와 싸워 가면서

최순애(동시)	이원수(동화, 동시)
임옥인(소설가)	방기환(아동문학가)
김초혜(시인)	조정래(소설가)
김혜순(시인)	이강백(극작가)
김옥영(시인)	오규원(시인)
강은교(시인)	임정남(시인)
김정란(시인)	서정기(평론가)
노향림(시인)	홍신선(평론가·시인)
양귀자(소설가)	심만수(소설가)
호소향(시인)	김재홍(평론가)
서대선(시인)	이건청(시인)
김경미(시인)	고광헌(시인)
조윤희(시인)	이경호(평론가)
이진명(시인)	김기택(시인)
이상희(시인)	원재길(시인)
한 강(소설가, 시인)	홍용희(평론가)
이선영(시인)	맹문재(시인)
김수경(소설가)	이상호(시인)
신이현(시인)	장정일(시인·작가)
신해욱 (시인)	이장욱(평론가)
이근화(시인)	이현승(시인)

박정이, 연인들이라고 부른들

자야의 길상사에는 백석이 있고
나의 시담에는 황진이가 있나요.

'바람의 허리 뒤로 채색되는 붉은 피'
우린 서로 내상을 입어 봐요.

당신이 영어의 몸이 되었을 때,
나는 끝내 아무 말도 하지 않았어요.

나는 카페 포엠에서 흘러간 음악,
이제 추억이 구금된 채 꿈꾸듯 시들어 가요.
'자작자작 소리 내며 울고 있는 자작나무 사랑'
살풀이를 추랴, 이별가를 부르랴.

'시크릿 가든'을 들으면서
아메리카노 한 잔을 마시는 데
빗줄기 흘린 머리카락, 유리창 흐르는데
초코가 끈적, 다디단 입술을 그리는데
무크지 '포에트리 슬램'과 시집들은
침대에 누워 당신의 애무를 기다리는 데
액자 속에 갇힌 나는 벽 위의 시

느낌표 하나 찾는 시인들과 목소리 익어가다
어느덧 텅 빈 홀에서
나 여기 빗소리로 울 때

시담(詩談)에서 만나 다담(茶談)에서 헤어진
한 때의 벌 나비 같은 추상,
씁쓸하듯 달콤하게 떠나 간 비
불빛 점멸 유리창에 잊혀진 여인
방울방울 물방울로 쓰던
이름들 조용히 불러 모으고 있다.

3K, 그대들이 벽계수, 서경덕, 지족선사 인가.
고이 접은 적삼 휘감기는 치맛자락 속버선의 길은
오롯이, 황진이의 나빌레라.

'아직은
너의 하얀 정체를 드러낸 이유를 묻지 않으련다.
수줍은 밤,
너의 하얀 속살의 이유도 묻지 않으련다.
안으로
안으로만 곪아버린 푸른 혼도 묻지 않으련다.'

췌장

  대장

    소장

      임파선

        갑상선

        맹장

          위

          비장

수술대에 오른 몸의 기관들

연리지가 될 수 없는,

벼락 치는 밤에 폐가 지붕으로 높이 오른다.

박정이

1960~. 1997년 시집, '이곳에 머물기 위하여' 상재 후 2009 경남일보로 당선. '포에
트리 슬램', '포에트리 아바' 발행인 주간, '오후가 증발한다' 2011, '여왕의 거울', 평
론집 '판소리와 슬램의 미학', 시담포엠 기획선 2019

이기와, 목숨 수(壽)

세발 낙지는 가는 발,
두발로 다하지 못한 삶
세발로 벽을 기어오르리라
배추가 바닥에 뭉개져 있다
누가 이 하늘에 꽃씨를 뿌리나
바닥이 그리워 내리고 있다
바닥에 닿아야 눈물로 녹을 수 있다
내가 그린 밥, 하늘에 닿았을 까
광대처럼 그네를 타니
참나무에 붉은 눈물이 묻혀진다
목숨 수를 첨 알았다
밥을 주면 간장으로 그림을 그릴라
어머니의 치마, 저고리 문양만 있어도
난 안심하리라
오후의 풍경, 감나무에 까마귀가 있으면
심상心象을 하며 머무르랴
그 너머에는 벚꽃이 만발하랴.

들판에 버려진 벌레 먹은 배추 잎사귀를 주워 먹고 풀을
뜯어 먹었다. 시장에서 서리하다 된통 맞기도 했고 제주도
해녀인 어머니는 태기가 없다고 소박 당하고 이후 가난에 시

달리던 어머니는 살아남기 위해 아버지라 불렀던 사람이
여럿이다. 서리하고 붙잡히지 않기 위해 달밤 둑길을 뛰며
악착같이 달리기를 연습해 뜻하지 않은 학교 육상 대표도 했
다. 중국집 점원, 봉제공장 직공을 전전하면서도 가난에서 벗
어나기 위해 이를 악물고 상업고등학교에 진학했던 악바리
다. 술장사를 하며 담배 냄새 찌든 술판에서 온 손님이 시를
말해 주어 적막함을 견디기가 힘들어 시 쓰기 시작했다. 대
학 문창과에 입학하였다. 밤새 술장사 하던 몸, 입에서는 술
냄새가 나고 졸린 눈으로 막내 동생 같은 여대생들과 공부를
하였다. 어둡고 질펀한 밑바닥, 격정적인 언어로 적나라하게
토해내고 나를 재우자. 이젠 화천의 숲에선 '나봄 명상예술학
교'

"전 제 몸이 없다고 생각해요
언제부턴가요
그래서 그냥 누가 2끼 밥만 주면
일 해주고 싶어요. 어떤 일이든지요.
너무 세상이 무상하고
고독해서
그런 날에는 캄캄한 어둠 속에서 내 옆에 누워 있었으면
덜 고독하겠다고 여긴 적도 있지요.

참으로 세상은 허전함 그 자체입니다. 딸은 시집가서 손녀와 손자를 낳았지요.

전 행운의 덕보다 불행의 덕을 많이 본 사람입니다"

이기와

1969~. 1997년 문화일보로 등단. '바람난 세상과의 블루스', 다층 2001, 나봄 명상시집, 시산맥 2014, '그녀들 비탈에다', 서정시학 2007

김나영, 점숙이의 고백록

어느 소녀의 고백을 듣고 내 슬픈 마음 선미에서 침 흘리네. 모락모락 커피잔이 따뜻해지네. 만우절 이야기 왼손잡이 소녀의 쓸모를 묻지 않을 수 없네.

영천의 시골학교 사학년 점숙이는 나의 본명, 이 아이 저 아이의 도화지에도 전화기를 그려주며 타전할 소설을 쓰고 있었지.

가난을 껴입고 살던 소녀. 바닥에 누워야 하늘이 보인다는 걸 알아 버렸지. 엄마 심부름으로 언니와 함께 찍으러 다닌 일수 도장, 왜 그리 빈 칸을 채울 때 마다 소녀의 기도, 고운 미소를 지었는지, 일수 수첩 사이에서 돈의 냄새 흥흥 맡으면 별표의 붉은 도장 밥 빛깔이 가득가득, 방안에서 기다리던 엄마는 이마에 땀이 송송, 아빠의 헝클어진 머리칼, 창안에도 창가에도 별이 반짝, 흐트러진 이불자락 못 본 척 안 본 척, 밥 보다 절 실 했을 한 끼의 섹스

소녀의 소망은 대학 낙방이라네. 한 번도 대학을 쳐본 일이 없기에 남들처럼 언 손을 호호 불며 치루는 입시가 부러웠네. 밖에서 기다리는 엄마들도, 티브의 입시 발표에 빠진 아빠들도 부러웠네.

직장을 다니며 아무 책이나 닥치는 대로 먹어버려. 열등을 영양 보충하기엔 그게 적격이야.

아이 둘을 키우면서 소녀가 아줌마에게 묻네. 남편의 전근

으로 5년간을 제주에서 살았네. 폭낭 그늘 아래에서 날 부르는 매미 소리, '제주대 윤석산 교수와 함께 하는 시 창작 강좌' 안내장, 성게국에 옥도미, 파란 고등어와 자리회, 여름 성찬이었네. 남편에게서 나에게로 넘어 온 내 생의 운전대, 대학원 석 박사 과정과. 학력 콤플렉스를 졸업 시켰지. 나의 굶주림이여, 나영, 점숙이의 당나귀를 타고 달아 나가라.

　10년 인사동 '순풍에 돛을 달고', 다층 동인 때
　김나영 시인과 서안나 시인의 창과 방패, 환상의 합평은 전설이 되었네.
　오월의 미풍으로 강을 건너고도 삿대를 버리지 않은 이유, 30년 다층 동인으로 홀로 남아 있는 이유, 가장 궁금하였다고 더는 묻지 않기로 했네. 어디서 연기가 담벼락을 타고 제 갈 길로 올라가네.

김나영
1961~. 1998년 예술 세계 등단, '서정의 발달', 디지북스 2018, '왼손의 쓸모', 천년의 시작 2006, '수작' 애지 편저 홍난파 수필선집

문현미, 북방의 칸타타

게르만이라는 이름으로
신의 소리를 듣는다.
바람은 후미진 야산에 머무르다가
남쪽으로 불어왔지.
짜라투스트는 이렇게 말했다.
살아남은 자는 죽지 않는다고
북방의 심장 속에 가지고 온 습지는
얼룩진 무대에서도 살아남는다.
덫을 빠져나오면 공습의 사이렌 소리
잿더미 속에서도 칸타타
어두운 개울가에 다가서면 들을 수 있다.
폭풍의 언덕에서
망토를 두르고 마상에 올라가 승리를 호령하는 거인 오딘,
신비한 말발굽 소리를 듣는다.
폐허의 벌판 그대들의 변주곡
해머와 삽을 들고 용서를 구하는 그 봄의 햇살은 순수했지.
새들이 어둠 속에서 청빈한 하늘로 날아간다.

1962년 양구의 국민학교 시절 산은 선이였고 개울소리와
햇살 반짝임, 서정은 그렇게 내 안으로 흘러 왔다. 부산 사대
국어교육과 시절, 새벽 과외 그룹 두 팀 주중엔 고3과외 밤
엔 야학교사로, 먼저 독일로 떠난 남편을 따라 교사직을 사

직하고 세 살 된 딸과 독일 아헨대학교로 유학을 떠났다.

계단 마다 꽃 대신 난관이 기다리고 몇 번이나 포기 할까 하다 다양한 문학 강의와 신앙프로그램에 적극 참여했다. 그러던 차에 1988년 6.29민주화 선언 직후, 당시 Y대 고문이었던 큰 동생이 돌연사 했다는 소식을 일 년 후에 들었다. 한 학기를 휴학했다. 산자는 무엇을 따르는가. 라인 강을 보다가 뒤 돌아 서면 아이를 안은 당신이 서 있었다. 횔더린, 파울첼란, 고트 프리드 벤 등의 시를 탐독 하며 보낸 본 시절, 점점 붉게 물들어 가는 라인 강변의 하늘 나도 물들기 시작하였다. 귀국 후 다시 한국어과 전임으로 독일로 홀로 갔을 때 베토벤 동상이 있는 광장에서 본 하늘같이 높은 뮌스터 성당의 탑은 너무 높아 내 시야로 들어오지 않았다. 고독 속에서 목이 잘려진 광장의 순교자의 조각상을 보면서 신앙심과 시 창작에 몰두 하다. 성벽 뒤쪽 골목의 팝과 카페, 쌀쌀한 야외 테이블에서 강의 준비한다. 부슬부슬 비가오고 몸이 떨린다. 흐린 하늘 저편 아득한, 백석대학교 국문과에서 강의를 하면서 개울물의 소리가 들려오고 참을 수 없는 '우리를 슬프게 하는 것들'이 몰려든다. 이 책의 저자 안톤 슈낙의 '우리를 행복하게 하는 것들'과 '사랑 만들기'를 번역하면서 무엇인지 기다림은 얼굴이 없다

주: 한별 구기성 교수는 독일 본 대학교 한국어과를 창설하신 분이다.

문현미
1957~. 1998년 시와 시학으로 등단, '기다림은 얼굴이 없다' 시와 시학사 1999, '칼 또는 꽃' 문학수첩 2002, '그날이 멀지 않다', 한국문연 2014

한정원, 마미, 붉나무가 타들어 갈 때

마미 아프니까 아프리카. 한유성* 아버지의 송파 산대놀이, 자화상을 그릴 때마다 탈을 그리며 마미 마미 부르며 겨울밤에 울던 아이, 어미 잃은 냥이 새끼 잃은 어미 강아지, 어미 강아지가 새끼 길냥이를 데려다 젖을 먹이고 있어.

마미 아프니까 아프리카, 붉나무가 붉게 타들어 갈 때 그는 문학과 지성을 들고 광화문 교보 앞에서 기다리고 있었지. 그는 내게 영화평 보다 문학평이 좋다고 말하고 했지. 사랑이 붉게 탈수록 문학청춘의 이별은 준비된 손수건, 이 때 처음으로 소설을 써 보았어, 오탁번 지도 교수님에게 혹평을 받았지 마미 아프니까 아프리카. 교수님의 소설 '새와 십자가'가 '목마와 숙녀'로 영화 되었을 때 학보 문화면에 깜찍 발랄 혹평을 해버려 떠나간 당신이 목마처럼 돌아 왔나. 킥킥

마미 아프니카 아프리카, 우린 결혼과 동시에 첫 딸을 낳자 사이좋게 직장을 둘 다 그만두니 궁휼을 구워삶아 지낸 3년 그냥 나의 뒤에는 언제나 마미 아프니까 아프리카. 그도 나도 교직을 간신히 다시잡고 새들이랑 꽃들이랑 아이도 잘도 놀 무렵 다시 받은 진단 카드

마미 아프니까 아프리카 시낭송하기 좋은 날, 시 하늘 아
픔 보내기 좋은날, 이근배 스승님에 의해 시문이 아침 꽃 부
끄러이 열린 날, 여주 묘지에 마미가 가는 길, 여기는 보츠아
나 초베 국립공원 초원 주술사의 비밀 계곡에 초대 받은 중
년 여자, 기린형제들이 도망가네 어린 기린이 표범 에 잡히
네. 붉은 나무처럼 피와 살과 뼈와 눈망울, 저 구름 멀리 바
라보는 어미 기린 눈동자, 내가 돌아가면 살아 계셔 줄 마미,
갈라지다 갈라지다 한 나무의 가지들 마다 마미 아프니까 아
프리카.

* 한유성(1908~1994) 중요무형문화재 제49호. 송파산대놀이
　기예능 보유자

한정원
1955~. 1998년 현대시학으로 등단, '그의 눈빛이 궁금하다' 시와 시학사 2003, '낮잠
속의 롤러코스터' 시평사 2005, '마마 아프리카', 현대시학 2015

김민정, 거침없이 부드럽게

거침없이 하이킥 부드럽게 로우킥 문체로 미래파
나는 날으는 고슴도치 아가씨,
내가 태어난 날 막내 삼촌이 서해의 섬에서 죽은 날,
잠들다 깨어나 보니 졸지에 여동생 셋이 되었네.
네 명의 시누이를 둔
엄마는 "안 키워, 못 키워 퉁퉁 부운 눈으로 모두, 입양 보
낼 거야"
각설하고
부르면 오라 오면 가라 다 왔으면 돈 주고 내려, 택시는
미래로 가고 생각은 과거로 가고 앞으론 빨리 더 빨리 뒤로
는 천천히 더 천천히
아름답고 쓸모없기를
소리 죽여 울기도 피안대소로 웃기도 자랑과 열등을, 솔솔
몽우리가 잡히는 시절 웃옷에 걸핏하면 손을 집어넣는 바퀴
벌레들 퉤 퉤 퉤 거침없이 하이킥, 난 풀벌레 칵칵, 타고 내
리고 타고 내리고 생은 가다 보면 급정거도 있고 신호위반,
앞차랑 주향경쟁 옆 차랑 욕지거리. 부드럽게 로우 킥 울기
좋은 밤에는 묻지도 말아주세요. 뒤도 돌아보질 마세요. 여기
는 달리는 호텔, 어느 날 가리 노래방을 지날 때 울음이 편
한 방에서는 혼자 내 버려둬요. 잘 놀다 갈게요. 시인들은 백
화점 역, 마트 역, 시장통 역 내리는 역이 달라, 우웃 각각

어느 급 역에서 내리나. 시는 논다. 나의 시 미학은 미친 희극미, 정신적 땀구멍, 우리네 택시 주행 같은 생애, 기사 양반 아저씨는 신, 우리가 내리면 서로 잊어주는 신.

최승자 시인의 "오 개새끼, 못잊어"란 문장아, 탁 버티는 아비 같은 시라는 놈 하나. 말랑 말랑 한 엄마라는 이름의 고무 찰 흙 시 하나 그렇게 와 버렸어.

이 모든 게 그녀가 느끼기 시작詩作한 순간.

김민정
1976~. 1999년 문예중앙으로 등단, '그녀가 느끼기 시작 하였다' 문학과 지성사 2009, '아름답고 쓸모 없기를' 문학동네 2016, '각설하고' (산문집) 한겨레 출판사 2013

김행숙, 투명인간 100년

시집속의 섬광은 아이들의 눈물로 자란 곧추선 감각, 숲을 거닐다 보면 들린다. 숲은 운문이다. 구름은 여행족, 방황을 예술로 바꾸는 재능을 일찍이 배워버렸다. 숲에도 골목을 좋아하는 종자들이 있다. "한때, 내가 되고 싶었던 건 투명인간이었다. 선일여자고등학교 복도에서 뿌연 운동장을 내다보면서 이런 공상으로 뭔가를 견디곤 했다. 만약 내가 단 하루만이라고 투명인간이 될 수 있다면, 무조건 달리고 또 달릴 거야. 다만 멀어지기 위해. 내가 사라지는 곳으로부터 더 멀리에서 나타나고 싶었다. 길을 잃어버리고 싶었다."

검은 뿌리에서 햇살로 달궈 끓인들 욕망이라 할 수 있을까. 다변과 혼돈이 욕망이 만들어 낸 붉은 색깔이라 치면 침묵과 냉정의 언어는 왜 푸르름이 되질 못할까. 가로수가 숨 쉬는 역설의 사전, 어떤 풀꽃도 피어난다.

100년 전인 1920 년대 동인지나 시인에 관심이 많다. 지금 투명 인간이 되어 100년 전 과 100년쯤 후에 서 있는 한 인간을 상상해보곤 한다.

오늘 '문학이란 무엇인가'를 묻는 일은 내일 '문학이란 무엇이었는가?'를 질문하는 일이 될까

김행숙
1970~. 1999년 현대문학으로 등단, '사춘기' 문학과 지성사 2003, '이별의 능력' 문학
과 지성사 2007, '에코의 초상', 문학과 지성사 2014, '1914년', 현대문학 2018

손현숙, 꽃상여

　할아버지 꽃상여가 간다. 흰 꽃 붉은 꽃이 어~ 어~이 곡소리와 함께 나부낀다. 할머니의 아이고우 소리는 슬프고도 아름다워 아주 까리 손에 들고 나도 따라 중얼거린다. 돌고 돌아 산길 아빠 손잡고 간다. 아빠, 꽃이 사람들을 끌고 가네요. 그러다 버리고 오나요. 아이야, 꽃과 새들은 묘지에서 할아버지와 함께 있는 거란다. 아빠, 저 머리 두루미가 공주 왕관 같아요. 베옷도 이뻐요. 상여소리 담아 들꽃들과 함께 사진 찍을래요. 아빠, 밤이 되면 할아버지와 꽃들은 어찌되나요. 새들은 어디 가나요. 아이야, 할아버지 혼은 저 달 옆으로 가는 거란다. 밤이 되면 귀신불이 별이 되어 반짝이는 거란다. 아빠, 이젠. 밤하늘을 쳐다만 보지는 않을래요. 내 동공 같은 카메라 렌즈에 꽃들이랑 하늘로 올라간 혼을 가득 담을래요. 나도 저 별이 되나요. 내가 어디로 가는 지만을 쓰고 찍을래요, 올해도 당신이 그냥 피었다 갔어요. 연극쟁이 오빠는 함께 해바라기 모자 쓰고 칸나와 물 권총 놀이하며 꽃밭에서 놀자 그랬죠.

　꽃이라 사랑만 받길 원하지 않아 별이라 쳐다만 보긴 싫어 내 동공 같은 카메라 렌즈에 가득 담던가 나의 혀로 사랑만을 말할래, 올 해도 꽃들이 그냥 피었다 가요. 아빠와 오빠들은 함께 꽃밭을 일구며 살자 그랬죠. 사랑하는 딸아 넌 사랑

밖에 몰라라. 이쁜 나의 누이야, 넌 행복 밖에 몰라라

아뇨, 사진쟁이 남편이랑 시 쓰는 아내랑 저 별로 가기까지 사는 법, 사진은 투쟁이며 시는 전쟁 이였다고요. "나사가 풀려 자꾸 부딪혀요." 뇌 안의 안경점에 가야 해요. 아빠, 여자는 길과 길이 겹치는 곳에 자신을 찾나 봐요. 사진과 시는 "짜장면과 짬뽕처럼 맛이 달라요." "야생화와 장미도 내 삶의 흙을 덮여줘야 멋이 달라요. 그러니 모든 내가 반했지요." 변변한 꽃 한번 피워내지 못했지만

손현숙
1959~. 1999년 현대시학으로 등단, '너를 훔친다' 문학사상사 2002, '손', 문학세계사 2011, '샤갈 마을 우체통', 2018

최금녀, 실어기*

  그럼에도 불구하고 실어의 무늬로 짠 점퍼에는 붉은 장미
가 있다. 그럼에도 불구하고 영도다리 건너면 장엄한 이별을
포용하는 만민들의 나라 천막학교가 있다. 오후에는 "도너츠
사소", 저녁의 목판에는 럭키 스트라이크 양 담배 시리즈 그
럼에도 불구하고 맨발의 ○섬에서 돌아온 딸, 운명 교향곡의
조명이 퍼지다. 주간 새마을에서 이어령 ,조경희 선생님과 보
낸 기자 시절, 내 스물 셋을 풍선에 담아 공중으로 띄우다.
당신은 정치부 기자, 나는 문화부 기자, 기사작성 중에 얼핏,
완성 하는 눈빛 문장은 우리의 밀원, 능금 한 알 붉기는 문
학판이 정치판과는 달랐지. 당신이 두 번 의원 낙선 할 땐
어머니가 되어야 했고. 새벽에서 자정 까지 기둥을 따라서
돌고 돈 별의 궤도, 네 번 연선 의원이 되어 정무장관 되었
을 땐 돌팔매를 맞아야 했어. 당신도 나도 결국 동아줄을 매
고 휘엉청 달 밝은 밤 뛰어내린 시밭, 의원, 장관 아내보다
시를 뿌리고 일구며 실어기 탈출을 꿈꾸었어.

  그럼에도 불구하고 가본 적 없는 길을 가면서 앓은 오십견,
일백견을 향해 오십 줄에 던진 원반, '사월의 실종'** 에서
'오월병'**을 앓던 시종부 신동문 시인의 단전에서 기 모으
랴. 원을 열 번 돌리기 시작한순간, 순은 쟁반에 받아가는 비
.방울. 소리... 그럼에도 불구하고 기억의 저편 빨간 완장을

찬 호르라기 소리가 들린다, 임진강 새벽 4시, 11월 바람을
몽땅 먹던 내 항로는 신의 꽃, 그럼에도 불구하고 그대 날개
아래서 형제 되어 뜨거운 눈물 흘리며 이젠 떠나고 싶구나.
바람에게도 밥 사주고 싶구나.

* 1962년도 자유 문예 등단 한 최금녀 시인의 소설 제목
** 시종제 신동문 시인의 시집 명

최금녀
1939~. 1999년 문예운동으로 등단 '큐피드의 독화살', 종려나무 2007, '바람에게 밥
사주고 싶다', 책만드는 집 2013, '길 위에 시간을 묻다', 문학세계 2012

제6-1부

2000년대 전반 등단

강영은, 숨비기 꽃

섶 섬 밤 섬 무지개 섬, 밀짚모자 쓴 섬마을,
낮이면 군경이, 밤이면 산사람이 눈에 불을 켜고 다녔다
한다.
무진년 4,3사건, 피바람 속에 정방폭포 기슭에
동백꽃은 눈동자처럼 몇 번이나 피고지고 비명횡사 청정하
던 어느 겨울,
육지로 피신했던 아버지는 목사가 되어 돌아왔다.
삼신할미는 마고의 항아리에서 내가 누울바다의 등을 꺼냈
다.
아담한 연못과 소박한 뜰이 있는 교회 사택에서
풀등 옆에서 바이올린 켜는 아버지,
미우라 아야꼬의 소설을 들려주는 어머니
해방 후 귀국선 뒤집힌 현해탄, 전 재산을 잃은 아버지
무릎 시린 옛이야기 울부짖는 파도소리
나는 어쩌다 서귀로 돌아누워 출렁이며 듣는가, 묻지를 말자.
동으로 서로 돌아 와도 서귀포(西歸浦)는 언제나 그 자리인걸,
올망졸망 올레길, 오름 머루왓, 저 혼자 자란 숨비기 꽃 피고
소국 노랗게 저들끼리 물들이는 최초의 그늘에서
저녁과의 연애를 녹색 구렁이가 비단 빛을 낼 때
정방폭포에서 스스로 우는 화살이 되어
서귀에 가면 섬 속의 섬이 되는 여자,

마을의 금지구역에서 바람을 타고 노을에 젖는다.

시집가는 전야에 머리를 풀고 울었다. 섬이 흔들린다.

물결이 산 너머 절벽 부딪쳐 우레 같다.

까마귀 동산에서 억새들의 춤사위,

소슬바람에 나부끼는 아으 희디흰 손가락,

죽은 자의 뼈마디 되살아나는 한라산 길,

하얗게 달빛 아래 피는 좀털 꽃, 어느새 으악새 둥지를 몸
에 들인다.

제 너머 걷는 것은 신이 발에 잘 맞기 때문이라,

비워냄과 채움으로 또 하나의 몸이 된 상냥한 시론,

당신이 내게 꼭 맞기 때문이라.

강영은
1956~. 2,000년 미네르바로 등단 '녹색 비단 구렁이 종려나무' 2008. '최초의 그늘'
시안, '마고의 항아리', 현대시학 2015, '상냥한 시론', 황금알 2018

김이듬, 진주기생

칼머리 형방의 춘향 아씨를 부러워 한 적이 있지요.
부안 기생 매창, 함경도 홍원 기생 홍낭, 평양 기생 계월향
송도 기생 황진이를 불러 모아 나누어
먹던 사랑은 '그만하라' 말하려 해요. 일등제사 한량님들,
강낭콩 같은 푸른 물에 양귀비 같은 붉은 마음 적셔 주셔요.
기생집 년이 의기라며 꼴값 떤다고 웃지 말아 주세요.
풋고추 저린 김치년들, 양념 넣고 올린 진지 보며
너 본지가 오래로구나 보다
왜장 놈 목을 부여잡고 강물에 뛰어들 거랑, 제 치마에 두
견새 되라는 시 한 수 적어 주세요.
십오야 밝은 달, 구름에 비켜 가라.
빨아, 빨아 속 홑까지 벗어 줄게

"빨아, 빨아 시 한 수 보여줄게"*
어화 둥둥 떠 놀거든 나의 치마인 줄 알아주세요.
금의 은침 입혀 눕혀 주지 마시고
으슥한 오경 울음소리, 큰 쇠북에 서른세 번 쳐 줄 수는
없는지요.

저는 사랑을 하다가 결정적인 순간에 비틀어버리는 것, 한
편의 시를 쓰다가 갑자기 또 다른 화자가 등장해서 훼방을

놓는 거죠. 믹싱과 스크래치 순간의 전율, 문학소녀 시절부터
출판사 영업 사원이신 아버지 덕에 '젊은 베르테르의 슬픔'
같은 책을 많이 읽었어요. 아버지가 새 어머니와 싸워 집을
나가서 이발소에서 장기를 두실 때 기다리면서 읽은 푸시킨
의 생활이 그대를 속일지라도 서러워하거나 노여워 말아라.
정말 그럴까요, 시는 그렇게 기쁘면 노래가 슬프면 울음이
나 오는 것처럼. 시도 그렇게 백치미, 원시적인 자연 상태 정
말 그런가 봐요. '명랑하라, 팜므파탈', '시골창녀'여. '히스테
리아'여 (자궁). 나는 학대 받았지만 모범족으로 중고등학교
를 보냈어요. 새엄마가 바라는 불량소녀 만들기를 또한 훼방
놓아버렸지요. 인간 본연의 감지력 같은 것. 눈멀고 귀가 먼
내 할머니 같은 것, 자궁이 가지고 있는 건강함에 대하여

* 김이듬의 시골창녀에서 인용

김이듬
1969~. 2000 포에지로 등단. '명랑하라 팜 파탈',2007 문학과 지성사, '말할 수 없는
애인' 문학과 지성사 2011,'히스테리아' 문학과 지성사 2014. 2016, '표류하는 흑발',
민음사 2017 외

이민하, 어쩌면 화이트닝

집시의 감정에는 새가 나무와 꽃에 접힌 통증이 있다

어쩌면 화이트닝, 얼룩 하얀 고양이는 골목으로 간다. 전주 평화동에서 평화를 먼저 점지한 소녀. 아버지의 발령으로 이사가 잦아 골목이 자주 바뀌었던 소녀, 자주 길을 헤맸기에 아예 수업을 빼먹고 귀가하곤 했던 소녀, 낙천적인 엄마의 음식 냄새보다, 늘 외롭고 병약해 보이던 아버지의 유화물감 냄새에서 '더 진짜 같은' 사람 냄새를 맡은 소녀.

차갑고 무심했던 아버지의 피, 친해지기도 전에 대학시절에 세상을 떠난 엄마의 피, 둘러앉은 식탁의 음식 냄새가 없다. 엄마는 요리 할 때 등을 보여도 아이는 얼굴을 본다.

엄마하고도 비밀 얘기를 나눠보질 못해서 항상 외로웠어요. 가까운 사람들이 많이도 세상을 떠나가네. 자신의 목숨이 그들의 죽음을 빼앗아 연명하는 것인가.

뾰죽한 그림자들이 나무사이로 사라질 무렵, 악몽과 가위눌림. 혼자인 때와 혼자가 아닌 때, 깨어 있는 중에도 꿈을 꾸고 잠자는 중에도 의식은 깨어 있고 환상은 현실의 일부,

언젠가 나의 노을이 바다 속으로 묻힐 때
고래가 우는 소리가 바다 속에서 들릴 때
나를 환상파 시인이라 하네.

눈을 통한 글자 해독보다 귀와 입을 통한 습관이 음절의 풍습을 이루면 어둠의 씨앗들이 기울어진 수면아래에서 음조

를 감추네.

거리에는 시가 넘치지만 시는 비밀과 죄를 나누는 일이다.

소리를 접은 어미마다 봉인된 씨앗으로 경전을 이룰 때.

꽃은 언제나 총체적 부실을 안고 태어났다고 결론을 낼 수
있다네.

이민하
1967~. 2000 현대시로 등단 '환상 수족', 문학판 2005, '음악처럼 스캔들처럼', 문학
과 지성사 2008, '모조 숲', 민음사 2012, '세상의 모든 비밀', 문학과 지성사 2015

미래파 시인들

2000년 전후 등장한 **김민정 김행숙 신해욱 최하연 하재연 이은림 진수미 김경인 이영주 이민하 이근화 유형진**, 미래파의 서정은 디지털화된 세계, 요컨대 가상의 자연을 시적 대상으로 삼는다. 미래파의 시에는 파편을 조각보 한 사유가 흩어져 있고, 펼쳐내는 눈동자의 세계가 곳곳에 출현한다.

시가 안 써질 때마다 뜨개질을 합니다. 조끼도 스웨터도, 대바늘 편물이 한 줄 한 줄 올라 갈 때 마다 백지 위에 한 줄 한 줄 써내려가는 글과 같다는 생각을 해요. 덩어리로 뭉쳐있던 생각과 감정들이 시가 되고 글이 되어 남이 읽고, 코바늘 편물은 한 개의 작은 동그라미에서 점점 코가 더해질수록 확장 되는데 만다라와 같아요. 모든 코를 버려야 완성되죠, 어울릴 것 같지 않은 다양한 색의 실과 천 조각들을 연결하여 퀼트 담요를 만들죠. 시 쓰기의 다른 버전은 뜨개질, 언어를 뜨개질해요, '우유는 슬픔 기쁨은 조각보', 흐린 금요일 밤과 일요일 사이, 봄씨와 나무와 누구 누구씨 안녕하세요. 새를 잃어버린 주말은 길어요. 우리를 찾거들랑 사소한 이야기로 비구름 지침서를 전해주세요. 우리의 죄명은 십년 전의 미래를 회상 하며 술을 퍼마신 일, 당신들의 녹슨 생각에서 녹은 사랑이 어떻게 질척해지나. 털실로 짠 호수에서의 안개 아침 플라잉 낚시. 아, 정말 이것은 영원한 스무고개,

평화란 뛰어가는 협상과 뒤 따르는 배반 속에 있다지요. 푸른 좀비들의 마을에 홀로 피가 흐르는 인간으로 살고파요. 잔인한 우雨요일 시장 바닥 검은 물이 흘러도 우주는 검지 않고 차별되는 시인들의 검버섯으로 피어난 노래 소리라 생각하세요, 외면하는 햇살, 물속의 구름, 누구에게나 폭포수는 멈추지 않는데 끊임없이 분열되고, 조각나는 세계, 뜨개질과 시는 아이디와 패스워드를 버리고 짜는 법인 걸 잊으셨나요.

주 : 2005년 문예중앙 봄 호에 권혁웅 시인이 최초로 쓴 미래파 담론, "젊은 시인들이란 새로운 세대가생산하는 시는 요령부득의 장광설이나 경박한 유희의 산물이 아니라 이들의 작품이 가까운 미래에 우리 시의 분명한 대안이라는 것을 인정할 날이 올 것이다"라고 말했다.

유형진
1974년 서울 출생, 2001년 현대문학으로 등단, 서울산업대학교 문예창작과 졸업,'우유는 슬픔, 기쁨은 조각보', 문예중앙 2015, '가벼운 마음의 소유자', 민음사 2011, '피터레빗 저격사건', 랜덤 하우스 2005

최하연
1971년 서울 출생, 2003년 문학과 사회로 등단, 시집 '피아노', 문지사 2007, '팅거벨 꽃집', 문지사, 2013, 시집 '디스코 팡팡 위의 해시계', 문학실험실 2018

하재연
1975년 서울 출생, 고려대 대학원 국문과 박사, 2002년 문학과 사회로 등단, 시집
'라디오 데이즈', 문지사 2006, '세계의 모든 해변처럼', 문지사 2012

신해욱
1974년 강원도 춘천 출생, 한림대 국문과 졸업, 1998년 세계일보 신춘문예로 등단,
시집 '간결한 배치', '생물성', 문지사 2009, syzygy, 문지사 2014, 산문집, '비성년 열
전', '일인용 책', 2010 동료들이 뽑은 올해의 젊은 시인상

이은림
1973~, 경남 양산에서 출생, 서울예대 문창과 졸업, 2001년 작가세계로 등단, '태양
중독자', 문예중앙 2008, '그림자 보관함', 시인동네 2017

진수미
1970~, 경남 진해에서 출생. 서울시립대 국문과 및 동 대학원 졸업, 1997년 문학동
네 등단, '달의 코르크 마게가 열릴 때 까지', 문학동네 2005, '밤의 분명한 사실들',
민음사 2012

김경인
1972년 서울 출생, 카톨릭대 국문과, 한양대 대학원 국문과 졸업, 2001년 문예중앙으
로 등단, 소설가 김동인의 손녀 딸, 한양대학교 에리카 강의 교수, '한밤의 퀼트', 랜
덤 하우스 2007, '애들아 모든 이름을 사랑해', 민음사 2012

진은영, 철학이 피는 일곱 개 나무

니체는 고독이란 일곱 겹이 있다고 말하였다.

"그 모든 순간에서 시적 순간을 찾아라." 19살 새내기로 시를 배울 때 유종호 선생님의 하신 말씀, 그대가 쓴 일곱 개의 단어로 된 사전에는 "봄− 슬픔− 자본주의−문학− 시인의 독백− 혁명− 시"가 있고 그대의 탄생 후 사전에는 정치에서 시가 태어나는 순간들, 촉발 −점거 −폭로 −안티− 단속 −폐지−미투가 있다.

1) 1970년 11월, 촉발

전태일 열사의 분신자살로 촉발된 여성 노동운동, 생산직 여성의 민주노조와 활동, 시작이야. "오늘 네가 아름답다면 죽은 여자 속에 자라나는 과 같고"*

2) 1979 년 08월 점거

와이에치 농성 사태 및 신민당 당사, 점거 사태, 유신의 심장을 쏘는 기폭이 되었지. "더 캄캄한 날에 그녀가 쏟아졌지. 사내아이들의 몸속으로 어두운 복도에 달린"*

3)1985년 폭로

권인숙양 성고문의 용감한 폭로, 직선제 민주화로 가는 길목이였어. "어두운 탑의 꼭대기로 나를 천천히. 오르게 했던 어느 몸에 대한 상념"*

4) 1999년 안티

　안티 미스코리아, 더는 여성을 상품화 하지마라. "아주 오래 연주 되기 위해서 긴 머리를 가진 여자들"*

5) 2004년 단속

　성매매 단속법이 발효되고 집창촌이 단속 되었지. "입 벌린 조가비의 분홍빛 조가비의 혀 속에 깊숙이 집어넣었던"

6) 2005년 폐지

　호주제 폐지로 남성 위주의 가계보를 무너뜨렸어. "한참 떨어지다 공중에 걸려 있다"*

7) 2018년 미투

　이젠 더는 너희들의 세상이 아니야. "이별에서 저 별로 한 소녀에서 다른 소녀에게로"*

　일곱 개의 팔찌를 양 팔목에 끼고 사전을 펼친다.

* 진은영 시인의 시집명 '우리는 매일매일' 시집에서 인용

진은영

1970~. 2000년 문학과 사회로 등단. '우리는 매일 매일', 문학과 지성사 2008. '일곱 개의 단어로 된 사전' 문학과 지성사 2003, '순수이성비판', '이성을 법정에 세우다', 2004 그린비. '니체의 짜라투스트라는 이렇게 말했다' 웅진주니어 2009

안현미, 가끔은 거짓말 같은

1

아버지는 본처와 자녀들이 있었지만 거짓말을 타전 하였다. 태백장성 광업소에서 일하며 어머니를 만나 거짓말 같이 나를 낳았다. 다섯 살 무렵 생모를 떠나 본처 슬하에 들어가서 거짓말처럼 양육 되었다. 이런 거짓말로 내 삶의 지표는 허공의 눈금에서 몇 미터 출렁, 그 때 부터 양안의 바다에서 저울은 정말과 거짓말로 균형감각을 잡아야 했다. 난 두 엄마에게 거짓말 같은 정말을 바치리. 아버지는 늘 부재 중, 내가 20대 초반에 영원한 정말로 가셨다. 난 결혼. 대학입학. 출가 중에 결혼이 가장 거짓말처럼 쉬웠다니까요. 난 저 터널 끝을 향하여 정말로 출근하자. 나는 영원히 아무도 돌봐줄 이가 없어. 나는 바닥까지 끌고 내려 갈 자신이 없어. 가난은 정말 자랑이 아니라 거짓말로 견디는 것. 나는 선배도 스승도 없는 늘 고아. 갈 곳 없는 시는 나의 종교. 보르헤스의 뇌색남. 난 그의 뇌 속에 살고 싶어. 그냥 이 세상을 천천히 살다가자 아무도 미워하지 않으려 했지만 누가 미워 질 땐 천천히 미워하기로 하자. 내가 좋다고 하면 인간은 거기서 거기야 너가 본 게 나의 전부가 아냐, 정말로 '거짓말을 타전하다'* 했을 뿐이야.

2

　가끔은 80년대 중반의 삶이 생각 날 때가 있다.

　나는 여상이 아닌 대학 졸업 후 적은 월급으로 창문이 없는 불 꺼진 방,

　아버지가 돌아가신 후 한 집안의 가장으로 아등바등, 사회생활을 시작하였다.

　나는 재래시장에서 홀로 국밥을 사먹었다.

　고기가 먹고 싶어도 수박이 먹고 싶어도 시원한 욕실에서 샤워를 하고 싶어도

　한 겨울에 따뜻한 물로 머리를 감고 싶어도.. ... ,

　이렇게라도 터널을 지나 갈 수만 있다면 두 눈을 감고 코를 막고

　귀를 막고 저 끝에 보이는 거짓말 같은 멋진 인생을 위하여 더듬더듬 내 길을 찾아가리라.

　청춘 불패의 영업으로 아현동 고갯길을 드나들던 나의 골목 길

　80년대 직장 초년시절 이었다.

　산업체 근로자들, 여상 출신 사무원들과 같이 일했다.

　나는 그래도 대학을 나왔으니까 하는 자존심 하나로 애써 그들 앞에서 괜찮은 척 하던 시절... ... ,

　나의 모습이 뒤 돌아 선다.

가끔 홀로 깬 새벽, 뇌리에 죽음이 떠오르기도 하였지.

그래도 다독여 주는 곤충들이 있다.

안현미 시인과 10여년 전 2월 인천의 문예지 행사에서 만
난 후

우우, 우, 우 더듬더듬 거짓말을 그녀에게 타전하기 시작하
였다.

* 2008년 한국 현대시 100주년 조선일보 선정 100대 시

안현미
1972~. 2001년 문학동네로 등단 '이별의 재구성', 창비 2009, '사랑은 어느 날 수리
된다' 창비 2014, '곰곰', 걷는 사람 2018

류인서, 호두나무 꽃

호두나무 꽃이 고개 숙여 있다
낡은 웨딩 사진과의 이별을 통해서야
호두나무 액자는 집행유예에서 풀려나왔다
유리잔이 빛을 내고 소리 없이 금이 갔다
눈부신 바다에서 흔들리던 깃발이여
바람이 밀고 온 흔적을 찾아가나
꽃의 논증은 문지방을 넘어 간 일탈이었다
개념이 없는 방에
번져가는 사방연속무늬
새들이 소스라치고 등 돌린 바위틈
파도가 하얀 거품으로 몰아쉰다
'우리는 방을 가져 본 적이 없어요'
달빛 아래 낙화하며 지문을 찍다
내 가슴과 결
동백꽃 깊숙한 곳에서 흘러내리는 이슬
젖은 문장의 역사를 반죽하랴
수천 년을 떠도는 유목이어라
연금술에 맹독은 시간과 공기와 축생의 허벅지를 볏짚 속
에 넣는 것
향신료와 소금도 함께 넣고 숙성하면
달이 문드러지고 그늘은 비루하겠다
지난여름 쿡쿡 누르며 달려온

북 쪽의 창에 두물머리의 안개가 스며들고 있다.

담벼락에 매달린 강아지가 불안해요. 날쌘 발톱으로 고양이가 덤비고 접동새들이 돌아가면서 똥을 싸며 날아가요. 나는 붙임성이 없어요 사랑이 없어 외로움도 없어요. 이과에서 국문과로 편입했지요. 그럼요

왕따 당해도 왕따인 줄도 눈치 못 채지 못하는 둔치예요.

남자는 모두 무서워요.

남자가 일 계급이니 무조건 남편 말 잘 들으라는 아버지께

남자 그리 대단하시면

"아버진 하느님 똥꾸녕으로 바로 떨어지지 왜 여자 밑구녕으로 나왔나요" 대들었지요.

왕복으로 따귀 맞고 기절했지요. 남자들에게

매 맞는 데는 수십 년 이골이 난 몸인 걸요.

신라왕손 직계라는 시가는

무슨 총 무슨 능으로 찬란이었나요. 가을 동화 겨울 사랑 같은 이야기는 없지만 이젠 연한 시는 쓰고 싶지요.

냉소주의자 에겐 시는 매혹적이라 하죠. 어둠의 단애에선 우울한 웃보 명랑한 울보, 함께 교행을 떠나요. 어머니는 늘 소설 읽다가 밤에 울고 내 주변은 보기엔 더 작가적이죠. 가계의 담장 안에선 천골, 무수리 과. 역산으로 나온 몸이 그래요. 거꾸로 본 세상

류인서

1960~. 2001 시와 시학으로 등단, '그는 늘 왼 쪽에 앉는다', 창비, 2005. '여우', 문학동네 2009, '신호대기' 2013 문학과 지성사. '놀이터' 문학과 지성사 2019

신영배, ○○○ 르르르

　태안의 작은 바닷가 마을에서 피아노 소리가 들린다. 소녀의 울음소리, 물소리,

　아비가 열네 살 때 세상을 뜬 후 죽음의 공포, 사춘기 가슴에 물이 출렁 거린다.

　내가 안산 월파동에 살 때 가르키던 아이, 할머니와 살던 아이,

　내 방에 들어 온 달빛 소녀, 안아 주지 못한 소녀를

　이따금 상어에게 뜯기 운다. 달빛 소녀가 도망간다. 닮지 않는 사내가 쫓아간다. 악몽의 풍경이 따라간다. 피아노가 울부짖는다. 우리는 물방울, 우리가 증발하여 안개가 되고 의혹이 되고 비로 울다가 눈으로 사라지다가 오뉴월에 우박으로 쏟아지다가. 누가 이런 절망의 나락에서 일상의 노래를 부를 수 있나. 내 방에 들어오고 싶어도 꽃들은 증류가 되어 타오르는 물이 되어 불이 되어 결국은 어디로 가는지, 어떤 영혼으로 변화하는지, 느닷없이 소녀는 시에 나옵니다. 바다 속에서 조개로 멍게로 붉은 입술이 읊조립니다. 우리는 물의 슬픔을 속 시원하게 말하지 않고는 못 배길 것이다. 날마다 우는 물이여, 바다여 말하라, 달빛 소녀를 떠난 엄마, 오지 않는 아빠, 아이야, 영원히 몰아치며 파도는 바다의 비밀을 벗길 것일 테니 기다려라. 고교 졸업 반 때 김수영 시집 속으로 젖어간다. 예대 강의실, 닮지 않는 사람들 밖으로 굴러

간다. 닦으려는 욕조 안의 물속으로 물방울, 물방울, 물방울
이 여러 개 생긴다. 소녀야 ○○○르르르, 물방울이 흘러가는
길, 거스르지 마라. 나뉘며 데굴데굴 흘러가라. 물 자국이 놓
여 있다 가만히 디뎌본다 물로 걸어가 본다. 물로 뛰어가 본
다. 동시에 물로 되돌아온다. 물 구두 신고 간다. 20년 전 죽
은 젊은 아버지 얼굴이 욕조에서 물을 끼얹어준다. 물로 쏟
아진 인어들, 바닥에서 심장이 뛴다. 물을 끌어안는다. 어깻
죽지를 파닥인다.

새해 뇌출혈로 쓰러진 어미의 혈관으로 링거액 같은 시가
구슬구슬

"사라지는 시 쓰다가 내가 사라지는 시, 물렁물렁 하게 말랑말랑 하게
물랑
눈길을 걷다가 돌아보면 사라진 발자국 같은 시,
어두운 곳 사람이 웅크린 곳, 누군가 쓰러지는 곳, 슬픔이 굳어서 움직
이지 않는 곳,
사물 옮기기가 물 사물 쓰기,
그곳에는 입막음을 당한 여성이 있어요."

신영배
1972~. 2001년 포에지 등단, '기억 이동 장치', 열림원 2006, '오후 여섯시에 나는 가
장 길어진다', 열림원 2009, '물속의 피아노', 문학과 지성사 2013, '그 숲에서 당신을
만날까', 문학과 지성사 2017

정용화, 시가경(詩家經)

자목련 꽃송이를 줍는 한 여자가 있었네. 나무가 되어주는 한 남자가 있었네. 간절기에는 이탈한 비탈길은 우리의 피난처네. 서로의 바깥을 데리고 안으로 들어 왔네. 안에선 이쁜 아이 웃음소리가 좋았네. 바깥에 갇힌 추위를 안고 들어 온 날. 당신, 자목련은 바깥에 있지 안에 없다고 하였네. 우리는 ㄲ적ㄲ적 하다 보니 뱃지 대신 백지가 필요했네. 나는 바깥을 찾아 먼저 떠났네. 당신도 아이도 안을 걷어 올려 바깥을 따라 나왔네. 그러다가 '바깥에 갇혔네.' 비둘기가 연신 추위를 쪼아 대네. 우린 수런거리다가 모두 그만 안과 밖을 전이하기로 했네. 우리 세 사람이 그해 동시에 저 목련을 피웠네. 흔들리는 것은 바람에게 물어보네. '나선형의 저녁'에는 어둠에게 물어 보네 '서투른 다정'이 라도 물속에 뼈가 보일 때는 우리 같이 물어보네.

혜미가 대학에 입학하던 해인 2006년 연 초에 나는 『대전일보 신춘문예』에 당선되었고, 남편 이희섭이 『심상』으로 등단, 기쁨이 채 가시기도 전에 8월 혜미가 『중앙일보 신인문학상』으로 등단하여 가족 모두 시의 배를 타서 놀라운 미지의 항로로 노를 저었네.

주말에 아빠 시인은 도서관으로, 엄마 시인은 집에서, 이쁜 우리 딸 시인은 옥탑 방으로 흩어졌다 각자 쓴 시를 들고 6

시쯤 술집에서 우리는 문우로 모여 합평을 하지. 가족이라고 봐주는 게 없어. 제일 못썼다고 생각되면 술을 사기야 그런 날은

생각의 보따리를 함께 잡아 싸울 일이 없지. 우리의 리더는 시.

가족의 정신세계 하나로 준 詩의 經.

정용화
1961~. 2001년 시문학, 2006 대전일보로 등단 '흔들리는 것은 바람 보다 약하다', 시문학사 2002, '바깥에 갇히다', 천년의 시작 2008, '나선형의 저녁', 애지 2013, '서투른 다정' 시작 2017

안차애, 소울메이트

'엄마엄마엄마
없는 어제를 부르면 엄마에 닿는다
아가아가아가
지난 오늘을 궁리하면 아기 나비잠 속이다'*

누구나 죽어서 사는 하늘
푸르디 푸르러 서늘해
샌드위치처럼 가득한 마음
한 입 가득 주고 싶구나
바람에 불려가지 않는 너,
물푸레나무로 서성인다
구름이 뱉은 울음
너를 클릭하다 멍을 보고 알았다
소울메이트가 주파수로 번져간다
비는 구름의 사육제
여명에는 적신 장미주를 마신다
토파즈를 짙디짙게 클릭하면
여윈 팔에 둥실 구름 안기는 것을
길을 버린 창에 수사는 말을 잃고 있네
날개는 수직으로 날 수 없고
작은 새도 일찌감치 수평으로 날다 곤두박질 쳤지

창을 두드릴 때 마다
그 많던 꽃들은 절벽을 건너고
채집한 어린 울음소리 소형전지에 담고
바탕 화면 앞에서 온 나뭇가지 꽃 잎사귀로
매일매일 클릭클릭

'엄마엄마엄마
어떤 후생이 비로소 뒤척인다
아가아가아가
어떤 전생이 마침내 울음통을 지난다'* .

* 안차애 시인의 어머니와 먼저 간 아들의 영혼을 위하여 작시한
 '희설' (진도 씻김굿 중 다섯째 마당)

안차애
1960~. 2002년 부산일보로 등단, '불꽃 나무 한 그루', 문학 아카데미, 2003. '치명적
그늘', 문학세계사 2013

김미정, 꽃잎은 잠들지 않는다

　나를 키운 것은 소멸하는 불빛, 노을의 결핍, 고독과의 연대. 아득하고 멀어서 빛나는 안개정원, 유년 시절 뒷마당에 그네 채송화 봉숭아 코스모스 맨드라미 붓꽃 사루피아 수국, 기독교 집안에서 가정적이신 부모 아래 4남매 차녀로 그저 그냥 평범하게,

　5년전 겨울, 눈이 쌓이고 또 눈이 내리고 저 또한 외출 길 종종 거리고, 와! 갑자기 뒷머리에서 척추를 타고 무언가 뜨거운 물이, 우웃, 지주막하 출혈로 뇌동맥류가 터져 버렸답니다. 중환자실에 대기하다 수술하고 보름 입원하는 동안. 나도 죽을 수 있어. 정상인의 삶으로 돌아갈 확률은 10명 중 1명. 병실의 공기는 무거웠죠. 근데 죽음요 사실 아무것도 아니라고요. 담담하고 고요하게. 최선을 다해 열심히 살았으니 크게 억울 미련 후회 없다는 게요. 단지 작은 애가 고3이라... , 정말 아무 후유증 없이 나았지만 그 날 이후와 이전 다른 나, 하루하루 작은 일이 기쁘고 기뻐요. 난 생명을 새로 얻었으니 그것만으로도 충분, 짙은 묵의 번짐이 마치 부유하는 너와 나처럼, 살아 움직이는 기표처럼, 그냥 보여주기만 해도 왠지 모르지만 좋은, 앞으로 좀 더 나만의 방식으로 꽃잎 하나 건너와 안개를 통과하는 중

김미정
1966~. 2002년 현대시로 등단, '하드와 아이스크림' 시와 세계 2012, '심야 도시라는 텍스트', 천년의 시작 2019

마경덕, 여수의 가시내

무작정 상경하여 떠나 올 때 울 엄니는 손에 돌아 올 차비를 꼭 쥐어 주었제. 울 엄니, 걱정 말어요이. 난 큰 호수랑께. 돌멩이를 먹는 큰 입이랑께, 내 입이 얼어 엄니가 던져도 먹을 수 가 없으라면 돌아올게이. 지금은 사글세 비를 내고 말랑말랑한 보리 빵과 나긋나긋한 상추를 먹을 수 있어요이. 한 번씩 포클레인으로 뒤집힐 때마다 흙들아 여수바다처럼 왜 그리 이쁜당가이. 아부지 엄니는 9남매 중에 이 넷째 딸이 제일 이쁜당께 했지라이. 식빵의 체온은 엄니의 체온, 객 짓밥 까치밥에 소금쟁이 풍각쟁이 반찬도 있으니, 엄니, 굶지 말고 넘어져도 다시 일어서랑 말이제이.

새벽 귀가 때 까지, 나는 어둠의 혈족, 생산라인의 뒤편에는 야근중독자의 코피와 커피가 임무교대중이다. 잠처럼 쏟아지는 슬픔, 무딘 칼자루로 베어낸들, 비린 봄에 미친 꽃, 눈부신 아침이 저녁이다.

품질 관리 폐품에는 멀미의 질량이 있어여. 옥탑방에서 빗소리 들어봐여. 식빵의 체온에 놀란흙이 겹겹층층 토호국의 사람들, 슬픔의 협력자와 기쁨의 방관자, 얼음의 방과 외딴 거울, 햇살로 떡칠한 해바라기, 저녁의 배후 어린 새가 있었다이. 지렁이 땅강아지 개미 두더지야 니들도 흙의 나라에서 왔었지이, 괭잇날에 묻은 비명을 보았을까이,

문학모임에서 만난 눈이 착한 남자, 기타소리로 내 마음을 붙들었제, 결혼이 임박하서야 기타를 옥탑방에 가둬 놓고 자기가 연하라는 것을 말한 남자, 딸 셋을 낳아 고된 시집살이 이젠 함께 묻었지만 시가 있어 숨통을 트였제이, 잠을 먹이로 던져 주고 밤을 조각보로 기워 내다보면 안에서 일어 난 당신,

낮빛이 창백한 눈이 휘둥그런

마경덕
1954~. 2003년 세계일보 신춘문예로 등단, '신발론', 문학의 전당 2005, '글로벌 중독자', 애지 2012, '사물의 입', 시와 미학 2016

부산의 여성 시인들

1. 함께 철길을 걷다

1995 김수우, 권애숙, 1997 김종미 김혜영 손순미, 1998 조말선, 1999 권정일 안효희 송진, 2000 정진경, 2001 이채영, 2002 김점미 박춘석 유지소 전다형, 2003 신정민 최정란, 2004 이영옥, 2005 김예강 고명자, 2007 천향미, 2008 배옥주 정온, 2009 조원 (등단 순) 등

부산의 제위 시인들, 여기 말 좀 들어보이소, 모더니스트 박인환이 1946년 12월 국제신보에 '거리'라는 5행의 시를 발표하면서 한국 시단에 그 이름을 나타낸 것이라 한다 아입니까, 전쟁은 오히려 시의 황금기, 부산은 피난 온 시인들의 무대라 카이, 예술가들의 사랑방 부산 광복동 밀다원蜜茶院, 아래 층 한쪽에는 문총 간판이 붙어 있었다 하고 부산진역 앞에는 서울 명동에서 급히 이전한 돌체 음악감상실, 피난시절에 예술가들의 아지트였다 하지 않능교, 홍윤숙의 시, '생명의 향연', 1953년 마산에서 상재한 김남조 시인의 첫 시집 '목숨'은 모두 전쟁, 상처, 치유,

첫 여성 모더니스트 시인 노영란은 1950년대에 진주에서 부산으로 옮겨 조향(趙郷)이 이끄는 현대문학연구회의 동인이었다 안하능교, 첫 시집 '화려한 좌표'가 1953년에 상재하였다니 내 안에도 꿈틀거렸다 아입니까. 이러면 한국 여성 시인은 부산에서 태동이 된 것이 아이가 하는 의구심이 자꾸

들다 카이, 아니랴 우리 지역에서 김지향, 박현령, 강계순 갓 스물 내외, 선배들께서 여성 시인의 황금기인 1960년대에 보다 앞서 시선을 먼저 뛰어 넘었다 카이, 뒤이어 허영자 천양희 김여정 신달자 김추인 허수경 김상미 김이듬 안차애등 거슬러 갔제. 강은교 시인은 1990년대에 중반에는 삶을 서울에서 이양했고 북을 치며 신명으로 디아스포르, 우리들의 '시바다'에서 시치료를 하였제, 부산의 양대 언론 같은 철길, 가로수들이 손짓을 하며 여기서 부터라고 말함은 우리의 향연이 아인가예.

흑 보석
동공 속 밤에 뜬 /까만 낙서는 /푸른 사상 보다 짙다.//반작 반작,/ 침묵의 광도 안에/사물거리는 /자아해방//시와 공이 결정하는 /고요.//타는 고요/타는 침묵

노영란
1919~1991, 시집 '화려한 좌표', 1953. 창작집 '마지막 향연', 158.시집 '흑보석' 1959 금문사 1959

2. **전다형**, 맞다 맞다

청사포 새벽바다는 싱싱했다. 멈춰진 철길 걷다.

젓이 고픈 배와 시가 고픈 배를 불뚝, 일으켜 준 아버지 푸른 목소리

사랑이 배회하는 언저리, 오랜 그리움은 갈매기리 바람번지,

돌 바위 언저리에서 본 '청산리 벽계수야 쉬이 감을 자랑 마라'

시조창 일곱 고개의 경계를 홀로 배회, 눈 속에 뚝뚝 붉은 동백은 지고,

동해 남부선 재갈과 자갈 문 침묵沈默과 침목枕木 사이

시간의 징검다리, 오도 가도 못한 제자리 주저앉은 사다리,

"가시 속에 숨은 푸른 속살을 더듬으면 혀끝에 풀리는 그리운 바다"*

우리 마음에 지느러미를 달고 가고 있다. 쓰러지는 석양 차마 미칠 수 없어도 오랜 동경은 눈길이 순백이려니 시의 언저리를 서성이던 붉은 마음이 피고 진들, 비끄러맬 수 없는 그림, 젖어드는 풍경 멀어지는 기적, 서산에 한 뼘 남은 조각달, 쏴아 쏴

"봄비가 땅에 닿자마자 맞다 맞다, 동그라미를 그렸어"*

* 전다형 시인의 '청어굽기'에서 인용
** 전다형 시인의 시 '봄비'에서 인용

전다형
1958~. 2002년 국제신문으로 등단, '수선집 근처', 푸른 사상 2014

서영처, 음악시

　바이올린 독주의 C단조가 그렇듯 쓸쓸 했지만 당신의 선율 따라 들길을 걷고 있었다.

　만추에 다가 오는 찬비 면면히 내리듯 자켓을 스치면 단풍에 술렁이는 나비

　잔잔하게 흐르는 아리아가 옷자락을 잡을 때 들새소리, 보이지도 들리지도 않았다. 이따금 바람이 양미간을 스쳤으나 미사곡으로 가는 당신을 막지 못했다. 풀 섶의 꽃들을 악보 밟듯이 걸어가면 내면으로 향한 얼굴 수그러져 묵언하고 일상이 닫힌 그늘 속에 지나가는 사물 거침없이 외면하며 걸어갔다.

　지나간 시절 부지런히 자리 옮기며 음을 향해 돌아앉고 겨우 안주했던 머릿결이 실바람에 나부낄 때 마다 구름 한 조각에 미소 짓던 여운, 스스로 갈 이파리 이리 날리고 저리 날리다 돌연 흐트러진 머리카락 사납게 일어서며 빠르고 힘차게 활을 켜니 쉼표 너머 다음 악장으로 속절없이 넘어가 그새 달아나는 햇살에 들새들이 숨을 멎고 울었다. 드디어 구름 헤치고 별들이 수런거리니 나 홀로 독주 멎는 듯 흐르는 듯, 두 대의 바이올린 협주곡으로 이어져 서서히 빈 하늘을 가라앉힌다.

전도사인 아버지는 항상 들길을 거닐었다.
친 어머니에게 매 맞아 죽은 아이의 뉴스를 보았다.
화장실에서 거울을 보면서 울었던 시절
　나에겐 母音이 없었고 父音만이 있었고 夫音이 없었고 子音만으로 노래하였다.
겨울에는 보푸라기가 많다.
누렇게 바랜 해가 실을 풀어낸다.

서영처
1964~. 2003년 문학판으로 등단. '피아노 악어', 열림원 2006, '말뚝에 묶인 피아노'.
문학과 지성사 2015, '지금은 클래식을 들을 시간' (음악서), 이랑 2012

정하해, 앙코르, 앙코르

앙코르와트 마른 밀림으로 버석거렸다
정글을 넘으면 킬링필드
무명으로써는 신들을 열람하기에 마음이 검을 뿐이다
천둥치는 고해를 건너는 순간, 경비행기는 폭파하고 곤두
박질,
통곡의 방에서 이십 오년 후 내가 가슴팍을 친다
그 방을 만든 신은 죽은 어미를 위해 남몰래 통곡하는
아, 나도 그렇게 가슴을 치며 중얼거리고 있다
사해를 건너면 앙코르 와트가 기다리고 있는데 ......,
생. 로. 병. 사가 아닌 어리고 섦은 생들이 생각난다.
열 한 자녀를 낳고 일곱을 잃은 내 어머니의 현생은,
어느 누구의 전생이 되었을까 시네마처럼 관람하는 타국
밀림에서 사유 해본다. 삼년 선고였었던 서른여덟 의 임파선
암은 차라리 싯다르타가 목격한 고뇌였었구나, 경비행기 사
고로 고국에 남겨 놓은 한 살의 유일한 핏덩이는 청년이 물
었을 '생. 청. 사. 사'* 아랑곳없이 나붙은 젊은 신을, 앙코르,
앙코르를 부르면 다시 온다는데, 청년은 젊은 부처가 되었으
리. 먼저 간 그 여름날 앙코르 와트 행 비행기 추락 사 일지
를 보며 석상 사이의 긴 뿌리와 그늘이 잎을 스캔하는 찰나
의 속도, 영영 앙코르 하고 싶지 않을 젖은 잎들이 내다 버
리는 시간, 부처의 자비로 빌어 보는 비손이 정글에서 내내
무성하였을 뿐이다.

* 태어나서 젊어서 사고로 죽는

- 2007년 앙코르 비행 사고일지 30대 기자와 아내 4세 장남, 1세 쌍둥이 형이 소천하고 같이 안간 할머니가 보살핀 쌍둥이 동생만 살아 있다, 관세음보살, 나무아미타불

정하해
1957~. 2003년 시안으로 등단, '깜빡', 시와 시학 2010, '젖은 잎들이 내다 버리는 시간', 시인동네 2015, '바닷가 오월', 서정시학 2018

천수호, 경산시 와촌면 섬마을

지나온 발자취 남아 있다면 하지만 없지.

사과 꽃향기에 벌을 쫓던 것 외는 아무것도,

항상 내가 어른들에 의해 열등 종속에 있었다는 것은 분명하다.

다섯 번째 딸로 태어난 죄로 정한수 상은 강물에 던져부따카이.

하물며 삼년 후는 강 속의 섬, 천씨네가 열일곱 살 맏딸을 잃었다 카더라.

빗물들이 밖에 밭에 내치듯 알려줬다.

마스크도 없이 맨손으로 사과밭에 다니다가 시름시름 갔다카더라.

이틀 밤 사흘 낮, 사과나무로 화장 했제,

장미향이 뭍으로 까지 피난 왔다아이가.

농장의 낙과들을 주우며 아부지는 말했다.

"잘 가그라 인마야, 미안 하데이 저기 가서는 파마도 하고 연지도 바르거레이" 부지런 하고 상냥한, 발그스레한 뺨 처녀를 좋아했던

강 밖 더벅머리 총각은 밤새 술타령으로 동백 아가씨 불렀을까?

이 문디 가시내가 햇빛 쏟는 돌담에 앉아

깨진 사기그릇 속에서 핀 민들레 꽃, 구경했다 카이,

나중에 읍내 가서 뾰족 구두랑 노랑 원피스에 백합꽃,

흰 모자 쓴 언니가 될 수 있다면,
아! 다시 한 번 나는 사과밭으로 돌아와
삼신 할메랑 꽃놀이 패 춤을 미친 듯 추리라.
나는 강 안팎에 어디서나 혼자이다아이가.
산과 들에 가서 꽃을 꺾던 것 외는 기억하지 못한다 카이.
비가 오면 내가 바로 갇힌 섬이라고 노상 생각했제.
이 땅의 불경도 성경도 알지 못한다.
하지만 어제 내린 비를 맞으며 계속해서 나를 지켜보리라.
학교에서도 아버지 유교의 가르침에서도 나를 보지 못했다.
누가 알끼고. 지난 세기 나는 무엇이었던가?
지금 세기에서야 비로소 나를 되찾을 뿐이다.
방랑도 없고, 막연한 두려움도 없다. 열등 족속이 모든 것
을 보상했다.

'그 산에서 나리꽃나리 꽃 되어 홀딱 벗은 여인' *알겠능기라.
'아버지의 기억 저편 연인이 되어 손잡고 간 놀이' ** 알겠
능기라.
숫자에 대한 반역은 혀다. 혀의 령에 의해 걸어가고 있다.

이건 정숙이 언니의 신탁이다. 나는 느낀다. 겡상도 사투리가
아님 설명할 수 없기에 야밤의 백지는 와 이리 퍼렇노.

* 천수호 시인의 시, '나리꽃'에서 인용
** 천수호 시인의 '내가 아버지의 첫사랑이었을 때'에서 인용

천수호
1964~. 2003년 조선일보로 등단, '아주 붉은 허기증' 2009. 민음사. '우울은 허밍'
2014 문학동네

이영주, 강성은, 박연준, 백은선, 공저
'여성이라는 예술', 전쟁

우리는 책상위에 놓인 붉은 시들을 본다. 시는 스스로 자라고 스스로 나이 들어간다. 우리 안에 촛불을 위해 찬비는 내리지 않아 호루라기 소리가 한 쪽에서 들린다. 분명 시간은 진보와 발전의 형태를 띤 것처럼 보이는데, 우리 몸에선 붉은 강이 흐르는데 너가 내게 내가 너게 발광한다. 촛불은 수직으로, 별들은 수평으로 소란스럽다. 울음을 참고 폭력의 유혹을 견뎌야 전진하나. 녹슨 의자는 퇴각해야 녹색 테이블을 장식하나. 밤하늘을 외치기 전 입김을 나눠주고 싶은 혹한의 시기, 눈 동공에서 먼저 타 오르는 여성이라는 전쟁, 여성이라는 예술

나혜석이 결혼 후 '구미여행'을 떠날 쯤, 프랑스에서는 시몬 드 보봐르가 <제2의 성>을 집필하고 독일에 사는 철학자 한나 아렌트가 <사랑과 성 아우구스티누스>을 집필 하고 영국에서는. 버지니아 울프가 <자기만의 방>을 쓰며 여성의 지적 시민권을 요구하던 동시대 였지, 함께 말하리라.
우리는 나혜석 후예들, 현재진행형 페미니스트, '강남역 10번 출구 사건'에서 2018년 미투 운동으로 이어지는 여성인권투쟁 키워드가 다시 붉게 타오른다. 가까이 기꺼이 오라 희망과 분노, 심장박동 소리가 울린다.

여성시의 '터', 특별한 만찬으로의 초대

"살면서 종종, 어니서부터 뭐가 잘못된 거지? 라는 물음이 떠오를 때가 있다. (강성은),

'절망도 저항의 일종'(이영주),이 믿음은 등과 등이 연결되어 있다는 느낌, (박연준),

가끔 나는 내가 실비아 플라스와 친밀한 느낌이 든다. (백은선), 점점 더 많은 유령들과 추방당한 자들과 몫이 없는 자들이 이 만찬에 초대받고 있다. 오늘 분홍빛 초대장을 보낸다.

* 여성이라는 예술 공저 시인들

이영주
1974~. 2000년 문학동네로 등단, '차가운 사탕들' 문지사 2014, '언니에게' 민음사 2017

강성은
1973~.2005년 문학동네로 등단 'Lo-fi(로파이)' 문학과 지성사 2018, '별일 없습니다 이따금 눈이 내리고요', 현대문학 2018

박연준
1980~. 2004년 중앙일보 중앙 신인문학상으로 등단, '속눈썹이 지르는 비명', 창비 2007, '아버지는 나를 처제, 하고 불렀다', 문학동네 2012, 인생은 이상하게 흐른다, 달 2019

백은선
1987~. 2012년 문학과 사회로 등단 '가능세계', 문학과 지성사 2018

이근화, 유리문 안에서 내가 무엇을 쓸까

어떻게 흘러왔다고 그 누가 말했나, "젠더 시인의 계보, 문정희 최승자 김승희 김정란 김혜순 나희덕 정끝별 이진명 황인숙 조용미 김소연 김행숙 진은영 이성미 이근화"

책 읽는 풍경 속 차가운 잠을 자는 잉어를,
고창이 고향인 부모님, 시인 배우자와 함께
항아리 속에서 꺼낸 시찬과 시음을 넣어
살며 사랑하며 생각하다가
우리 아이들과 함께 본 동물원에서 사자와 호랑이의 포효를
칸트와 데카르트의 논쟁으로 해석 할까.
시를 쓴다는 게 사막으로 가는 사람들의 이마의 땀을 닦아줄까.
세상의 바닥에서 흠뻑 젖은 자에게 비닐우산이 되어줄까.
어쩌다 보면 '김밥 옆구리가 터지듯, 빙빙 돌려가며 국수를 먹듯, 국자로 한 두 사람 장외로 날려 버리듯' 그래도 오늘의 시 식사는 진솔하게 사는 법,
우아하게 함께하는 한 줄의 끼처럼
우리 모두 김밥 집에 모여서 함께 점심을 먹는 혼 밥 족이랑,

"시라는 것이 영화나 음악 보다는 촌스럽고 투박하겠지만
그래도 살아가는 문제를 고민하는 시를"

이근화

1976~. 2004년 현대문학으로 등단, '칸트의 동물원', 민음사 2006, '고독할 권리' (산
문집) 현대문학 2018

246 넘다, 여성 시인 백년 100인보

정원숙, 물망

당신의 기일에 쓴다.
당신이 갑자기 떠난 수평선
지금도 서퍼를 바라보며 쓰러진다.
아직도 몸짓은 대기에서 울고
아마도 수직에 묶여 시름 늙어간들,
그래도 족적은 백년보다 긴 나중의 길,
백지도 해원을 펼쳐 운무를 띄워
폭풍도 축성하는 영靈의 푸른 사바나,
영영 빈 생 돌아오는 길 영영
왜곡도 자아를 찾아 하늘 구만리
기일도 단 한번 단 한 순간
시침도 분침 초침까지 하나로
12 시 時 詩 始
이별도 힘은 사랑의 강을 끌어 올리는가
문학초草도 무덤 위에 무관심하게 피어난들
결코 주류가 되고 싶지 않다.
자야*의 자아가 내게도 완성 되면
비로소 난독의 시집을 접을 수가 있기에.
빙점하에선 나무 라디오를 켜놓고 잠이 든다.
당신과 나, 유빙사이 헤엄치는 고래
다시 깨어 날 때 까지

그래 기다릴게요. 긴긴 겨울

* 백석의 연인

정원숙
1961~, 2004년 현대시로 등단, '바람의 서', 천년의 시작 2008, '수요일의 텍스트', 천
년의 시작 2016, '모나드 평론집', 시지시 2016, '1950년대 공포와 죽음의 시학' 평론
집

박미산, 루낭, 미산渼山

　루낭, 목울대에서 은종이 울려오죠. 루우낭 하니 고양이 이름 같기도, 6세기경에 사라진 눈물주머니 같은 나라 루낭. 정치판을 떠도는 아버지, 8남매를 책임진 어머니, 당근 밭 사이 루낭의 탈출로, 그 분야의 프로들이셨죠. 나에게 공부는 사치품, 마침 그 시절은 사치품 추방운동이 한창인 시대. 송도에서 아이스크림을 팔 때 달콤하고 짜안, 대학생이 된 친구들이 미팅 이야기 할 때 루낭루낭 고양이 이름만을 불러대었죠. 키 작고 마음씨 좋은 성북동 비둘기가 노니는 부잣집으로 시집 들고 시집가는 꿈이 이뤄졌어요. 다시는 루낭루낭 부를 일이 없어진 줄 알았죠. 부잣집 도련님은 하는 일마다 집을 팔아먹고 또 팔아먹고 이 방면에 선수권자이더라고요. '노라'와 함께한 가출은 1박 2일이 나의 한계였죠. 생업 전선 이상 있음에 카페를 운영 했지만 찌라시 처럼 루낭과 또 다시 안녕 하지 못했지요. 사진과 택견, 요가를 배우다 갠지스 강이 흐르는 바라나시에 가서 물구나무 서기 하고 싶었어요. 활활 타오르는 시체 옆에서 아이들이 목욕재계를 하고. 가난한 사람들은 장작을 많이 사지 못해 시체가 타다 말다 강물에 버려지고, 새들은 남은 살점을 뜯어 먹고 생사의 경계가 눈앞에서 무너지는 순간, 죽었던 제 심신이 다시 루낭 루낭 하며,

박영옥이가
물위의 산에서
저! 미산渼山.

박미산
1954~. 2006년 세계일보로 등단, '루낭의 지도', 서정시학 2008. '태양의 혀', 서정시
학 2014

이미산, 봉창으로 미산美山이 보여요

아제요, 나를 잡지 마세요. 엄마 손 놓기 싫어요.

나는 이제 여섯 살, 엄마는 칼로 내 머리칼을 긁으며 날마다 주문을 외웠지요. 귀신 붙은 바가지를 수도 없이 부수구요. 그때 들려온 뻐꾸기 울음, 창호지 문에 매달린 빛의 흔들림, 방안 가득한 외로움에 서러웠어요.

나는 찔레꽃의 하얀 떨림, 김천 성의 여고 선배이신 이해인 시인 같은 수녀가 되고 싶었어요. 하얀 베일의 슬픈 눈동자, 신의 가호가 영원하기를.

그런데, 그런데, 왜 자꾸 피가 흐를까요. 나는 흔해빠진 딸이었어요. 아들에 밀려 일찌감치 대학을 포기한 예비수녀였어요. 순결, 신성, 희생, 제 가슴의 백합은 창백하도록 뽀얀데, 왜 피로 물드나요. 슬픔이 키운 여자의 노래 들어봐요.
찰리는 다정해, 찰리는 신사야, 찰리는 멋쟁이, 찰리는 향긋해, 강을 건너 나무들 사이로, 산을 넘어 수풀 속에서……,

엔지니어 남자와 결혼한 지 20년, 마네킹이 되었어요. '항아리에 숨긴 눈물방울로 서로의 맨살 비빌 수 있다면……' '얇고 부드러운 제 입술 한 번 느껴보실래요……'

251

나는 수녀의 성城에서 여자의 성性으로 이전했어요. 관능의 노를 저으며 긴 시의 항해를 시작했지요. '부풀대로 부푼 그것을 입술처럼 생긴 그곳에 깊숙이 밀어 넣어 방아쇠를 당긴다 탕, 탕, 탕, 탕, 탕, 탕, 탕' 미산美山

이미산
1959~. 2006년 현대시로 등단, '아홉시 뉴스가 있는 풍경', 한국문연 2010, '저기, 분홍' 현대시학 2015

정한아, 벌레 먹은 사과 세대

IMF 세대 자유무역 협정사태로
철학전공은 졸업과 함께 나동 그라졌다
대량 재배된 슈퍼옥수수
대량 도축된 돼지고기
대량 수입된 붉은 와인으로 축제를,
힘센 사람이 굴리는 볼링 공, 볼세비키가 생각이 났다
목적 없는 합목적성, 목적에 목메고 목적을 폭파하고
확신 없는 신의 정원에서 검은 옷이 하얀 영혼을 이고 걸
어가나.
국가 없는 충성, 배신의 장미 우정
펜과 씨름하다 보면 들려오는 고동 소리
칼로 그은 사춘기부터 늙은 책상은 나를 다독 거려 주어
내 안의 야생성을 중성화해야 할지 울게 해야 할지
나의 고양이는 사춘기, 온 날 문을 긁어 대며 울어 댄다.
중성화는 교양화라고 하면
시는 내 안의 울프에게 어른스런 입맞춤
나는 나를 잘 쓰지 않아
장난과 발음이 닮은 '작란동인'*에 가입하고
김정은이가 내 시집을 읽어 준다면 말놀이로 미사일을 쏠
것인데
맨 처음 쇠를 구워 보자고 한 사람

언어를 달 귀 보자고 한 시인
시커멓게 땀으로 번들, 웃통을 벗고 정교하게 구워 가는
자가기 옳다고 생각하는 것을 위해 볼링공을 굴렸다.
벌레 먹은 사과는 제 안에 부패의 터널이 있고
그 길을 나오면서 우리도 조금씩 썩어 가고
이 썩은 구멍들로 서로를 핥아 주며 네트워크를 엮어
군침과 협잡의 냄새를 미워하면서
사과 향을 풍기는

* 서효인, 오은, 유희경, 정한아, 김소형, 송승언, 최예슬

정한아
1975~. 2006 현대시로 등단. '어른 스런 입맞춤', 문학 동네 2011, '울프 노트', 문학
과 지성사

일어번역
문화저술
문화잡지

한성례, 나를 반역해

그립다 말하지 않고 당신을 부를래요.
당신 앞에 서면 무너지는 집,
내 마음 한 구석 스쳐간 별 못으로 지은 집,
고향 전북 정읍은 동학의 발상지라는 데
아버지는 6,25사변 난리 후,
세 살 때 세상을 떠나셨지요,
나는 알아요.
여기서부터 나는 나를 반역해야 함을,
'우주적 대모'란 허허의 터전에 말뚝 하나 박아 놓는 것임을
아장아장 아가야, 굿 구경 가자, 무당과 아기만 꼬박세운 밤,
나는 밤에 잠이 없어요, 밤새 나를 반역해야 번역이 됨을
알기에,
나는 울음도 없어요. 종달새와 들꽃의 울음소리도 번역해
야 함을 알기에,
동진 강변에 노랗게 흐드러진 베틀평야에서 웃다 흐느끼던
소리,
눈보라 속 등하교 길 구경하던 추상,
그런 속에 시낭송, 시화전 문예반장 일에 빠진 소녀, 교내
외 예술제마다 상을 차지 한 후, 서울로, 중앙 전화국으로,
주경야독 일문과로, 잊을 수 없는 캠퍼스 잔디밭으로, 복학생
에게 즉석으로 써준 시여! 대학 문학 제 장원이라니 이게 내

길인가?

　내 생의 장편 소설을 번역해야 함을 알기에

　일본이란 렌즈를 통해 문학을 이해하고 해석하고 탐구하며
30년 넘게,

　한국은 시의 나라, 우리가 먼저 손을 내 밀자.

　"저 글자 무슨 뜻? 일본인 친구가 불쑥 묻는다.

　그 자리에 '꽃' 자가 있다."

　"넌, 누구야? 파도가 목구멍을 가득 채우는 걸,

　파도가 아니야, 난 가쥬마루, 가쥬마루 나무야, 널 적시는
것은 물이 아니라 달빛이지, 아까부터 달빛이 줄곧 너를 적
시고 있어 ,힘을 빼, 힘을 빼, 어서 너를 나에게 맡겨,"*

　수많은 별들이 내려다보는 것처럼

　당신이 있는 것을 알기에

　차마, 그리운 것은 말하지 않을래요.

* 한성례 역, 고이케 마사오의 '조금은 덜 외로운' 중에서 인용

한성례

1955년 출생~
1986년 『시와 의식』 신인상 수상으로 등단. 심사위원장은 김수영, 박인환 등과 함께 신시론(新詩論) 동인시집 『새로운 도시와 시민들의 합창』을 간행하여 모더니스트로 각광을 받았던 김경린 시인.

1988년
서울올림픽이 개최되어 통신회사(KT) 직원으로서 삼성동의 올림픽 메인 프레스센터에 파견 근무. 이 일은 내 인생을 송두리째 바꿔놓는 계기가 됨.

1989년
일본 도쿄에서 열린 '지큐(地球)의 시제(詩祭)'에 내 신인상의 심사위원장이셨던 김경린 시인의 권유로 이 행사에 참가하여 처음으로 많은 일본 시인들과 교류. 이어서 1990년 서울에서 열린 세계시인대회와 1993년에 서울에서 열린 '아시아시인대회'에도 참가하여 다양한 일본 시인들과 만남.

1991년
첫 시집 『실험실의 미인』 상재. 시집에 미당 서정주 선생님의 발문이 들어감.

2017년
1990년대 초반부터 한국시를 일본에 번역 소개하기 시작하여 현재까지 ,일본 작가 시오노 나나미[塩野七生], 미야자와 겐지[宮澤賢二], 구로야나기 테츠코[黑柳徹子], 고이케 마사요[小池昌代], 추리작가 히가시노 게이고[東野圭吾]를 비롯하여 한국어로 번역 출간된 소설, 에세이, 동화, 인문서, 실용서, 자기계발서, 학술서 등 현재까지 한일 양국에서 총 200여권을 번역 출간.

윤향기, 초록이 있는 풍경

- 에로티시즘 詩 심리학에 말걸다*

파평 윤씨 문중이 모여 사는 예산 광시면 시목리
머슴3과 식모가 있는 대가족 집에서
남동생 둘과 냄새의 시간, 풍경의 시간
부모님께서 결혼하신 뒤 20년 만에 저를 보셔서
딸이라도 손에서 내려놓지 않으셨다는데
초록은 애초 이름을 갖지 않는 다고 하지
결혼하여 딸 2에 아들 하나를 낳고
손주가 7명이 되었지만 육춘기
초록이 무너져 내린 후 풍경을 뜨게질 하게 되죠.
매주 일요일은 매번 대식구가 우리 집에 모여 의식처럼 파
티를 할 때,
모나리자의 미소가 아름다운 것은 70프로가 행복 30프로
가 슬픔.
남편을 보내고 주중은 홀로 지내지만
수수께끼의 미소 푸근한 식사 그윽한 만족,
슬픔을 애써 감추기 위해,

영화 평론집 '나는 타인이다' 공연 감상집 '태도가 뮤지컬이 될 때',
49일간의 인도 여행기 '인도의 마법에 빠지다'
지구에서 가장 높은 정신 티베트로 떠나라 '따시델렉 티베트'
키스의 문화와 예술 그 상상력 읽기 클림트, 뭉크, 마그리트 등의 명화
에서 '키스'에 대한 예술가들의 생각을 엿보는 책, '키스 스캔들', 당신의

무의식을 치료하는 '연애편지 점성술'
   직접 그린 그림과 글이 어우러진 '아니무스의 오래된 병명'
   차와 커피의 동서고금 역사를 필하다 '차 한잔 하실레요'
   끝없는 문화 저술 활동 언제까지

에로티시즘 詩 심리학에 말걸다

   1) 자아 정체성 탐색 : 김명순·나혜석·김일엽 2) 향토적 에
로스: 노천명 3) 사회참여의 성취 : 모윤숙
   4) 원초적 생명성 : 허영자·문정희 5) 민중성의 대립과 복
원 : 강은교·고정희 6) 고백과 자기폭로 : 최승자· 김혜순
   7) 성적 도발성 : 신현림· 이연주 8) 가상세계의 카니발 :
최영미·김언희 9) 동성애적 상상력 : 안현미·김이듬

   가부장 제도와 싸우면서 문명을 깨부수는 에너지여, 문명
을 변화시키는 에로스여, 문명 이전의 질서로 되돌려 보낼
수 있게, 여성시의 힘이란 지배와 피지배사이에서, 위반과 귀
속, 치유와 폭로, 조정과 봉합을, 선과 악을 넘어 스스로 그
렇게 존재하는, 이성과 동성의 양성평등을 지향하는, 낯설지
않는, 우주의 중심적 존재라는.

* 윤향기의 경기대학교 박사학위논문저서 목차

윤향기
1953~. 1991년 문학예술로 등단, 시집 '피어라, 프라멘코', 시평사 2005, 산문집 '아
모르 파티', 등대지기 2016. 영화 평론집 '나는 타인이다' 연인 M&B 2016, 공연 감상
집 '태도가 뮤지컬이 될 때', 연인 M&B2019

손정순, 봄과 함께 '쿨투라'

영어 컬쳐 (culture)를 파생시킨 라틴어 쿨투라
특정 장르에 사로잡히지 않고 문화 전반을 아우르는
영화 미술 음악 문학 연극 등
대중문화와 순수문화를 망라하며
내가 좋아하는 노래는
'킬리만자로의 표범'과 '꿈의 대화', '사람은 꽃 보다 아름다워'
너와 내가 있는 우리의 일용 할 양식
문학잡지는 어려워 여성지나 연예잡지는 너무 가벼워
감수성이 닿으랴 장르를 넘나드는 크로스 오버
대중문화는 좀 더 문화적으로
순수문화는 좀 더 대중적으로
쿨하여 쿨투라

원래는 이과였어요.
대학을 다니다가 중퇴하곤 출판사를 다녔지요,
동화작가 박화목 선생님을 만나 문예창작과를 다시 진학
할 것을 권고 받았지요.
내친 김에 대학원 까지 늦깎이로 등단도 시집도 늦깎이로
동시대에 나타난 문화잡지도 늦깎이라면
더도 덜도 말고 10호까지만 내자고 하다가 10년, 20년
광고 없이 출판사 수익과 사비, 편집진이 십시일반으로

문화잡지들이 사라지는 가운데 누군가가 해야 할 일
정치, 경제, 산업도 예술이다.
통섭과 융화의 미를 창출하는
살아 있는 문화, 대중의 기(氣)

손정순
1970~. 2001년 문학 사상 등단, 시집 '동해와 만나는 여섯 번 째 길', 2011 작가, 현재 문화잡지 '쿨투라' 발행인 겸 편집인

제6-2부

2000년대 후반 등단

이혜미, 주니eun들

　나에게 얼짱 시인, 미인 시인이라고 말하지 마라 나는 그
냥 시안의 시인이다 문화 예술계 전반에 퍼져있는 보라의 바
깥*에 희롱 시인 1에서 시인 5, 너가 먹고 싶다. 너를 꼴인
시키고 싶다. 너를 갖고 싶다. 넌 내꺼야. 하고 싶다. 너만 보
면 그 곳으로 끌려, 나는 혓바늘이 돋는다. 이 이 가시돋힌
속으로 빗방울이 굴러간다. 왜 왜 왜 들도 굴러 간다. 왜 왜
왜 합해진다. 왜, 왜, 왜 돌 바위에 부딪힌다.

　"En시인과 함께 방송을 진행하며 만행을 접했고 'En 주니
어'들이 넘쳐나는 한국 문단에서 오래 성희롱을 겪어왔다"고
털어났다.
　"모욕과 멸시의 언어들에 맞서지 않은 것을 후회 한다"고
덧붙였습니다." 왜왜왜, 왜,왜,왜

이혜미
1988~. 2006년 중앙일보로 등단, '보라의 바깥', 창비 2011. '뜻밖의 마니라' 문학과
지성사 2016

김지녀, 시집 한 채

바닷가 아파트와 갯벌 사이
시집 한 채를 짓습니다.
양떼들이 달려갑니다.

양평의 강상면 화영리에서 태어났어요. 놀이터 아파트 골목 베란다 창문으로 본 도심의 분위기와 정서가 달라요 그래서 양들의 사회학이죠. 양들은 별다른 재주가 없어 혼자 있는 걸 좋아하죠. 노래도 춤도 악기하아 제대로 다루지 못해요. 호기심을 실행으로 옮기는 행동파도 아네요. 조용히 맴돌다 혼자 좋아하고 혼자 싫증내고 혼자 결별하는 타이프랄 까요 오래 혼자 있는 것 이런 것 잘해요. 시소의 감정, 양들의 사회학. 무향무취의 성격, 한 쪽에 치우치지 않는 태도를 유지하게 만든 건 아닐까요. 참 재미없지만 재미있는 삶. 혼자 놀기 잘해요. 가만히 멍을 때리거나 밤낮없이 베란다에서 바깥을 구경하곤 그런 생활이 시속에 고립의 문제를 끌어 들일 수가 있나 봐요. 알약들이 녹는 시간 결핵으로 입원 했을 때 느낀 감정, 아무것도 할 수 없다는 무력감과 좌절감에 놀이 하는 이 밤의 병명은 무엇일까요.

김지녀
1978~. 2007년 세계의 문학으로 등단, '시소의 감정', 민음사 2009, '양들의 사회학', 문학과 지성사 2014

신미나, 웹툰 시

왜 그리 나흘 저녁 서로를 가둬놓고 울게 했나요. 아이였을 땐 노란색을 좋아 했어요. 나는 그대를 만나기 전 이상한 나라에서 온 니힐리스트였다 해요. 개미나 지렁이, 염소와 함께 놀았어요. 우울한 사춘기 종교에 광적으로 몰입했던 것은 불화의 현실로부터 도피였지요. 2남 5녀 집안에서 詩누이가 웹툰 작가가 되기 전 성고를 상고에 진학하란 뜻으로 읽혔다니까요. 몰래 대학에 원서를 내랴, 큰 오빠가 등록금을 마련해주랴, 안팎의 나는 서로 침범 못하는 적기를 세웠다니까요. 죽음이 추억을 갈라놓을 때 까지 우리는 시와 웹툰을 '싱고'라고 부르기로 했지요. 더는 사랑 같은 것은 고대의 전설이라 서쪽으로 기울어 가는 적색가옥처럼 우리는 환생을 버려야 했지요. 까마귀가 석양에 울기 전에 가옥을 수리해야 해요. 우리의 지붕을 낮추고 담장을 부수고 하얀 페인트 칠 하도록 해요. 지나 온 솔바람이 솔솔 쉬다 간다면 베란다까지 기어 오른 넝쿨 장미의 노크소리에 자신을 밀봉하고 싶지 않아요. 사랑은 언어로 완벽히 가둘 수 없는 곳, 최대한 심층 아래 바닥 가까이. 당신과 나, 시와 웹툰, 물과 얼음처럼 비슷하지만 다른 속성. 우리 안을 거친 광야로 나아가게 한다면 후생은 나를 유미주의적인 리얼리티스트라고 하지 않을까요.

신미나

1978~. 2007년 경향 신문으로 등단, '싱고, 라고 불렀다', 창비 2014

이제니, 걷기에 좋은 봄밤

  익숙하고 낯설게 '아마도 아프리카' 해안 어딘가 가깝고도 먼 고향 거제도로 내려오다. 물결과 불결이 이제니 어제니 숨결로 쌍둥이 언니와 산문을 쓴다. '왜냐 하면 우리는 우리를 모르므로' 피로와 피서와 파도와 파랑과 그와 나와 다르게 두드러지게 수런거리며 수수방관하며 그것이 이것 이것이 그것, 아버지께서 물려받은 타자기로 '그리하여 흘려 쓴 것들, 작가가 되기로 한 초등 4학년 때부터 따로 또 함께 말들의 놀이 편지로 떠돌면서 어떤 것들이 이루어 질듯 이루어지지 않는, 보일 듯 보이지 않는, 가질 듯 만질 듯, 초중고 내내 문예반에서 나무 바람은 나고 너무 버림은 너고, 산발적 신발짝 같은 문장 한 줄이 다음 한 줄을 부르게 한 걸음이 한 거름으로, 대학 2학년 때부터 신춘문예 소설에 응모하여 계속 낙방, 당신을 부르는 순간 뒤돌아보는 순간 어느덧 일을 해 돈이 모이면 그만 두고 다시 글을 쓰다 돈이 떨어지면 다시 일을 해 낙방 출구 15년 간 몸도 마음도 지쳐 이제나 저제나 그만 둘까, 리듬과 여운 속에 어렴풋이 모호하게 무엇을 그리하여 현기증과 나락이다 처음으로 멀뚱히 별똥별이 바다로 자지러지듯 도드라지듯 음악과 소음사이 신춘문예에 당선 된 '페루', 언어와 행동사이 놀림과 놀람사이 의자와 책장과 발 딛을 것 말 닿을 곳, 세계사를 제시하며 투과하며 멀찍이 다다르다 떨어져본 진술과 잔술사이, 묘사와 모사 사이 나비가 달리는 들판에서 상상하는 순간적 결정적 기회, 예민하고 섬세하게 이렇게 쓰고 저렇게 말하고 끊임없이 앞의 노이즈를 수정해가면 거침없이 달리는 낯선 말들이 어울려 돌돌돌 굴러가다 더듬더듬 소리 작아지고 슬며시 파노라마 무한과 무화과가 잔디에서 빈터로 희박함에 불구하고 문장과 문장 반복의 과정, 이어 나가다 보면 의도 하지 않는 영원의 도정, 어머니의 묘에서 나를 남기며 아버지의 병실에서 나를 거절하며 위태롭고 슬픈 왼손으로 살다 그녀로 죽기, 어제는 기다려도 오늘은 비현실 바다에서 내일은 현실의 하늘에서 의미 이전에 무의미를 넘어 줄줄 읽다 보면 이제나 낱말에 발생하는 에너지.

이제니
1972~. 2008년 경향 신문으로 등단, '아마도 아프리카', 2010 창비, '왜냐하면 우리는 우리를 모르므로', 문학과 지성사 2014, '그리하여 흘려 쓴 것들', 문학과 지성사 2019

이현채, 꽃비

1
충무로 극장 뒤에서
일본 고양이 같은 여자가 울고 있다.
벤저민도 핑크빛 리본을 맨 채 울고 있다.
하루 치 삶을 챙겨 넣은
루이비통 가방을 내동댕이친 채
앵클부츠를 신고 구름계단을 올라가다
죽일 놈을 토해버렸다.
마스카라 아래 곡소리는 골목 하늘로 올라간다.
도리아식 웨딩홀에서 불행을 수집했나 봐요.
누군가 나를 아크릴 가공했나 봐요.
목도리를 두른 채 다른 세상으로 가고 싶어요.
색색 팔찌의 하트 펜던트 위로
꽃비도 쏟아지는 오월야(夜)
그리움을 연체하다 사랑을 결산하다
보채는 바람을 담장 위로 전송하는가.
"나쁜 새끼, 나쁜 새끼야"를 부르며
치매를 앓던 넝쿨 장미를 깨우고 있다.

2

내가 보들레르를 처음 만난 것은 중학교 3학년 때이다. 바로 위에 언니가 대학 1학년, 이맘때일 것이다. 나무그늘에 바람이 내 피부를 간질일 때이다.

부모님 말을 잘 듣는 착한 딸, 주변사람들로부터 귀여움을 받는 강아지 같은 존재였던 것 같다. 마흔이 될 무렵부터 나의 자아는 흔들리고 붕괴되어갔다. 평탄하던 삶에 안개가 끼고 서리가 내렸다. 남편과의 갈등은 끊이지 않았고, 대화의 벽을 쌓았을 때 나에게로 찾아 온 것이 시(詩)였다. 도대체 내가 무엇 때문에 살아온 것인가! 나의 정체성에 대해 고민하기 시작했고, 열심히 살아온다고 한 나의 삶에 나는 없었다. 그때 보들레르의 「악의 꽃」은 내게로 왔다.

이현채
1967~. 2008년 창작 21, 2011년 작가세계로부터 작품 활동 시작. '투란도트의 수수께끼', 지혜 2011

박시하, 더 멀리

누군가 길 위에서 읽고 싶은 때 누군가에 닿는다는 느낌이지.

더 멀리 문학의 구태를 디자인하자. 관습은 폐기하자.
더 멀리 우리는 문학을 통해 노는 것,
더 멀리 문예지들이 너무 재미가 없다.
더 멀리 너무 안 예쁘고, 너무 두껍다.
더 멀리 팟캐스트, 낭독회 등을 거치다가
더 멀리 평론가들에게도 시를 써보게 하자.
더 멀리 그들이 당황하면 그게 재미야.
더 멀리 시는 공기놀이,
더 멀리 국제관광대학원의 교재 '재미론'은 만국 공통어 편
포엠
더 멀리 문학이 즐거워야 존재하고 행복하다.
더 멀리 문학은 대단한 게 아니다.
더 멀리 문학이 인간을 위한 것이 아니면 무슨 의미가 있
느냐.
더 멀리 누가 문학에 다른 의미를 부여하는가.
더 멀리 비와 함께 낮은 바람
더 멀리 생을 가로지르며,
더 멀리 슬픔과 로맨스도 저 멀리서 다가오고
더 멀리 던져야 할 것들

더 멀리 우는 리듬에 맞추어 빛나는 춤을 추자.
더 멀리 빗방울이 웃는다.
더 멀리 끈끈하고 서러웠기에 알몸으로 술잔을
더 멀리 세상에서 가장 비싼 고통의 시옷을 입으며
가까이서 더 멀리 가는 것, 멀리서 더 가까이 오는 것.

– '더 멀리'는 김현, 박시하, 강성은 등 젊은 시인들이 2015년 4월 호부터 2017년 2월 호까지 발간한 격월 간 독립 문예지이다.

박시하
1972~. 2008 년 작가세계로 등단 '눈 사람의 사회' 문예중앙 2012, '우리의 대화는 이런 것입니다', 문학 동네 2015

이화영, 그대와 함께 파아란 숨결을

언덕을 넘으니 순간 괴물이 있다.
스무 살이 시든 꽃처럼, 장롱 깊숙한 곳에서 모아둔
술병과 수면제가 음전한 눈빛으로 기다리고 있다.

두 번의 자살과 재생, 검은 악마가 타르처럼 뇌에 붙는다.
탈수현상에 탈진된 몸은 바닥을 기고
두 아이의 젖은 눈이 불안에 떨고
네 발 짐승의 충혈 된 눈은 아이들을 바로보지 못한다.

"당신의 모든 우울은 자궁으로 연결된다.
그 길에 잡초도 우거지고 뒹구는 돌도 쌓여서
길이 막힐 것이다."라고 정신과 의사는 말한다.

나는 불 속처럼 뜨겁기만 하여
요가를 하면서 사지를 부드럽게,
따뜻해요 엄마의 심장, 태초의 노래
가벼움과 자유로움에 눈물은 뜨거워 맑고

늦깎이 대학원 진학,
동굴 속 울림, 멀어졌다 잠깐씩
후쿠오카 형무소에서 마지막 외마디, 파란 숨
그대, 윤동주를 연구하는 소울 메이트 되어
언어를 욕망하고 통정을 한다.

이화영
1965~. 2009년 정신과 표현으로 등단, '침향', 혜화당 2009, '아무도 연주할 수 없는 악보', 한국문연 2015

조혜은, 4인용 식탁을 위하여

우리가 꿈꾸던 행복은 떠돌이 지하실의 집 속에서 피어났다
곰팡이 냄새를 맡으며,
4인용 식탁에 모여 따뜻하게 밥 한 수저 먹고 헤어질 수
있다면
현관 안으로 화장실이 있는 집이면 좋겠어

아픈 곳은 나의 역, 피부병에 걸린 도시
을지로에는 도시의 피부병을 감시하는 첨성대가 있다
별은 우주의 눈, 백색 공간에서 넘어진 나를 일으킨다.
다국적 여인들로 반짝이는 쇼핑센터를 구경한다
리얼섹시한 거울, 빛으로 조각한 파이널 터치의 입술
구슬 파우더 잉어에게는 뚜렷한 윤곽의 세상이 있다
없으므로 있는 것, 별들의 트위스트
지독한 사랑이란 잉여를 챙겨 넣은 가방
소파에는 향기로운 얼굴들이 커피를 마신다
비눗방울 속으로 걸어간다
벽속의 수선화, 건물 벽에서 갑자기 여자의 손이 나타났다
대리석 후면을 봐라. 그 역의 기차는
흉터자국, 못 자국 붉은 울음이 함께 왔다
누운 식탁에 손을 딛고야 일어난다

'그곳에서는 너는 어떤 처벌도 사랑이란 말로 무마하여
결코 나와는 행복하지 않았다'

'우리가 뱉은 문장의 뜻이 겹쳐지고 포개져,
단단한 무엇이 되고 다시 그 위에 박히고
우리가 함께 산 4인용 식탁은 어디에 놓을까?
무덤덤하게 오후가 찾아왔다.'

조혜은
1982~. 2008년 등단 현대시로 등단, '구두코', 민음사 2012, '신부일기', 문예중앙
2016

최세라, 초콜릿하우스

크리스마스에 케익을. 초콜릿으로 만든 눈 속의 사슴 집과
나무
입에 넣으면 달게 녹아 버리는 잠시의 맛, 그래도 미소를
여기는 거실 저기는 침실, 베란다의 꽃도 벽의 그림도 혀
에 넣으면
사르르 우리 아이들도 사르르,
주방 목욕탕 베란다까지 달콤 지금 먹어요.
흘러 버리면 번져요. 여기저기 초코 빛 빨아도 흠이 나요.
굳어 버린 나의 혀에 달라붙는 초코 크림 슈가.
내가 빚은 하우스, 초콜릿 하우스, 빠알간 리본을 달고
성탄절에 들고 와서 손으로 성큼 집다가 뭉개져 버렸네요.
정원에 불빛을 만들려다
지붕 위 눈을 뿌리다가 묻혀 버렸네요.

아버지 오시는 크리스마스 날 닭 잡는 소리 도란도란 가득,
아버지의 가방에서는 현대문학과 영국 로열발레단 공연 팸플
릿, 헤르만 헤세의 소설, 칸트의 철학책이 쏟아져 나왔고 비
록 끼니 보다 소년동아 신문을 구독시켜 주었고 라디오를 틀
면 FM 클래식 음악을, 아버지는 키 크고 돋보이는 미남. 저
의 남매를 재울 때는 모짜르트의 자장가를 잠들 때까지 불러
주셨지요. 하지만 아버지는 돈 벌러 서울로 가야 했고 순창

에서 동생과 나는 젊고 예쁜 엄마가 도망갈까 봐 늘 조마조
마, 걱정하고, 아플 땐 바위 뒤에 두 명의 여자귀신 나를 노
려보는 똑같은 꿈을 꾸었어요. 이사 온 마포 도화동 맨 꼭대
기 달도 더는 올라갈 수 없는 마지막 동네. 아버지의 달은
카라얀의 교향곡, 가난과 생활로 술 담가 마시다가, 외투 호
주머니에 문고판 서적을 남기고 크리스마스 눈 내리는 날 새
벽 …… ,

　나는 사막의 횡단보도에 서있는 여자,
　다시 아버지 같은 낙타를 찾아 초콜릿 스위트 홈을 꾸미고
시의 호수에 잠기려다 우정이란 이름의 질투의 화신이 홈스
위트 홈을 파괴 시키고 음모와 증오를 등기 속달로 보내왔어
요. 여기 복화술사인 시인님, 그대에게 길을 물어요.

최세라
1973~, 2005년 마로니에 여성 문학상, 2011 시와 반시로 등단 '복화술사의 거리', 시
인동네 2015

박소란, 숨은 분수

왜 시를 쓰느냐고 누가 묻는다면
펑펑 울기 위해 시를 쓴다고 말할래요.
울음은 쓰는 사람과 읽는 사람이 살아있게 하죠.
그리운 마음껏 감정 표현을 할 수 있는 자매,
울지 않아 슬프다.
땡볕의 옥탑 방과 냉기의 지하방은 울음의 친구
가깝고 그래도 고요해.
엄마가 죽던 방, 나를 지켜보던 울음,
아빠가 지방 원룸에서 일을 마치고
술에 취해 이따금 씩 오는 전화
베개에 쏟으면 적막해
내 집은 언제나 종점에서 하차해요.
주름진 공원 숨은 꽃과 만나는 장소.
꽃 잔디 위로 무수히 짓 이겨진 검은 생체기
가슴을 드러내고 쏟아버리라
거꾸로 나동그라져 버릴지라도
잿빛 하늘은 물줄기로 푸르르랴.
샴페인처럼 부서지다 쏟아지면 마셔라
쓰와와아아아아아!!!!!!!!!!!!!!!!!!!!!!!!!!!!!!

박소란

1981~. 2009년 문학수첩 으로 등단, '심장에 가까운 말', 창비 2015, '한 사람의 닫힌 문', 창비 2019

박지우, 굴렁쇠를 굴리네

크라운산도를 굴리네. 한 봉지의 슬픔이 대롱거리네. 미완성의 편지 몇 장 계절의 가지에 매달려있네. 프로이드는 말했네. 마음의 상처를 치유 하고 싶다면 내 안에 무의식을 탐색하라네. 내상은 기다린다고 저절로 아물지 않는다네. 바람은 따뜻한 심장을 가졌네. 엄마 없는 하늘아래 동생을 키우던 큰 언니, 지도에 없는 나라로 가버렸네, 끄억 하고 까마귀소리 들리는 허공으로 가고 싶었네, 둥그런 것만 보면 취하여 굴리고 싶다네, 겨울이 오면 파아란 시절의 붉은 편지를 뜯어보고 싶네.

바람은 어린 꽃밭을 살랑살랑 걸어 다니고 항아리에 차오른 달빛으로 장이 익어갈 무렵, 넝쿨장미가 산비탈을 타면 멀리 강물 위 다리로 떠난 기적소리 푸르게 잡아당기네, 중학교 시절 담임 양애경 시인이 내 가슴에 시의 돌을 던졌지요. 그때부터 내 수첩에는 여러 색깔의 바람을 그리기 시작했지요. 이미지의 숲을 거닐며 스무고개를 하는 언어들,
내 삶에 고통의 절차로 번역해보았어요.
꿈의 날개 펼치며 젓가락으로 들어 올린 환희에도 내 이력서는 나를 울렸어요. 잃어버린 내가 햇살을 만지작거리며 떠돌다가 상가의 앉은뱅이 저울에 그리움을 재보기도 하였지요, 거울 속에 나무처럼 서 있다가 도망가는 그림자, 폭풍처

럼 몰려온 계절, 나는 시와 두 번째 결혼을 기어코 했어요.
눈을 맞추었고 귀로 그리워했던 것들, 어떤 목소리도 없지만
들리는, 흔들바위처럼, 지금 가슴에서 반짝이는 돌 하나

박지우
1967~. 2009년 작품 발표, 2014년 시사사로 등단 '롤리팝', 북인 2012

이령, 오! 발산의 미학이라 했다

고로 밟히고 솟아나야 존재한다.
발아 되는 효모여 오라!
아무리 100년 인들 바람은 꽃을 떨어뜨리고 나 몰라라 가
버린다.
"이제 생각해보니 알겠어"
이 시대 유명한 논객이 문화 행사 마치고
엘리베이터에서 머리를 누르던 행위,
지금 생각하니.'나, 늙어도 이 만큼 힘이 세니 어때?'
성의 퍼포먼스였다.
스마트 폰에서 스마트하게 페이스 북에서 페이스 하게
숲속에서는 여자도 자연이다.
왼 종일 수액 을 빨아먹자.
사슴벌레, 바구미, 말벌, 장수풍뎅이들처럼 하루치를 먹어야
나는 '심야의 마스터베이션'*을 마칠 수 있다.
여러 가지 강이 혼합 되어 내게로 다가왔다.
이미자의 '여자의 일생'을 듣다가 난 작정을 했다.
작정은 탑을 쌓아 폭풍을 먹었노라.
내가 키운 한 마리뿐인 시의 강에서 페이스 북으로 오늘
쏜다.
시의 함선을 탓을 뿐, 시는 내게 우아미가 아니다.
컴퓨터 자판에서 광풍을 부르는 시대
오만과 굴레의 문학 판, 우리의 프로그램은 예정된 애니메

이션인가,

모든 곳에 양의 얼굴로 토끼들을 먹어치우는 늑대들이라.

꽃다운 이를 죽게 한 갑들아, 어린 것들에게 가한 추행을 말하리라.

꼴찌로 등장한 여성전사,

나는 100년의 여성 시인보에 몽상가와 청소부의 미학을 함께 시인하다.

이제 흙 갈이를 하다가 땅에 묻힌 뿌리들이 중심임을 알았다.

시령으로 방방거리며 곡곡 소리를 낸들,

시인의 삶이 청중들에게 들려줄 하루의 노래임을 '시인하다.'

동백에 서성거린 접동새, 내 생에 단 한 번만이라도 하루치를 사랑한다면,

저 낮고 저명한 하류임을 시.인.하.다.

아버지 사업실패 후전학간 초등학교, 짝꿍 석이와 책상 위에 그은 선, 선? 선!

― 선(線)은 스스로가 선(善)을 시인하다

99세의 할머니와 70대 어머니, 날 보고 아빠 같은 엄마라는 두 딸도

햇빛과 달빛이 함께 물들인 가로수의 합창을

지극히 시인하는 그 날까지

* 이령 시인의 시집 '시인하다'에 게재 된 시의 제목 인용
  (시의 몰입을 통한 완성 후 희열)

이 령

1974~. 2009 계간 동리목월 발표, 2013년 시사사로 등단, '시인하다', 시산맥 기획 2018

100인의 여성 시인과 5가지의 의문들

황정산(시인, 문학평론가)

1. 첫 번째 의문(머리말에 대신하여) : 왜 나는 이 해설을 써야만 했을까?

몇 달 전인가 어느 모임에서 한경용 시인을 만났다. 여성 시인들 100인을 선정해서 그들을 대상으로 시를 쓰는 작업을 하고 있노라고 그 작업이 모두 끝나 시집을 내게 되면 해설을 써달라고 내게 부탁했다. 그리고 그 작업이 어떤 작업인지에 대해 아주 장황하게 설명했다. 한경용 시인은 평소에도 시인의 언어를 구사하는 사람이다. 그의 말을 들으면 열정과 정서가 차고 넘쳐 그것이 언어가 되어 흘러나오는 것 같은 느낌이다. 그러므로 항상 그의 말은 합리적 체계와 형식적 논리와 상식적인 소통을 거부한다. 그날도 정리되지 않아 요점이 쉽게 파악되지 않은 그의 말이 언제 끝날지 알 수 없었다. 빨리 긍정의 대답을 할 수밖에 없었다. 이것이 내가 이 시집 해설을 쓰게 된 첫 번째 이유이다.

내가 해설을 쓰겠다고 쉽게 대답한 또 다른 이유도 있다. 100명의 여성 시인들을 선정하여 그들에 관한 시를 쓴다고 들었을 때 나는 그것이 적어도 2년 정도는 걸릴 작업이라고 생각했다. 아니면 하다가 중간에 포기할 성격의 일이라고 지레 짐작을 했던 것이다. 그러니 시간적 여유가 충분한 일이고 앞으로 유동적인 상황이 많을 것이라는 생각에 쉽게 해설 쓰기를 수락했다. 하지만 한경용 시인은 내 예상과는 너무도 달랐다. 그 이야기를 한 지 채 석 달이 지나지 않아서 내게 초고를 보내오고 넉 달이 지나지 않아서 완고를 보내왔다. 크게 당황하지 않을 수 없었지만 참으로 대단하다는 생각을 떨칠 수 없었다. 그 짧은 시간에, 그 중 대부분의 생존 시인들에게 연락을 하고 허락을 받는 수고로움을 감수하는 것은 물론 틈틈이 작품을 써 문예지들에 발표를 하고 그러면서 100편의 짧지 않은 작품을 다 써냈다는 것은 실로 엄청난 생산력이 아닐 수 없다. 나 같은 게으른 사람으로서는 상상할 수도 없는 일이다. 같은 시인으로서 존경의 염이 떠나지 않는다. 그래도 엄청난 양의 작품을 보고나서 내가 왜 그때 그리 쉽게 대답을 했는지 후회의 마음 역시 지울 수 없었다.

2. 두 번째 의문 : 한경용 시인은 왜 이 시집을 기획했을까?

시집 해설을 부탁 받고도 그리고 원고를 받고 나서도 가장 먼저 드는 생각이 바로 이 질문이었다. 100인의 여성시인들을 선정하고 그들의 삶과 문학 세계를 각각 한 편의 시로 써서 그것을 묶어 한 권의 시집을 만든다는 생각은 누구도 쉽게 할 수 없는 일이다. 신선한 발상이긴 하지만 그것의 의의와 의미가 쉽게 잡히지 않기 때문이다.

먼저 최근에 크게 유행하고 있는 페미니즘에 동참하기 위한 한 수단으로 선택했을까를 추측했다. 하지만 시의 내용에서나 각각의 여성시인들을 바라보는 시인의 시각에서 일관되고 분명한 페미니즘을 찾기는 힘들었다. 아니면 우리 시단의 시사를 정리하고 거기에 어떤 역사적 의미를 부여하기 위해 이 작업을 했을까? 그러기에는 시대 구분이나 대상 시인의 선정이 자의적이고 한 편의 시로 한 시인의 문학적 성과를 담아낸다는 것도 어려운 일이기에 이런 성과는 애초에 기대하기 힘들다고 할 수 있다.

이런 것도 아니라면, 그가 여기에서 다룬 여성 시인들의 환심을 사 어떤 현실적 목적을 얻기 위한 정략적 목적 때문이었을까? 이 점에 대해서는 아니라고 쉽게 대답을 할 수 있을 것 같다. 이 시집을 통해 시인이 얻을 것이 별로 없기 때문이다. 여기에서 다뤄진 여성 시인들 중 이른바 문단 권력을 행사하는 시인들이 거의 없을 뿐만 아니라 이 시집에서 자신이 다루어졌다는 사실이 즐거운 일이긴 하지만 크게 영광스러운 일 또한 아니기에 한경용 시인에게 어떤 반대급부가 갈 일이 전혀 없을 것이라는 판단이다.

그럼 왜 한경용 시인은 이런 쉽지 않은 작업을 하겠다고 생각했을까? 이 시집의 서시에 해당하는 다음의 작품에서 그

이유의 한 자락을 생각해 볼 수 있다.

내가 안개에 젖었다가 당신을 초대 한다면 세느가 정원 금련화와 장미 빛꽃 사이 봄바람과 함께 풀밭 위의 점심에 응해 주리까. 비온 뒤 연록이 짙어갈 때 슬픔도 짙어 가는지 알 수 없지만 출렁이는 빛의 물결에 거추장스런 드레스와 모자를 벗고 현란한 혀의 유혹에 빠져보려오. 사과 향에 취한 호랑나비, 수련에 나래 접는 물결, 일렁이는 꽃구름에 접힌 시각은 빛의 입자이며 색채의 마술이어라. 동일한 사물이 언어에 따라 어떻게 변하는가를 보여 주려오. 여성의 문신, 장미 이슬의 연작은 시마(詩魔)에 빠진 우주적 시선이오. 햇살에 반짝인 당신의 살결, 땀 베인 내 실크셔츠, 붓의 떨림, 뒤섞이는 무늬, 공통적 색체(色體)의 배열

– 「마네의 초대장」 전문

마네의 <풀밭 위의 점심 식사>에서 시상을 가져온 작품이다. 이 마네의 작품은 그 도발성으로 인해 <살롱전>에 출품했다 낙선하고 낙선전에서 전시했다가 평단과 관객들로부터 비난과 조롱을 받았던 작품이다. 그는 이 그림을 통해 당시 미술계의 엄숙주의와 여성의 몸에 대한 고전주의적 상투성에 저항했다. 한경용 시인 역시 같은 문제의식을 가지고 있다고 생각된다. 이 시집을 통해 그는 마네의 예술 세계에 우리를 초대한다. 그것은 세상의 욕망과 그 욕망을 뒤흔드는 현실을 아름다움을 있는 그대로 받아들이고 표현하는 것이다. 하지만 관념과 도덕과 신념이 이것을 방해하고 우리의 의식에 어떤 장막을 덧씌운다. 시인이 벗기고 싶은 것은 바로 이 장막이고 그 장막을 헤치고 시인들의 적나라한 삶의 모습을 보여주고 싶었던 것이다. 그리고 거기에서 이제까지 우리가 놓치

고 있었던 어떤 진실과 아름다움을 발견하고 싶었던 것이다.

그런데 그 아름다움은 어니에 있는 것일까? 이 시집의 첫 번째 작품인 다음 시가 그 단서를 제공한다.

안개의 나라에선 해를 보고 달이라 하지, 눈물 샘 너머 망양생, 먼 바다로 가면 슬픔이 잊혀 질지도 몰라, 나는 처음부터 신태양을 부른 의심의 소녀, 그대들의 등 뒤에서 별(別) 그림을 생명의 과실로 따리라. 매미 울음은 파아란 문장의 운율, '나'라는 계절이 출입금지 되었다면 당신들이 일군 고압전선은 벌레 탄압 쾌락추종자일 뿐, 자가자무(自歌自舞)라며 실시간 헛소리라 하리라. 그래요, 인간실격 문단에선 모두가 헌 문장을 좋아하세요. 난봉주의자가 말하는 탕녀의 소리로 당신들의 일그러진 욕망을 복제캐릭터로 그릴래요. 아오야마 뇌병원에서 새들의 유언을 들었나요. 사이코 패스 연인은 무위도취로 떠나도 세상망언 숨은 꽃은 음주가무 망나니의 귀환을 반기지요. 나쁜 피 콤플렉스는 작품보다 사생활을 즐긴다면서요. 불과 얼음의 갈림길, 꽃과 칼의 자백, 차라리 우물 안 아기 인형과 놀래요. 그 곳은 황녀의 섬이라지요. 불행 상속녀와 자존감 수업을 함께할 용기가 있다면 또 다른 뇌는 마음앓이를 하지 않아도 되죠.

'여자계'의 거듭나기로 자화상을 그린 종이여자 탄실, '나, 거기 있어 줄래요?'

정신병동의 연대기에선 지금 한밤인지 한낮인지 몰라요.

— 「탄실 김명순, 한 없이 넓고 먼」

김명순은 우리 신문학사에서 최초로 시집을 발간한 여성 시인이다. 하지만 문단에서 온갖 수모와 멸시를 받다 결국 불행하게 동경의 정신병원에서 세상을 떠난 여인이다. 그녀와 자유로운 연애를 즐겼으면서도 문단의 주류인 남성 문인들은 엄격한 도덕적 잣대로 그를 평가하고 비난하여 결국은 주류에서 몰아낸다. 시인은 그것을 김명순의 목소리로 "인간 실격 문단에선 모두가 헌 문장을 좋아하세요."라고 조소한다. 헌 문장이라는 것은 기성의 도덕과 상식이라는 굴레에서 벗어나지 못한 엄숙한 문장들이다. 그것을 벗어나 진실된 내면과 그 아름다움을 찾는 길은 과감하게 비주류의 삶을 선택해서 스스로 고립과 파멸을 택하는 길밖에 없다. 그것이 어쩌면 진정한 시인의 길일 것이다. 한경용 시인 역시 이 비주류의 시각에서 여성들의 삶과 문학을 바라보고 있다.

하지만 이 비주류가 결국은 힘을 얻게 된다는 것을 깨닫는다. 이 시집의 마지막 작품이 그것을 잘 보여준다.

나는 100년의 여성 시인보에 몽상가와 청소부의 미학을 함께 시인하다.
이제 흙 갈이를 하다가 땅에 묻힌 뿌리들이 중심임을 알았다.
시령으로 방방거리며 곡곡 소리를 낸들,
시인의 삶이 청중들에게 들려줄 하루의 노래임을 '시인하다.'
동백에 서성거린 접동새, 내 생에 단 한 번만이라도 하루치를 사랑한다면,
저 낮고 저명한 하류임을 시.인.하.다.
아버지 사업실패 후전학간 초등학교, 짝꿍 석이와 책상 위에 그은 선, 선? 선!
— 선(線)은 스스로가 선(善)을 시인하다
99세의 할머니와 70대 어머니, 날 보고 아빠 같은 엄마라는 두 딸도
햇빛과 달빛이 함께 물들인 가로수의 합창을
지극히 시인하는 그날까지
— 「이령, 오! 발산의 미학이라 했다」

이령 시인은 2013년에 등단해 2018년에 <시인하다>라는 시집을 낸 늦깎이 시인이다. 그리고 주류 문단에서 크게 조명을 받아본 적도 없는 시인이다. 하지만 그는 자신이 "낮고 저명한 하류임을 시인"한다고 한경용 시인은 판단하고 있다. 이 시인(是認)은 자신감이면서도 그 자체가 시인의 증명이기도 하다. 탄실 김명순 시인으로부터 100년을 지나면서 주변과 비주류의 힘이 커진 것이다. 그것은 그대로 여성 문학의 힘이기도 하다. 그리고 바로 이 힘을 보여주는 것 이것이 이 시집 기획의 이유가 아닐까 조심스레 짐작해 본다.

3. 세 번째 의문: 여기 100인의 시인들은 어떻게 선정되었을까?

이 의문 역시 답하기 쉽지 않다. 시집을 기획하는 데 있어 왜 꼭 100인이어야 하는지 그리고 어떤 기준을 통해 선정된 시인들인지 쉽게 이해되지 않는다. 물론 최초로 여성 시인이 활동한 지 100년이 되었으니 100년과 짝을 맞춘 100인을 선정했으리라 짐작은 되지만 그리 합리적인 이유는 아니다. 그런데 이 비합리성에 이 시집의 묘미가 있다고 나는 생각한다.

사실 이 시집의 시기구분은 등단년도를 기준으로 하여 그냥 편의적으로 10년 단위로 끊어져 있다. 더구나 각 시기에 왜 그 시인들이 선정되었는지 생각해 보면 더 이해가 안 가는 측면이 있다. 더러는 유명해서일 것이기도 하고, 또 어쩌다가는 문득 그 시인이 쓴 좋은 작품이 떠올라서이기도 하고 또 그것도 아니라면 한경용 시인 자신과 개인적 친분이 있어서이기도 할 것이다. 순전히 학술적인 차원에서라면 이런 막무가내 선정은 있을 수 없는 일이다. 하지만 이것이 훨씬 문학적이라고 나는 믿는다. 계통도 체계도 없이 리좀처럼 이어져 떠오르는 인물들과 그들의 시적 성과를 되짚어 보는 것이야말로 어쩌면 가장 진실된 문학적 감흥이지 않을까 한다. 시인은 바로 그런 감흥 속에 우리를 초대한 것이다. 그리고 문득 거기에서 생각지도 못하는 성과들을 만난다.

초록 누비이불 녹차 밭 보성은 내 고향. 산골초등학교에서 종이 울리네, 만국기 운동장. 한쪽 언덕에서 걸어 엄마가 나온다. "엄마, 나 아파", 넓은 세상 다니면서 정희가 용케 용케 지금은 내 안의 성주가 되어 곡비를 자처하고 있어요. 걱정마라. 너는 키 큰 아이들 사이에 운동회 쭉정이 알밤 한 톨을 주워 왔다. 말하리라. 내가 두른 성전의 큰 제사장처럼 큰 머플러는 항거의 깃발,
　...(중략)...
그 많던 꿈을 준 '프랑수와즈 사강', 당신이 앉았던 의자에 앉아 에스프레소 한잔!, 슬픔이여 안녕, 내 젊은 날의 천재 칭호여 안녕, 고독으로 풍성하고 자유로운 여정, 뱀을 뒤집어 쓴 메두사는 나에게 말한다.
오늘보다 더 젊은 나는 없다. 지금 등장한 젊은 시인이 나의 라이벌, '펜은 페니스다'를 반박한다. 탄실 김명순, 나혜석, 노천명 시인, 진명여학교 선배, 나는 쓰고, 고로 존재한다. 카르마의 바다에서 춤을 추는 다산의 여성들이여, 기쁨이다. 우리 모두 여류가 아닌 시인이다. 짓눌린 여성의 삶과 상처를 쓴다. 생명의 존귀함을 쓴다. 수작이건 실패작이건 일단 썼다 는 것은 성공이야. 붓의 휘둘림은 순간 파도치는 것, 내가 나를 사랑하기 위해 몸을 뒤집을 때마다 악기처럼 리듬이 태어나는 것, 자유라는 이름의 공기여, 고독이라는 이름의 음식아, 종소리로 울려라. '정희의 희는 계집 희가 아닌 희망 희'. 아직도 멀었어, 우리는 더 가야해

　　　　　　　　　　　－「문정희, 몸새는 꽃나무를 찾는다」 부분

문정희 시인은 1960년대에 이른 나이에 등단해 아직까지
도 왕성하게 활동하고 있는 우리 시단의 대표적인 여성 시인
이다. 여성이라는 성별을 가졌을 뿐만 아니라 그는 시를 통
해 여성의 몸과 그리고 사회에 의해 구속되어온 여성의 몸과
정신을 탐구하고 그것의 자유를 위해 언어를 통해 싸워온 시
인이라 할 수 있다. 한경용 시인은 그의 이런 시적 이력과
성취를 아주 잘 요약해서 보여준다. "정희의 희는 계집 희가
아닌 희망 희"라는 구절과 그러면서도 "우리는 더 가야해"라
는 결론을 통해 그의 시가 지향하는 바가 무엇인지 아주 강
력한 어조로 지적해 주고 있다. 그리고 이 어조는 한경용 시
인의 어조이지만 또한 문정희 시인의 어조이기도 하다. 두
어조를 통해 이루어지는 교감과 반향이 우리에게 많은 생각
을 하게 만든다.
  다음 시는 이와는 다른 차원에서 우리에게 생각할 거리를
준다.

  자야의 길상사에는 백석이 있고
  나의 시담에는 황진이가 있나요.

  '바람의 허리 뒤로 채색되는 붉은 피'

  우린 서로 내상을 입어 봐요.

  당신이 영어의 몸이 되었을 때,
  나는 끝내 아무 말도 하지 않았어요.

  나는 카페 포엠에서 흘러간 음악,

이제 추억이 구금된 채 꿈꾸듯 시들어 가요.
'자작자작 소리 내며 울고 있는 자작나무 사랑'
살풀이를 추랴, 이별가를 부르랴.

시크릿 가든'을 들으면서
아메리카노 한 잔을 마시는 데
빗줄기 흘린 머리카락, 유리창 흐르는데
초코가 끈적, 다디단 입술을 그리는데
무크지 '포에트리 슬램'과 시집들은
침대에 누워 당신의 애무를 기다리는데
액자 속에 갇힌 나는 벽 위의 시

느낌표 하나 찾는 시인들과 목소리 익어가다
어느덧 텅 빈 홀에서
나 여기 빗소리로 울 때

시담(詩談)에서 만나 다담(茶談)에서 헤어진
한 때의 벌 나비 같은 추상,
씁쓸하듯 달콤하게 떠나 간 비
불빛 점멸 유리창에 잊혀진 여인
방울방울 물방울로 쓰던
이름들 조용히 불러 모으고 있다.

3K, 그대들이 벽계수, 서경덕, 지족선사 인가.
고이 접은 적삼 휘감기는 치맛자락 속버선의 길은
오롯이, 황진이의 나빌레라.

'아직은
너의 하얀 정체를 드러낸 이유를 묻지 않으련다.
수줍은 밤,
너의 하얀 속살의 이유도 묻지 않으련다.

안으로
안으로만 곪아버린 푸른 흔도 묻지 않으련다.'

　　체장
　　　대장
　　　　소장
　　　　　임파선
　　　　　　갑상선
　　　　　　　맹장
　　　　　　　　위
　　　　　　　　　비장
수술대에 오른 몸의 기관들
연리지가 될 수 없는,
벼락 치는 밤에 폐가 지붕으로 높이 오른다.

　　　　　　　　− 「박정이, 연인들이라고 부른들」

　위의 박정이 시인은 문정희 시인과는 달리 문단에서 이름
이 많이 알려져 있지는 않지만 최근에 무크지를 두 개를 발
행하는 등 나름대로 자기 길을 가고 있는 시인이다. 아마도
여기에 선정된 것은 한경용 시인과의 개인적인 친분 때문일
것이다. 하지만 이 시인의 시세계를 통해 우리에게 말해지는
것은 결코 적지 않다.
　이 작품은 다소간 감상적인 경향을 가지고 있긴 하지만 이
시집 전체 시 중에서 가장 시적인 형식을 취하고 있다. 그만
큼 이 인물에 대해 시인이 알고 있는 개인적인 그리고 감성
적인 정보가 많기 때문일 것이다. 이 시에서 표현된 많은 내
용들은 박정이 시인이 하루를 보내는 일상이다. 하지만 이

일상의 기록들 속에서 그녀가 겪은 시에 대한 열정과 사람에 대한 사랑과 그러면서도 벗어날 수 없는 외로움이 아주 절절하게 표현되어 있다. 그리고 그것이 우리에게 감동을 주는 것은 한 개인의 차원을 떠나 시를 쓰는 우리 모두의 어떤 부분을 건드리기 때문이다. 대개의 시인들은 갈피모를 열정에 적당한 형식을 부여하지 못한다. 많은 사람들은 열정을 출세나 돈이나 자식 교육이라는 형식으로 변화시켜 그 안에 안주한다. 하지만 시인은 이런 안주를 거부한다. 열정과 그리움을 날 것 그대로 간직하고 그것을 사랑이라는 정서로 표현한다. 하지만 그 사랑은 우리 시대에 쉽게 받아들일 수 없는 것이다. 박정이 시인의 외로움과 그것을 바라보는 한경용 시인의 안타까움과 이것에 감동하는 우리 모두의 외로움은 다 이런 데서 기인한다.

그리고 이런 의외의 성과는 이 시집의 막무가내 기획과 체제에서부터 온다는 것을 다시 한 번 강조하고 싶다. 시적 성과를 저울질하고 시인들에게 점수를 매겨 1급, 2급 등의 급수를 부여하고, 활동하는 장에 따라 메이저와 마이너를 구분하고, 이러한 구분을 통해 시인을 선정하고 시인을 배치했다면 이 시집은 너무도 평범한 내용을 보여주는 데 그쳤을 것이다. 이런 것을 무시하고 시인의 감각과 느낌으로 시인을 뽑고 바라볼 때 우리가 생각하지 못한 새로운 관점과 새로운 사고가 만들어 지는 것이다. 바로 이것은 시인만이 할 수 있는 일이고 한경용 시인만이 할 수 있는 일이기도 하다.

4. 네 번째 의문 : 이 시집의 시들은 시일까 아니면 새로운 장르일까?

사실 이 의문을 해명하기 위해 이 해설을 썼다고 해도 과언은 아니다. 시집이기 때문에 여기에 실린 모든 글들은 시임에 틀림없다. 하지만 우리가 생각하는 시의 형식과 내용에서는 크게 벗어나 있는 작품이 태반이다. 그리고 글의 형식도 작품마다 제각각이다. 「이수명, 기질의 시인」 같은 작품은 시인과의 전화 통화 내용을 그대로 옮겨 작품을 만들었고, 「최영미, 서른 더하기 서른 잔치는 있다」는 신문기사 내용을 발췌해 인용해서 작품 내용을 채웠고, 「강기원, 5악장」 같은 작품은 시인의 작품을 한 구절씩 인용하면서 거기에 말을 덧붙이는 형식을 보여주고 있다. 그리고 많은 작품에서 주를 달아 보충 설명을 하거나 시인의 약력을 소개하여 독자들의 이해를 돕고 있다.

어찌 보면 시 해설이기도 하고 또 어찌 보면 시인 소개 글이기도 하고 또 어떤 작품에서는 아주 진지하게 시인의 일생을 탐구하기도 한다. 시이면서도 요설과 다변으로 점철된 난삽한 산문이기도 하고 산문이면서도 논리보다는 시적 비약을 보여주는 언어적 성취에 도달하기도 한다. 이런 점이 전체적으로 이 시집의 성격을 가늠할 수 없게 만들고 있다.

하지만 바로 이 가늠할 수 없는 성격, 규정할 수 없는 언어의 잔치가 이 시집의 가장 큰 특징이 아닐까 한다. 한 시인의 인생과 시세계를 시로 담아낸다는 의도는 지극히 단순

하고 분명한 것이어서 자칫 기계적이고 천편일률적인 형식을 취하기 십상이다. 또 그래야 작품을 쓰기도 쉬웠을 것이다. 그러나 한경용 시인은 이를 거부하고 작품마다 특별한 형식을 보여주고 있다. 시가 보여줄 수 없는 언어 시험을 마음껏 해보고 있다고 할 수 있다. 그중 특징적인 작품을 하나 들어보기로 하자.

레바논 지도를 보면 레바논 사태, 레바논 내전이 자꾸 떠오르다 보면 수박은 저 혼자 늙어가고 안으로 더 익어가고 씨알들이 총총히 총알처럼 박혀있다는 구절에 꽂히고 말았어요. 누가 레바논 감정을 영화 제목으로 사용했다지요. '왜?'라고 묻지 않았어요. 젊은 날 이쁘고 똑똑한 여자를 버리고 남자는 떠나 버렸다나요. 그렇게 한 세상 한 세월 흘러가는 줄 알았겠지요. 70년대 중반 학번들은 중동에 가면 부호가 되어 돌아온다고 생각했어요. 그게 전쟁을 취재하러 간 것이나 건설, 외교 상무로 간 것이나. 어느 날 애인이 레바논 사태 방송에 나왔다 하면 이걸 뭐랄까요. 포탄 맞은 집 사이로 히잡 쓴 여자들이 지나가고 검은 색으로 눈만 빼꼼 남기고 꽁꽁 가려야 놀란 맛이 나지만 내 마음에 오래 묵혀둔 연애는 붉도록 내전을 치러야 만 단맛을 낼 수 있는가요. 기독교, 이슬람, 정부군, 반군 세력, 공습과 테러에 대한 뉴스가 하루도 그치질 않고 대륙 반대편 분쟁도 시집 한 권으로 묶겠다는데 애매모호 빗줄기 안개 사이 밤 전철,

시집을 읽다가 깜빡, "여기는 병점, 병점 마지막 역입니다.
잊으신 물건 없이 안녕히 돌아가시길 바랍니다." 병점은 다시 출발역이다.

병점*
"점엔 조그만 기차역 있다 검은 자갈돌 밟고 철도원 아버지 걸어 오신다 철길 가에 맨드라미 맨드라미 있었다 어디서 얼룩 수탉 울었다 병

점엔 떡집 있었다 우리 어머니 날 배고 입덧 심할 때 병점 떡집서 떡
한 점 떼어먹었다 머리에 인 콩 한 지루 내려놓고 또 한 점 베어 믹있
다 내 살은 병점떡 한 점이다 병점은 내 살점이다 병점 철길 가에 맨드
라미는 나다 내 언니다 내 동생이다 새마을 특급 열차가 지나갈 때 꾀
죄죄한 맨드라미 깜짝 놀라 자빠졌다 지금 병점엔 떡집 없다 우리 언니
는 죽었고 수원, 오산, 삼남으로 가는 길은 여기서 헤어져 끝없이 갔다"

  * 최정례의 '병점' 시 전문

        ─ 「최정례, '레바논 감정'을 읽다가 병점까지 가다」

   아주 재밌는 형식의 작품이다. 「레바논 감정」은 최정례 시
인의 등단 작품이다. 역사 속에 휘말린 한 개인의 감정을 잘
형상화하여 사회의식과 인간 정서를 잘 표현한 수작이다. 시
인은 이 작품을 거론하면서 그의 또 다른 시 「병점」을 생각
한다. 두 작품이 보여주고 있는 죽음과 이별 그리고 그런 운
명의 힘에서 벗어날 수 없는 인간의 무력함에 대한 두려움과
막막함을 우리에게 아주 시적으로 형상화해서 보여주고 있다.
그리고 그것을 통해 시인이 이 시인의 작품에 빠져 든 개인의
감상까지도 함께 드러내 표현하고 있다. 새로운 형식 실험이
고 또 새로운 언어의 운용이다. 사실 한경용 시인은 문창과나
국문과 출신이 아니다. 중대 예술대학원 문예창작 전문가 과
정에서 늦깎이로 시창작 공부를 했을 뿐이다. 청년기에 정규
문학 수업을 받은 적이 없는 시인이 많은 언어적 훈련을 거치
지 않았으면서 이런 표현의 경지에 도달했다는 것은 그가 타
고난 시인이라는 것을 입증하고 남음이 있다.

5. 다섯 번째 의문(맺음말을 대신하여) : 나는 제대로 된
해설을 쓴 것일까?

사실 해설을 쓰는 내내 내가 제대로 된 작업을 하고 있는지 의문이 들었다. 해설을 필요로 하지 않는 시집에 해설을 쓰고 있기 때문이다. 구태여 작품의 의미를 밝히거나 시인의 예술적 성취를 설명하지 않아도 시집 자체가 그 모든 것을 말해주고 있어 해설은 그냥 형식에 불과하다는 생각을 떨칠 수 없었다.

또한, 평계 같지만, 소재의 일관성만 있지 특정한 주제로 묶여지지 않는 시들이고 특별한 경향이나 특정 표현 형식으로 묶일 수 없는 작품, 그러면서도 재미있는 스토리가 있고 시인마다 독특한 형식을 보여주는 이 방대한 시집은 당초 기획 보다 많은 100편 이상이 모여 있기에 의미를 분석 정리하고 일정한 체계를 잡아 해설을 쓴다는 것이 불가능했다. 하지만 위에 논의한 네 가지의 의문을 묻고 답하는 과정에서 이 시집의 많은 것들이 해명되었다고 생각한다. 그런 점에서 불충분하지만 나름대로 의미 있는 해설이 되지 않았나 애써 자위해 본다.

그럼에도 불구하고 이 불충분하고 의문투성이의 해설을 만회하기 위해 마지막으로 한 가지만 더 덧붙이고자 한다. 이 시집을 처음부터 끝까지 다 읽을 수는 없다. 그러기에는 분량도 너무 많고 또 많은 분량을 지탱할 만한 일관된 서사가 없어 완독이 힘든 것이 사실이다. 해설을 써야 할 나 자신도 한 달을 거쳐 겨우 읽어낼 수 있었다. 하지만 읽은 이유는 차고 넘친다. 자기 이름이 거론된 시인은 자신을 다룬 작품을 먼저 읽을 것이고, 일반 독자들은 평소에 관심 있는 시인이 어떻게 그려졌는지를 생각하며 읽으면 좋을 것이다. 그것도 아니라면 그냥 문득 펼쳐지는 대로 거기에 나와 있는 시인을 만나보는 것도 나쁘지 않은 일이다. 그것을 통해 한 사람을 만나고 시를 만나고 인생을 만나게 된다.

그리고 정말 마지막으로 한 마디 더 하고 끝내기로 한다. 혹시 다음에 남성시인 100인이 기획된다면 나는 절대로 해설을 맡지 않을 것이다.

역대 주요 문예지 및
신춘문예 여성 시인 명단

오현정, 김유선, 강 순, 이선영, 한이나, 박서영, 나금숙, 박이화,
김인숙, 조윤희, 이재연, 김명서, 김송포, 김혜천, 김희숙, 최광임,
배영옥, 시사사, 문학선, 미네르바 시인들

오현정, 오늘은 순결

불문학과 제학 때 아버지의 소천으로 기둥이 무너진 가계, 유학 보다 취직을 해야 해, 학원 출판사에 입사하였다. 박정만 시인, 이윤기 신화작가, 최학 소설가 등과 함께 근무할 때 내 20 문학은 여기에 있었다. 몰리에르의 '강제결혼'처럼 시대는 내게 꿈을 포기하라고 하네, 시부모, 시 할머니, 시동생들과 함께 살며 사랑하며 내 보다 내 그림자가 더 빛이 났네, 1978년 현대문학 1차 추천, 1989년 현대 문학 2차 추천 완료 까지 11년의 시간, 일본, 미국 주재원의 아내로 내 보다도 내 그림자가 더 빛나는 삶, 시를 택할 것이냐, 그이를 따라 갈 것이냐, 나는 실험실의 유리병, 내면이 아프면 외면도 깨질 것 같아 그것이 두려워 그렇게 한 세월 흘러갔다.

지나간 앨범 펼치지 말자,
몽상가들에겐 오후 햇살이 가장 좋을 때
남은 꿈을 찾아드는 지금
산속을 헤매다 본 모노드라마
눈* 꽃* 송*이

오현정
1952~.1989년 '보이지 않는 것들을 위하여',1994, '광교산 소나무', 2016 '몽상가의 턱', 지혜 2017 외 다수. 애지문학상

1956김최연 1960김후란 1961김정숙 1961왕수영 1961추영수 1962김선영
1962허영자 1963김송희 1963주정애 1964김윤희 1966이향아 1966김초혜
1966조유경 1967안혜초 1967천양희 1967임성숙 1967유안진 1968김여정
1972신달자 1973박명자 1974조정자 1974곽현숙 1975김경희 1975강경화
정은명 1976김정란 1977안경원 1977허윤정 1977강유정 1977손보순
1978김수 1978배경란 1978홍명희 1981고세연 1980곽상희 1980신필주
1982서은숙 1982곽우희 1982최문자 1983박귀례 1984김정식 1984김유선
1984김명리 1985남궁현순 1987이귀영 1988김혜숙 1988이필녀 1988박미
숙 1988김정화.명정희 1989유영진 1989김준경 1989이지숙 1989오현정
1990이윤진 1990박해영 1990이양희 1990박복희 1991김리영 1991이보리
1992장유정 1994박선옥 1994이선형 1995한미성 1995주금정 1995유자란
1996장혜랑 1996전소영 1998강순 1998김경후 1998박남주 1998윤예영
1999김행숙 2001유형진 2003박선경 2004이근화 2005황성희 2007김선재
2008한세정 2010유계영 2012김영미 2015정다연 2018오은경 2019정재율
(84인)

김유선, 문상객들에게

"우리의 희망은 늘상
빠르거나 느렸다
꽃이 피지 않았거나
모두 진 뒤였다
그래도 아침이면
설레였다"

김유선
1950~ 2019. 05) 1984년 현대문학 등단, 숙명여대 국문과 졸업, 문상객들에게 시 글
씨 카드를 주다

강순, 강바람

내 이름을 검색해 보면 재일교포 디아스포라 시인 강순이
있다.

그의 시집 제명 '강바람'처럼 몰아닥친 대립이 있다.
문예반에 있었기에 자연히 국문과에 가서 작가가 되는 줄
알았고
가고나니 나 혼자 였다.
국문과 교수 지도하에 제주도 다층 동인을 창립하다.
'쓸데 없는 시쓰지 말고 시집생활이나 잘 하라'는 오빠의
말 한마디
내 안으로 강바람이 몰아쳤다.
지금까지 습작시 모두를 보낸 단 한 번의 응모,
현대문학으로 등단하였다.
나의 지병을 수술하다가 의료사고로 깨어나지 못 했다.
강순(純), 20대의 늪에서 각시붕어가 살고 강으로 갈수가
없었다.
그대의 눈, 유칼리나무가 그리울 때
하양이거나 파랑이거나 병실의 시간 100년
나는 애월의 슬픔, 어미 등을 평생 파먹는 곤충,
서로의 거리, 시간을 밟고 다시 시 기둥을 붙잡고 미뤘던
박사과정에 입학한다.

나는 디아스 포라, 바닷게처럼 기어 간
북극에서 편지를 쓴다

강순
1969~. 1998년 현대문학으로 등단, 시집 '20대에는 각시 붕어가 산다' 다층 2000

308 넘다, 여성 시인 백년 100인보

이선영, 숙제

시를 쓰기 전에 아이를 잘 키워야지
내가 새로 받은 내 몸, 딸 그리고 시
"딸은 내가 쓰는 법도 없고 철도 없는 고집 불통 시"
개인의 삶과 시인의 삶을 교집하며 뜨개질
세상이 내게 준 숙제

이선영
1964~.1990년 현대시학 등단, 시집 '오, 가엾은 비누갑들', '글자 속에 나를 구겨 넣
는다' '일찌구 늙으매 꽃 꿈, '60조각의 비가' 민음사 2019

한이나, 문장의 끝

1000년 넘은
청주 한씨 집성촌 방서리에서 태어나다.
  신의 식탁에서 나는 유복녀(遺腹女)
'보도연맹 사건' 좌우익 바람의 붓질에
내 이름, 석자 지워지는 소리
그리하여 어둠의 품 안에서
20년 전 불혹의 외아들까지 잃은 노모
그리하여 스스로 생명을 더하는가.
물의 지도, 달빛 악보, 유리 자화상
내 문장의 끝은 동굴 수도원

한이나
1952~. 1994년 현대시학으로 작품 활동시작, '유리자화상' '첩첩단풍 속' '능엄경 밖으로 사흘 가출', '귀여리 시집', '가끔은 조율이 필요하다', '플룻리안 카페에서 쓴 편지', 서정시학 2019

박서영

박서영
1968~2018, 1995 현대시학 '등단 걷는 사람', 문학동네 2019
'다 옛날 일이 찮아요. 당신을 용서해 드릴게요. 그러니 편히 사세요'

나금숙, 당신의 세계사

소녀는 10살, 플라타너스 아래 날리는 낙엽, 텅빈 미래를 엿볼 때 시인의 운명을 예감했다.
어디로 가도 잠잠한 수평선, 그대는 35년 경찰관, 세 번의 뇌종양 수술, 꽃다발 하나 없이 등 떠밀 퇴직한 날의 기억,
"그대의 해안, 이 가을 깊고 고요한 바다와 나는 마음을 꺼내 씻어 바위에 널어 말렸습니다."

함께한 독서토론 시간에 신인적인 보르헤스
그의 전집의 목록에는 메터포가 있다.
알렙- 총체적 표상, 픽션들, 세익스피어의 기억, 칼잡이들의 이야기, 불한당의 세계사

나금숙
2000 현대시학 등단, '레일라 바래다 주기', 시산맥 2010

박이화, 살과 뼈가 타는 밤

떡갈나무는 병든 인연을 버리지 못하네
갈참이 된 마른 이파리에게
주어야 할 수액은 더 없거늘,
도토리들 떠나간 등허리가 시러우면
흰 눈송이 조각보로 나누어 덮고
산 허리 지나는 기침 소리 들릴 때마다
떨리는 손 꼬옥 잡고
남은 살과 뼈로 일렁이며
한번 정을 붙여 볼거냐

"그 갈참나무굴참나무떡갈나무 숲에
살점 하나 없이 앙상한 나무를 보며
누군가 새처럼 소리 높여 나무 이름을 노래하지만
그 울음인지 노래인지 모를 적막 속
열 번쯤 목이 메어 뒤돌아보면
이미 반쯤 흙빛으로 돌아 간 얼굴들
바스락, 그 가랑잎 같은"*

주해 : "박이화 시인은 여성의 삶을 말하되 에로티시즘의 욕망을 통해 결핍감과 인간 본성을 드러내는 시인이다. 발랄한 재치와 사유, 인간에 대한 이해와 정확한 인식이 있기 때문에 비속어를 사용 해도 외설스럽게 작용하지 않게 문맥에서 사용하고 있다." 공광규 시인의 '이야기가 있는 시창작 수업에서' 2013. 시인동네 간행

박이화
1998년 현대시학으로 등단 시집 '그리운 연어' 애지 2006

김인숙, 생(生)

한 평생 미로
내 안을 찾아 떠난
한 줄 하이쿠(俳句)

김인숙
1943~. 현대시학 2012

조윤희, 얼룩

오, 그 물고기들이 그림자 여행을 하며
불면의 유랑과 멜랑꼬리의 방향으루 동반하고
창고에서 사방의 벽 속에서 단지 기다린다.
둥그런 어둠 속의 실루엣, 내 안의 기척, 얼룩무늬 여자

조윤희
전남 장흥 출생, 1990년 현대시학 등단, '모서리의 사랑', '얼룩 무늬 여자'

이재연, 새록

장흥 관산에 오르니 쓸쓸함이 신비롭다
허공에 검은 선을 그으며 토성에서
오는 것,
연년생 두아이를 재우고 시를 깨 우고
돌에 물을 주었다. 규범 이후 파괴, 책을 펼친다.
'황무지'에서 '뒹구는 돌은 언제 잠 깨는가'
'입속의 검은 잎'까지 새록 새록

이재연
1963~. 전남 장흥 출생. 2005년 전남일보 신춘, 2012 오장환 문학상 수상하며 실천
문학으로 등단, '쓸쓸함이 아직도 신비로웠다' 실천문학 2018

한국 여성문학의 흐름(여성 문인 진출과정 편, 고정희)에 이미 나와 있는 기존리스트(1986,03 까지)에 그 후 필자가 조사 연구 보충 하였습니다.

사상계 (1959~1968)
강계순 강은교 (2인)

자유문학(구) (1956~1963)
김하림 추영수 추은희 김숙자 최선영 (6인)

월간문학 (1968~2019)
1968 김양식, 1969 문정희, 1970 노향림, 1970 이정강, 1973 김옥영, 1976 이영춘, 1979 구영주, 1979 양은순, 1980 김경옥, 1981 박진숙, 1982 김소원, 1982 김현숙, 1983 정은희, 1983 정재희, 1984 황영순, 1984 김명숙, 1984 김영주, 1985 김정원, 1986 김미윤 최자영 김채옥, 1987 강순미, 1987 나영자 문금옥, 1988 김현지 홍영숙 전정자 전숙자, 1989 이향지 김영은 도숙자, 1990 이연주 민혜주 송정란 김금분 김현주, 1991 김경실 조귀자 류정희, 1991 이화은, 1992 김영숙 김광자 이은희, 1993 강연화 박정애 강선영 김미녀, 1994 남인희 정영운 지영희 김혜순, 1995 박영숙, 1996 김영희 권선애, 1997 이명숙 장영숙, 1998 임숙, 1999 한필애, 2000 최지윤, 2002 가시리, 2003 정지원, 2004 김은유 서영숙, 2007 이옥금 김경숙, 2008 송부선, 2009 이희옥, 2013 권분자, 2014 박선희, 2015 임화지, 2015 문영하 최연하 김은, 2016 박순숙 지유, 2017 신새벽 홍선경 이본, 2018 이혜정 문현숙 문애순 변해연 김서령, 2019 김인선 김정희 (85인)

문학사상 (1972~2018)

최애리, 이사라, 정끝별, 이선이, 유환숙, 정채원, 백연숙, 정이랑, 문혜진, 김혜옥, 박세림,이정희, 박홍점, 손정순 김연숙, 김다비, 정진영, 김지윤, 장현숙, 정미정, 김유자, 손미, 안채영, 오주리, 도복희, 권민자, 이필, 박길숙, 전수오, 홍인혜 (30인)

문학동네 (1994~2018)

진수미, 박은희, 이영주, 정영, 안현미, 강성은, 최예슬, 남지은, 장혜령, 박세량 (10인)

작가세계 (1990~2014)

이진명, 김상미, 이수명, 강문숙, 이잠, 강기원, 김록, 정선, 김미승, 이은림, 김소형, 석지연, 최윤정 (13인)

문예중앙 (1977~2005)

신연주, 김정숙, 김민정, 김경인, 정다운 (5인)

창작과 비평 (1996~2018)

김선우, 고은강, 이지호, 안희연, 전문영, 손유미, 김지윤, 한연희, 장미진 (9인)

문학과 지성(문학과사회) (1975~2019)

최승자, 김혜순, 이성미, 진은영, 하재연, 최하연, 황혜경, 임승유 ,장수진, 백은선. 이설빈, 임지은, 강혜빈, 윤은성 (14인)

현대시학 (1969~2017)

이성애 추명희 이명자 한영옥 천재순 고정희 이옥희 박정남 진경옥 조구자, 1979 조행자 국효문 이정연, 1982 권운지, 1983 이숙희 김경자 김추인 김운지 조인자 박서혜 서경은 박소연 박송죽 진경옥 고경희 유동희 김언희 김인자, 1989 구순희 여중하, 1990 박소유 이선영 최정례, 1992 조윤희 유정이 이인원, 1993 박소향, 1994 이규리 성미정 남혜숙, 1995 박서영 정영선, 1996 고미경 이순현 김금용 김은정 김지현, 1997 김종미 이명덕 한정원 한혜영, 1998 박경자 정민나 김요 박이화 이가율, 1999 진순영 한명희 황희순 손현숙, 1999 정성하 2000 이영란, 2001 이수정, 2002 신지혜, 2003 임재춘, 2004 심언주, 2005 강현자, 2007 정연희, 2008 김연아 장혜승, 2009 정시마, 2010 김루, 2011 장요원, 2012 김인숙, 이기호 (시조) 금은돌, 2013 김락 신성희, 2015 김옥경 김지은 2016 김유림, 2017한정연, 2018 안소랑 (83인)

세계의 문학 (1986~2012)
1986 정화진 조은 안정옥 이원 김지녀, 2012 안미린 (6인)

실천문학 (1980~2016)
1980 노영희, 1987 허수경, 2002 김은경, 2003 박설희, 2005 김선향, 김해선 조정, 2010 허은실, 2012 이재연 (오장환 문학상), 2014 리호, 2015 안은숙, 2015 채인숙 (오장환 문학상), 2016 김은지 (13인)

현대시 (1990~2014)
최춘희 김인희 김혜영 노미영 위승희 유영금 서영미 천은영 함태숙 홍승주 이은경 신미균, 1996 이은유, 1998 이귀영 이민하 이채영 김미정 정원숙 임현정 윤성아, 2006 신명옥 정한아 최형심 최현수 최설 조혜은 이수진 이미화이소호 정선율 (30인)

시사사 (2003~2018)
채　선– "방향은 모두 사라졌다. 나무들이 향해야 할 곳은 온통 뿌옇고 그 향방을 알 수 없어 최후가 위험하다"
허은희– "분리 되지 못한 불완전한 동거는 화기를 품은 채 언제 폭발하나"
오유정– "이제 등나무 안에 삶을 시작한 사내, 상처로만 알았던 매듭 위로 햇살 내려와 툭툭 싹을 틔우면 눈물방울 같은 옹이를 턴다"
최희강– "우주에의 공간 어둡다 그 너머의 별, 다시 지구 자연으로 돌린다"
김지율– "지구는 생각보다 빨리 돌아서 금방 해가 저물어 엄마는 구름을 낳고 여전히 눈이 두 개, 귀가 두 개였던 걸 제일 기뻐했어"

이난희-"석양이 어깨에 기대어 오는 것도 모르고 나 없는 곳에서 서성이는 맨발이 되었다. 자라는 홍콩 야자의 손가락 사이로 벙어리 물고기가 헤엄쳤다"

김도연-"뜬금없이 잦아드는 우울이라는 불청객과 천만 개로 주름지는 불안감, 선인장에 꽃이 피면 그 많은 가시는 비극일까 싱거운 희극일까"

황주은-"당신 지금 썩고 있군 아니, 아니요 단지 허무해지는 중이에요 바나나의 표정으로 대답하기"

2003 조숙향, 양윤정, 2004 송은숙, 2005 황진성, 2006 이현협2009. 김혜선, 2010 이난희, 2010유희선, 조명희 서연우 김도연 이령 박지우 하보경 정다인 이서윤 최소연 (17인)

김명서, 시 치유

내 몸에 피어난
진달래 꽃 아스라이 엑스레이, 한강에 띄우니 꽃놀이 배로
맞아 주면 안 되나요,

"혈통의 절반이 허세와 체면에 덮여 있는
엄숙한 가계도
더 빨리
더 속되게
늙어버린 혈족들"

힘찬 지느러미, 숨찬 아가미, 송어의 붉은 심장,

파킨슨 병, 공황장애 나의 진정제, 시를 먹는 나,
여기, 아무도 없나요.
나, 아무것도 아네요.
여기 저기 불안을 필사하며 우울을 퇴고 하면
예각의 틈 사이에서 들려오는 당신,
'파랑새 증후군'에서 인용해 봐요

김명서
1954~, 2002 시사사 작품 활동 시작, 야만의 사육제, 2016 한국문연

시문학(1972~2018)

전경자 이정기 가영심 조남순 백추자 김연수 백이운 이구제 강옥구 강만영 이혜선 안초근 이은경 김혜연 박혜숙 송길자 문송산 최정자 이남수 이은미 이선외 이상백 강정화 조미나 배동숙 우미자 강순례 이혜영 이혜목 권오욱 이신강 김영희, 1990 이승용, 송시월, 1995 이운진 강미정 위상진 이솔 김예태 김선호 허순형 배선옥 강재남 김명윤 위상진 정용화 김병휘, 2007 이선

발칙한 상상력을 하이퍼시라 해라

갈라파고스 섬에서 예술 공연을 하라

당신은 불새

오렌지 빛 햇살 서늘하게 드리운

거대한 피라미드 위로 날으는

김해빈, 2010 김시내, 강재남, 2013 김송포,2014 김예진, 2015 김윤아, 2010 고훈실, 2014 연명지, 2018 윤유점 (57인)

김송포, 시향 - 모든 시인을 위하여

매주 화요일 밤 10시 성남 FM 라디오
실비 바르땅의 라 마리짜가 흐른다.
시집을 세번 네번 읽다 보면
무덤 속에서 시인들의 곡절, 골절들 절절
십삼 년 간 거쳐 간 시인이 350여명이다.
그들이 바로 나이니라
같이 울리라. 같이 분노하리라,
쉬어가는 이번 생
크리스 디 버그의 "여기가 당신의 낙원이다"를 들려드릴게요.
음악이 넘쳐 강이 되고 메아리 쳐 산맥으로 흐르고
그만 시협곡에 갇혔어요. 나도 시인이에요.
이름 없는 무수한 별들 속에 나도 있어요.
이젠, 나의 소리도 들어 주세요.
'부탁해요 곡절씨!'*.......

김송포
1960~. 2013 시문학 등단 '집게' 2008, '부탁해요 곡절씨', 시인동네 2015

김혜천, 시다헌(詩茶軒)

"상상의 줄에서 한 순간도 내려올 수 없는
고도에서 흘러내리는
별빛을 받아 적어야 하는 광대"
詩가 있어 내 안을 읊으리라
茶가 있어 내안을 마시리라
한 순간도 긴장을 놓를 수 없는 외줄 위의 생,
슬랙 라이너여
시다헌(詩茶軒), 무한 생성(無限生成)의 집

김혜천
2015 시문학으로 등단

문학과 비평 (1988~1992)
이경림 서아나 지인 (3인)

문학정신 (1988~1990)
정숙자, 1989 황명자 서수자, 1990 노혜봉(4인)

내일을 여는 작가 (2004~2017)
김자흔 최옥자 이설야, 2012 박한라 민경란, 2014 김희정, 2015 강민영 박금주 홍미자 (9인)

동서문학 김신영

리토피아
2004 김효선 장성례,정치산 정령, 2005 천선자, 2010 김춘, 2014 권순 (7 인)

문학선 (2003~2017)
유현숙, "목이 마르다, 타르타롯의 호수 한복판에서도 갈증하는 탄탈로스처럼 나는 언제나"
한영숙, "바닷물은 꽃잎 떠다니는 실루엣 피어오르고"
박소원, "강물은 멈춤 없이 이정표를 세우지 않고 흐른다"
서정임, "한 방울의 습기까지도 증발 시킨 건조대에 수십개의 달을 꽂아 넣는다'"
임승환, "나는 동에서 시작하고 너는 서에서 시작하는 그렇게 선을 그어 오다 보면 희미한 점 하나에서 만난다. 그 점에 마음 눌러 박는 것을 보면 사랑은 이해가 필요 없는 암기 과목"
박영민, "너는 파랗게 개인 하늘 , 나의 천국이 아니냐"
조유리, "쉿, 어둠은 켜 두세요. 은밀할수록 고백은 두근 거리거든요."
우희숙, "나는 파도를 뛰어 넘고 싶은 시인이다. 그런 파도를 넘어 파도의 여백으로 들어 가보는 윈드 서핑을 즐기고 싶다."

도명희, 김양정, 주혜옥, 전정아, 서정임, 박영민, 이화숙, 조유리, 정선아, 송소영, 명미, 최병숙, 최유진, 박인옥, 김수현 (23인)

미네르바 (2000~2016)
김정임, "수타산 중턱 적송 그루터기는 온 숲을 채우기도 하고 비우기도 한다"
이채민, "사막에 뿌려진 그리움의 향기가 꽃의 향기보다 진하다고 고비는 또 하나의 경전을 써 내려가고 있다."

권행은, "사랑은 서로를 허무는 것, 귀도 뭉그러지고 소리도 바스러지고 소나무였다가 허공이었다가 서로 한 몸처럼 서로를 허무는 한 채의 알하브람 궁전"
이현지, "아주 잠깐이었어 꽃으로 기억 되기 까지, 예고도 없이 사라졌어 붉었던 그 자리, 동트기 전 떨어져 버린 풋감 같은 생"
이현서, "얼음 감옥에 갇혔던 슬픈 연대기를 거슬러 오르면 차고 푸른 바다가 있었네."
서주영, "몸을 바꾸는 저물녘 어떤 그리움은 아무리 재우려고 해도 맹목적이다"
권이화, "우리 서로 보기만 하는 백지 한 가운데 길 하나 만들지, 당신이 반쪽을 오고 내가 반쪽을 가는"
김밝은, "자귀꽃, 꽃잠으로 빗장을 걸 때 눈물로 웃던 사람"
김경성, "어딘가에 숨었던 도마뱀이 맑은 눈으로 야생의 시간을 풀어 놓는다."
2000 강영은, 2001 이순주, 나고움, 2002 손한옥, 2006 황경순, 2007 김지휴, 2008 지하선, 2010 윤은영, 2011 양은숙, 2012 루시아, 2012 정영미 빛나 진형란 김성희, 2014 강금희, 2016 전가은 (25인)

문학나무
2005 윤진화, 2013 박지영, 2014 신수옥 (3인)

문학 수첩/시인수첩 (2003~2019)
문학수첩 신혜경, 옥경진, 이진희, 황수아, 박소란

시인수첩 배수연, 석미화, 조미희, 김바흐, 우현순, 고은진, 김미소, 이소영
(11인)

문학청춘 (2011~2018)
김선아 엄영란 정은영 김미옥 류인채 손영숙 수진 백선오 이나혜 이로미
곽애리 박언휘(시인시대 발행인) 심은지 김연순 이우디 정소금 (16인)

불교문예 (1995~2018)
이석정 민불이, 1996 박주하, 미경 권화송 조명숙 김은령 신구자 김서정
정서리 정금은 김채원 우이정 현나미 채들 김정자 이선애 박성희 권현수
이영혜 한보경 장화숙 이주상 김순애 우정연 유병란 김명옥 천지경 정영선
김수원 홍순화 박정자 장옥경 (33인)

서정시학 (2004~)
박정서 2005황명강 2006, 이언주, 2006 정혜영, 2008 배옥주 2009 배성
희 2009 지정애, 2010 이지담,2010 한영수 엄봉애 한효정 이정희 현순영
임서원 이영란 최유리 이현 손지안 정재리 박인하 서정화 (21인)

시인세계 (2004~2012)
유미애 하정임 노지연, 2003 한미영, 2005 문세정, 2011 박은정, 2011 최
라라 (7인)

시작 (2009~2019)
기세은 김민서 남궁선 배지영 유지소 이문경 이선균 이수 안정희 이영옥
이정원 황정희 황미현 이룬 (14인)
2008 성백선(작품 발표)

시로 여는 세상(2004~2018) (28인)
성배순 이지혜 조용숙 권은주 금란 김명신 박소영 배정숙 이서화 이하율
최휘 정수경 조송이 정운희 황정숙 오명선, 양은 장정옥 김수화 이은화 이
순옥 남길순* 박명남 서춘희 권현지 강성애 김태희 박윤서(28인)

시와 표현 (2011 ~2018)

김희숙, 0

"굴러 가는 것들의 길은 둥글다.
0에서 굴러서 다시 0으로 도달하는 금빛 햇살"
후꾸오카 형무소, 숨져간 동주 청년,
별 헤는 밤 추모 낭송
모모치 공원 채수대 위 철망,
장미 다발이 햇살에 뜨겁다
"그래서 가끔 왼쪽으로 구르고 싶다는
시계바늘을 이기고 싶다는"

김희숙
2011년 시와 표현으로 등단, 시집 '곡물의 지도' 시와 표현 2017

2012 신미애, 2013 현자, 2014 금시아, 임은호, 2015 려원 이수니 고주희, 2016 김문, 송연숙, 2018 긴연화 (11인)

시인시각/시인동네 (2009~2018)
2009 김신혜, 2011홍순영 2011 김은후, 2013 예명이 2013 황중하 2014 김생 2015 이어진 전영미 2016 조영란, 2017 조혜영, 2017 임수현 김희준 임상요 2018 김신혜 (14인)

시산맥 (2010~2019)
2010년 이승남, 박명보 2013년 전비담(최치원신인문학상), 조희진, 지연 2014년 양현주 2014 년 이자인 2015년 최연수 2015년 지관순(최치원신인문학상) 최지원(최치원신인문학상), 강주(제1회 정남진신인시문학상)2017년 성금숙, 김경린(정남진신인시문학상) 2017 김새하(최치원 문학상) 2018년 이소현 시인 2019년 박민서,한영미 (17인)

시안 (1999~2015)
1999 서하, 박숙이, 2001 이자규, 박경희,2000 강유환, 2002 최동은, 박수현 정하해 정재분,2007 수피아, 2006 리산, 2006 허영숙 박춘석 박숙이,2013 김다희, 김남수 권자미 (17인)

시와 시학
구이람, 권정순, 김구슬, 김명은, 김미숙, 노미원, 노현숙, 서금복, 서진순, 안윤하, 유시화, 유수경, 이제인, 박해림, 김수우, 이경, 권현형, 류인서, 정수연, 2005 곽경효, 정숙, 정용숙, 2013 조수윤, 조연향, 조영숙, 주설자, 현태리, 정현옥, 이혜수 (30인)

서대선
"거대한 해일에 떠밀린 나는 이름 모를 해변에서 난파한 채 떠다니는 우리 이야기를 조각조각 줍고 있는데 ....,, "
그는 그 때 마다 잠자는 나를 흔들어 깨우곤 아름다운 문장을 읽어 주곤 하였다

시와 반시 (1995~2018)

1995 박미영, 1997 박한나, 1998 최영선, 1999 최진희, 2001 윤이나 이형선 조아경, 2002 김박은경, 2003 노경아 이기선, 2004 박계해, 2005 김개미 백미아 이세경, 2006 김지유 김효연, 2007 이효림 조혜정, 2008 권오영 성향숙, 2010 박지혜 조수림, 2011 최세라, 2012 김하늘 윤인서, 2014 김유미 문성희, 2016 문희정 이소영, 2017 홍계숙, 2018 윤선 (31인)

시와 사상 (1998~2018)

1998년 이린 김영미, 1999년 박선희 전명숙, 1999 안효희, 2001년 노준옥, 2002년 이혜진, 2004년 조민, 2005년 김예강 박미정, 2005년 양아정, 2007년 조미옥 박영기, 2007년 정안나, 2010년 최보비 한해미, 2011년 송미선, 2012년 최승아 이지인, 2014년 김사리, 2014년 김정례 이서연, 2015년 이상남, 2015년 석민재 임혜라, 2017년 오영미, 2018년 혜성 김경희 (28인)

시와 경계 (2007~2018)

이선희 송은영 임화수 조향옥 김정희 장옥근 진효정 이문희 김건화 문설 김령 남유정 (12인)

최광임, 적요

나의 저녁은 죽음으로 그를맞았다
떠난지 15년, 죽은지 1년
그는 기일이 되어 내 집으로 돌아 왔다
대신 팔팔 살아있던 정신적 지주인 금철이 오빠는
홀연히 56세나이에 떠났다
"아버지와 저 둘 중 누가 더 쟈를 오래 봅니까?
전문대학이라도 나와야 그만한 데 시집보낼 수 있을 거 아니
냐고요
그래야 제가 잊어버리고 살 거 아닙니까?
저 편하자고 하는 일입니다."
밀려온 바다'와 한판 끝나거든 가슴 헤쳐 놓고
사랑 한알 미움 한알 소주한잔에 타서 실려보낼 때
날 붙잡는 썰물,

최광임
1967~. 2002년 시문학으로 등단, 시집 '내 몸에 바다를 들이고', 모아드림 2004, '도
요새 요리',북인 2013 '세상에 하나 뿐인 디카시', 북투데이 2016
한국 디카시 연구 부대표 겸 디카시 주간, 시와 경계 부주간, 두원 공대 겸임 교수

시와 세계 (2004~2016)

2004 강미영 류경희, 2005 오혜정 홍재운, 2006 김이강, 2006 김서은 안수아 최혜리, 2007 정계원, 2008 김영, 2010 이강하 양승림, 2011 권여원 서희, 2013 전정, 2013 조진리 황려시 차영미, 2016최규리 (19인)

시평

2002 김사이, 2006 이주희, 2010 박현주, 2011 김이안 (6인)

서시

박연숙 오늘 천향미 (3인)

시와 사람 (1999~2016)

1999 김은우, 2001 서승현, 2011 고정자 천미선 오선덕, 2015 정선우 조남희,김효순 (8인)

시와 정신

이정 이정희 김화순 고명자 박하현 이덕비 도복희 원보경 임서령 이성혜 구지혜 김나원 조경숙 강영미, 오영미 원양희 노금선 지윤경 (18인)

시와 문화

이소율, 2010 장수라, 2013 석연경, 2014 김림, 2015 김은옥 마선숙, 2016 백애송, 2018 오새미 (8인)

시에

2008 신영연 이주언, 2009 김선미, 2010 변영희 김기화 정이향, 2010 신형주, 2011 김금희 권미강, 2013 강경아 박봉희 박미경, 2014 문선정 (12인)

시현실

2002 강현순, 2002 김혜숙, 천외자, 2005 김현신 고경숙 강현미 김영애, 2007 강운자 최혜숙, 2008 오세경, 2017 김새하 이명선, 2018 김예하 이

강 (14인)

심상

1989 송계현 송종규, 1992 박지, 1998 하두자, 1999 전주호, 권경애 이정란, 2002 이순희 최서진,
2003 권순자, 2007 홍경나 정숙인, 2011 김진희, 2012 서정연 (14인)

열린시학

2007 정영희, 2008 임미리, 2009 이영애, 2011 박천순, 2012 김월수, 2014 최혜숙, 2014 김도이 한혜숙, 임유행(시조 시학), 2017 조수일 (10인)

웹진 시인광장

2012 장선희, 2014 구효경, 김도은, 2016 임태경, 2019 이미영 (5인)

유심

2009 김택희 김향미, 2009 류미야(시조), 2010 허진아 정명진, 2013 권규미 정명진, 2015 허이영 (8인)

애지

2006 김정원, 2008 김지요, 2008강서완, 2007 김혁분 조영심, 2009 임봄 장이엽, 2009 황경숙, 2009 정해영, 2010 박종인 유현서 조옥엽, 2011 박정옥 이제야, 2011 안이삭, 2012 유안나, 2013 박은형, 2014 이희은 임희선, 2017 탁경자 (20인)

포에트리 아바, 슬램

2019 박길자 오종현 안창남, 2019 조은경

다층 2000 손진 반연희, 2003 동시영 박이정 정운자, 2014 박솔//발견 2015, 김신숙 문저온 이승예
//문학과 의식 1990 김양숙, 2001 이원희 김점미 김온리 정선희//문학의 오늘 권수찬 //시와 소금 2013 양윤덕, 2015김정미 임지나 양소은 //문학

마당 2007 이미숙 //예술세계 김나영 한소원 //예술가 2010 이진옥, 2010 지연식 양혜연, 2016 박이영 강연형 // 정신과 표현 2009 김원옥 이화영 / 시선 2007 유순예, 2016 백충자 //시와 미학 2013 신경희 윤인미//시와 사회 1993 함순례 / 창작 21, 2008 이현채, 2012 김원희//쿨투라 이지아// 포엠포엠 2013 주석희,정진엽, 2014 박민경, 2014 이혜전, 2015 정혜선 박소진 조연수 2019 김서나//현대시사상 1991 노혜경 //자유문학 1992 주경림, 1993 2000 임솔내, 2000 문숙, 2001 이아영, 2004 황구하,//사람의 문학 2001 손세실리아,2006 김지희 //학산문학 1997 이미란//김찬옥 (현대시학 작품활동)//임희숙 (명지대 미술사학 박사, 1991시대문학)//1993 김기순, 1995 박경림(한국시)// 2002 진란(주변인과 시) (58인)

개인시집

함혜련 석계향(1960~), 1991 김인구, 1992 최대남, 1993 정영숙,1995 김길나, 1995 서승석, 1996 장충열, 1996 김제 김영, 1998 박경순, 2000 한창옥, 2002 이향란, 2003 김상숙, 2004 박수빈 신혜솔 / 강계희 김은 이영 이금례 한경희 신명희 / 김애린

경향신문 (1950~ 현재)

김정자 김승희 박정숙 황인숙, 1995 이은옥, 2001 휘민, 2002 송유자, 2003 문성해, 2007 신미나, 2008 이제니, 2009 양수덕, 2014 심지현, 2016 변희수, 2017 이다희, 2018 박정은, 2019 성다영 (16인)

조선일보 (1950~ 현재)

이춘희 정순정 지희순 김명희 최화순 김송희 이정림
권정자 강경화 이경희 박연신 김용주 염명순, 1989 노용희, 1992 김수영, 1995 박미란, 1999 손필영, 2000 최영신, 2001 정임옥, 2003 천수호, 2005 김승해, 2006 이윤설, 2007 김윤이, 2010 성은주, 2012 한명원, 2016 안지은, 2018 이린아, 2019 문혜연 (28인)

동아일보 (1950~ 현재)

이영숙 이혜숙 김혜숙, 1972 이성애, 1975 이정미, 1986 강미영 최도선

(시조), 1988 김정희, 1990 박라연, 1994 김지연, 1995 김지연, 1997 이경임 , 2000 이승수, 2001 김지혜, 2005 이영옥, 2006 곽은영, 2008 이은규, 2009 김은주, 2011 권민경, 2012 안미옥, 2014 이서빈 (21인)

서울신문 (1950~ 현재)

박 현 이정숙 배찬희 한분순 /1988 이효숙, 2005 김미령, 2008 이선애 , 2014 박세미, 2015 유이우, 2016 정신희, 2018 박은지 (11인)

중앙일보 (1966~ 현재)

배미순, 국효문 양애경 전연옥 /1987 이상희. 1989 나희덕, 1994 김민희, 1995 윤지영, 1996 한혜영, 1998, 조은길, 2002 채향옥, 2003 장승리, 2005 김원경, 2006 이혜미, 2007 방수진, 2012 황은주, 2013 임솔아, 2014 유이우 2015 김소현, 2016 문보영, 2017 강지이, 2018 오경은 (22인)

한국일보 (1955~ 현재)

김은자 이은실 이경희, 1988 성선경, 2000 조정, 2002 임경림, 2004 예현연, 2007 이용임, 2011 박송이, 2016 윤지양 노국희, 2019 노혜진 (12인)

문화일보(1997-현재)

1997 이기와, 1999 박명숙, 2001 고현정, 2008 이선애, 2009 강지희, 2010 강윤미, 2013 정지우, 2018 박은영(8인)

세계일보 (1998~2019)

1998 신해욱, 2000 최운, 2003 마경덕 이혜은, 2002 심은희, 2005 윤진화, 2006 이윤설, 2008 박미산, 2010 권지현, 2011 홍문숙, 2013 신은숙, 2018 우남정, 2019 박신우 (13인)

국제 신문 (1993~2014)

박정애 김명옥 권정일 전다형 최정란 성명남 김춘리 김분홍 김유진 (9인)

부산일보 (1993~2018)

1993 김정미, 1994 문정임, 1997 손순미, 1998 조말선, 2001 이선희, 2002 안차애, 2006 천종숙, 2012 허영둘, 2013 정와연, 2016 강기화, 2018 이소희 (11인)

국민일보 (2012~2018)

김초양 2012 이원숙, 2018 주조아 (3인)

한국경제신문 (2015~2017)

김민율 이소연 이서하 주현민 (4인)

광주일보 (1971~2018)

김성희 (1971) 김선미 (1980) 윤미나 (1991) 장성희 (1992) 장희 (1994)이은유 (1997) 박승자 (2001)
김효은 (2004) 강윤미 (2005) 이슬 (2020) 강혜원 (2011) 임주아 (2015) 진혜진 (2016) (13인)

대전일보 (1992~2018)

양정자(1992) 이은심(1995) 박미라(1996) 김정아(2000) 이가희(2001) 전주호(2002) 정정례(2016) 성영희(2017) 원보람 (2018) (9인)

경인일보(1989~2018)

1989 김인자, 2004 성배순, 2011 오다정, 2013 장유정, 2014 조유희, 2015 이인서, 2017 성영희, 2018 이명선(8인)

강원일보(1977~2019)

1977 장성혜, 2005 최재영, 2008 김정임, 2013 정선희, 2014 최영숙, 2015 봉윤숙, 2014 최영숙, 2018 이인애, 2019 송연숙 (9인)

무등일보

2005 정미, 2012 류빈, 2014 최지하/경상일보 2012 최인숙/경남 신문

1987 이정하, 2006 한인숙, 2009 박정이, 2016 진혜진/불교신문 2014 심수자, 평화신문 2012 김서하/한라일보 김지연 김은형 **박주영** 강영란 박미경

영주일보
2016 조율, 2017 임지나 (17인)

전북도민일보
2006 김광희, 2015 김가령/ 영남일보, 2016 강서연/ 전북 일보, 2013 김정경(5인)

매일신문 (1998~2017)
1998 박숙이, 1999 배영옥, 2002 이향, 2003 김옥숙, 2009 최정아, 2010 석미화, 2012 이여원, 2017 추프랑카 (8인)

배영옥 (2018, 6.11 유고)
"바람이 슬쩍 건들자 몇 안 남은 이파리들 있는 힘을 다해 흔들어 댄다. 죽음은 언제나 지척에 있다"

2000년대 등단 시인 소개

정영

1975년 서울 출생, 명지대 문창과 졸업, 2000년 문학동네로 등단, '평일의 고해', 창비 2006, '화류' 문지사 2015, 산문집 '지구 반대편 당신', '누구도 아프지 말아라', 20012 문지사

이성미

1967년~ 서울 출생, 이화여대 법학과 졸업, 2001년 문학과 사회로 등단, 2015년 5회 '시로여는세상' 작품 상 수상

장승리

1975년~ 서울 출생, 한세대 신학과와 서울여대 철학과 졸업, 2002 중앙일보 중앙신인문학상, '습관성 겨울', 민음사 2008,'무표정', 문예중앙 2012, '반과거', 문지사 2019

곽은영

1975~. 전남대교육과와 서울예대 문창과 졸업, 2006 동아일보 등단, 검은 고양이 흰개, 랜덤하우스코리아, 2008, 불한당들의 모험, 문학동네 2012, 고양이를 응원해, 폭스코너 2018

손미

대전 출생, 한남대학교 문예창작과 졸업,2013 년 김수영 문학상 수상
'시인, 사진을 쓰다' 사진전을 하다. 싱어송 라이터와 함께 싱글엘범
'나라는 소문'을 발매하다. 사물들의 목소리를 받아 적어' 사물 받아쓰기'주
제로 전시하다.
소제창작존에서 '떠돌이 행성의 답장'이라는 퍼포먼스를 진행하다.
음악과 시의 만남, 시를 주제로 하는 무용과 연극 공연

손미
1982~. 2009년 문학 사상으로 등단, 시집 '양파 공동체', 민음사, '시, 극을 방문하
다', 2014. 산문집 '나는 이렇게 살고 있습니다 이상합니까?

2010년대 주목하는 젊은 시인들

성은주, 리본들

충남 공주 출생, 한남대학교 문창과 박사, 2010 '자랑스런 문창인 상'

시는
이 세상 만물과 연애, 상처로부터 자유, 소외 된 사유가 관계의 중심으로 시는 제 파토스에 하나하나 리본을 질서 있게 나를 복원 시켜주죠.
의미 없는 의미들이 유익하고 감각적인 경계 마다 별도의 설명도 없이 포장, 그럴 때 마다 사랑할 만한 대상
2020년에는 아직도 내지 못한 첫 시집을 이쁜 딸에게

성은주
1979년생, 2010년 조선일보 신춘문예로 등단, 한남대 초빙교수

허은실, 제주어로 호명하기

강원 홍천군 출생, 서울 시립대 국문학과 졸업, 2018 년 김구용시문학상

제주도로 이주하다.
'시인 부부는 저녁을 호명하고, 딸아이를 부른다. 감당 할 것
이 많은 우리 시인 부부는 시인남편을 둔 유명 아나운서와는
닮은 듯 다르다.
굳은살 내가 시인 남편 안의 괴물을 많이 죽였다. 남편의 장
점은 밤새우는 아기 달래기, 시인부부로 살기, 강의 상류에
계속 머물면서 서로에게 상처만 주기? 그러나 그리고 그러면
서 아이를 낳은 이후로는 세계를 넓게 바라보게 된 것,'

허은실
1974~. 2010년 실천문학으로 등단, '나는 잠깐 설웁다', 문학동네 2017

박은정, 피아노 시

부산 출생, 창원대학교 음악학과 졸업

아무도 모르게 어른이 되어 여러 해 살이 풀처럼, 누구나 알
게 아이가 되어 착하고 아프게, 내 젊음의 연극 무대 흐르다
만 클래식 음악, 쓰다듬어 주는 피아노 진짜 좋은 시, 혼자
사는 집에서 접고 잊고 사는 게 허무해 데려온 길고양이는
시문장, 무언가를 골방에서 쓴다.
영화나 동화에서 꽂히는 시어, 내가 있고 하고 싶은 이야기,
남이 하지 않는 이야기, 이미지에 항상 촉수를 세워 아무도
모르게 심장에 고동치듯

박은정
1975, 2011년 시인세계로 등단, '아무도 모르게 어른이 되어' 문학 동네 2015

권민경, 커튼 뒤에서

서울 출생, 서울 예대 문창과 졸업, 동국대학교 문화예술 대학원 문창과 석사 졸업, 제 2회 내일의 한국 작가상

지나고 보니 모든 것이 원하면 이뤄지지 않았고 기대를 않던 행운들은 '오늘의 운세'

나의 상처, 누군가의 상처를 핥아 줄 수 있다면, 대학을 가고 나서 디자인이 나의 운세가 아냐, 한 학기 운세는 자퇴, 홈페이지, 포토샵, 글쓰기를 익힌다거나 그날그날의 운세에 골몰하는 시기, 문학으로의 운세는 헤르만 헤세의 소설 "나르치스와 골드문트"를 읽고 하늘에서 뭐가 내려오듯 글을 쓰리라. 문예창작과에 진학했고 시 스터디그룹에 가입하고 김혜순 은사님을 만나고 어린 시절부터 수술도 몇 차례 받았는데 시를 쓰는 것은 아픔을 치유하는 일, 나의 상처, 누군가의 상처를 핥아 줄 수 있다면, 시 쓰기는 미학적인 것과 기술적인 것이 만든 감정과 기氣의 전령, "커튼 뒤에서 잃어버린 어제를 찾았죠. 베개는 얼마나 많은 꿈을 견뎌냈나요."

권민경
1982~. 2011년 동아일보 신춘문예로 등단, '베게는 얼마나 많은 꿈을 견뎌냈나요.' 문학동네 2018

임승유, 의자

충북 괴산 출생, 청주대학교 문학과, 동국대학교 문화 예술대학원 문창과
석사 졸업, 2017년 현대문학상수상

나와 같은 형태의 의자에 나를 두고 왔다
가을날 서정이라면 시인은 모두 다 어디 갔는지 모르겠다.
한생을 다 허비하게 하던 그 많던 장미는 어디로 갔나.
거기 그대로 앉아있으련다. 나를 찾아가지만 않으련다.
한때의 아이들이 몰려들었다 빠져 나간 후의 의자들,
아무리 시 쓰는 내 의자가 힘든다 한 들
삶이 흐느낀 어미의 의자보다 고달픈 의자였으련가.
어미 의자가 없어졌을까봐 노심초사하며 겁을 먹던 시절,
나는 그 의자에 앉아 읽고 쓴다. 슬픔을 발효하며 쓴다.
울기 좋은 의자 내게 속삭이는 순간

* 임승유 시인의 시, '공원에 두고 온 긴 의자'를 시산맥 지에 추천평 하다

임승유
1973~. 2011년 문학과 사회 등단, '아이를 낳았지 나 갖고는 부족 할까봐', 문학과
지성사 2017

권민자, 레시피 저편

경북 포항 출생, 숭의여대 문창과 졸업, 동국대학교 국문학과 박사과정 수료, 2015년 차세대 우수작가 선정 (AYAE)

　시어는 도로 입속에 넣어줘, 시인이란 오자를 벗기겠다. 시인의 얼굴과 내 얼굴을 구분 못하겠다. 시를 쓸 때 나는 소외의 발견이다 감각의 제국에서는 죽음 레시피가 있다 열다섯 살에 가까운 친구나 친척이 갑자기 돌아가시는 경우가 많았어요. 강제적으로 내가 죽으면 나는 어떻게 될까? 내 장례식에는 몇 명이나 올까? 과연 죽음의 세계란 무엇일까? 거의 근 이십 년 가까이 꾸준하게 죽음 에너지를 파고들면 잘 쓸 수 있는 시적 주제

권민자
1983~. 2012년 문학사상으로 등단

안미옥, 따스하고 짠

경기도 안성 출생, 명지대학교 문창과 졸업, 김준성 문학상

'나는 벗어나고 싶다 그 때 마다 나를 붙잡는
나와 멀어 지고 싶지 않다는 것을 도망치면서 알게 되었다.
나의 식탁에는 따스하고 짠 등단 시, 고아원의 안부가 필요
해. 천장과 벽지는 밖으로 나가 냉장고와 티브는 멀어질수록
좋은 이웃, 해를 길어와 물에다 말아 마셨다. 기울어진 방,
계단마다 침묵. 강아지만 나를 애처롭게 바라봐, 절벽마다 개
미들이 기어오르고 마른 날개 자리도 페인트 벗겨진, 세입자
구함의 대문에 달라붙었다. 나에게 안부하는 일상, 단 하나도
헛되이 쓰지 말아야지,'

안미옥
1984~. 2012 동아 일보 신춘문예로 등단, '온' 창비 2017

안희연, 슬픔의 질량

경기도 성남 출생, 2015년 신동엽 문학상, 명지대학교 대학원 박사과정
인터넷 서점 예스24의 '한국문학의 미래가 될 젊은 작가'로 독자들의 투표
에서 시 부문 1위

'너의 슬픔이 끼어들 때' 한 손에는 미학, 한 손에는 깊이
를 포획했다" 결혼식장에서 웨딩드레스를 잡아주는 도우미로
주차 도장을 찍어주는 아르바이트로, 이럴 바에 글쓰기대회
공고가 뜨면 가릴 것 없이 응모해, 숱하게 상금을 차곡차곡
모은 돈으로 방학 때마다 여행을, 아버지가 워낙 일찍 돌아
가셔서 빈칸으로 남아 있는 그걸 채워 가는 과정이 더욱 무
궁 무진, 슬픔의 질량만큼 가족을 위로 하고 싶은 감정, '당
신은 우는 것 같다'*

"문학은 역시 이전 세기에 맡았던 사회적 목소리를 내는
역할보다는 개인을 표현하는 형식으로 발을 딛게 하는 징검
다리"

* 시요일에 나온 아버지를 주제로 한 시들을 신용목 시인과 엮음, 창비 미
디어 2018

안희연
1986~, 2012년 창작과 비평으로 등단, '너의 슬픔이 끼어 들 때', 창비 2015, '흩어지
는 마음에게', '안녕, 서랍의 날씨' 2017

장수진, 연극배우

서울 출생, 서울 예대 연극과 졸업

이목구비가 뚜렷한 연극배우 겸 시인, 고등학교 때 잡지 모델로 길거리 캐스팅 되다.

장수진과 김경주 시인과 2011년 가을 석 달 간 우르르 꿀꿀, 환상의 합평회 아직도 기억해 까르르 꿀꿀, 일찍 와서 A4용지에서 눈을 떼지 못하는 나를 보면서 까르르 꿀꿀, 시는 희곡처럼 독백으로 우르르 꿀꿀, 갖고 온 '콜라텍'이리는 시가 생각이나 우르르 꿀꿀. 합평중에 펜화로 미모를 그리며 까르르 꿀꿀. 고독과 찬란 앞에 어울려진 시의 행렬 앞에 까르르 꿀꿀, 눈빛이 초롱초롱 앞에 가난하지만 연극 사랑, 갈망의 똬리 시 사랑 우루르 꿀꿀

장수진
1981~. 2012년 문학과 사회로 등단, '사랑은 우르르 꿀꿀' 문지사 2017

임솔아, 첫

대전 출생, 한국종합 예술학교 서사창작과 졸업, 2017년 신동엽 문학상 수상, 2015년 차세대 우수작가 선정(AYAE)

　시와 소설을 쓴다.

　2017년 초 문지 출판 계약서에 성폭력 관련 사항을 추가시켰다. 문인과 출판사 간 계약서에 성폭력 관련 조항이 들어간 건 첫 사례다.

　2017년 말 창비 시상식에서 신동엽 문학 수상자인 임 시인은 인사말을 건넨 후 창비의 웹문학 플렛폼 '문학 3'이 자신의 저작권을 침해하여 창비를 저작권법 위반으로 고소했다고 말 하여 순식간에 장내가 얼어붙었다.

임솔아
1987~. 2013 중앙신인 문학상, 소설 최선의 삶, 문학동네 2015. 시집 '괴괴한 날씨와 착한 사람들' 문학과 지성사 2017, '눈과 사람과 눈 사람' 문학동네 2019

이소호, 우리들의 계보

서울 출생, 서울 예술대학 문창과 졸업, 동국대학교 국문학과 석사 수료,
2018년 김수영 문학상 수상

시간이 가도 촌스럽지 않는 계보
김혜순, 최승자, 박서원, 이연주 시인
시적 화자가 겪는 무수한 성폭력의 꿈찍한 '켓콜링'
종이 위를 걷는다. 물속에서 말한다
쓴다의 계보에 있다라고 쓴다.
갑질은 가부장적 가정에도 있어
'즐거운 나의 집'이란 노래가 불편해
차라리 그림 보는 것이 좋아 뉴욕과 상해로 간다.
2-1=0
낯선 자의 눈빛이 무서워,
서로가 서로를 프린트하여 출력 해봐,
고양의의 눈빛은 블루 스카이
불안하고 무한한 '켓콜링'
내가 듣고 배운 여자들의 목소리

이소호
1988~. 2014 현대시로 등단, '켓콜링' 민음사 2018

이소연, 경계에서

경북 포항 출생, 중앙대 대학원 박사수료, 2014년 차세대 우수작가 선정

　이쪽과 저쪽 삶과 죽음의 경계, 아이를 낳아보면 알죠. 다큐멘터리에서 초원의 코뿔소를 보면 알죠. 밀렵꾼들이 상아를 코 끝 까지 칼을 들이밀며 잘라가는 것을, 어미는 피를 뚝뚝 흘리다 죽어 가는 것을, 꾼들이 꿈틀 거리는 뱃속에서 생명을 건져내는 것을, 활은 또한 곡선으로 날아간다는 것을 알죠, 명궁은 자기 안을 다스리는 것을, 주눅 들지 않게 품안의 역사인 것을, 직선의 언어 보다 곡선의 언어로 다스려라. 다시 태어나도 내 남편은 시인이 되어도 좋으나 아들아, 시인은 되지 마라, 그러나 너의 아내는 시인이 되도 좋으련만, 시 동인 '켬' 이서하, 주민현과 함께 낭송하고 독자와 소통할 때 프리다 칼로의 '부러진 척추'에 '누군가 있다' 이쪽과 저쪽은 시와 생활의 경계임을 알죠.

이소연
1983~. 2014년 한국경제신문 신춘문예로 등단

김분홍, 마라토너

'오페라의 유령'의 펜텀처럼 가면을 쓰고
방사선 치료를 받는 아들의 고통에
달린다. 햇살과 바람 사이, 보인다 하늘
마라톤 출전을 하며 그을린 허기
"내 힘으로 여행용 가방을 들겠습니다."
그래도 숱한 신춘 등단자들이 사라져가는 물목에서
"아, 살아남기 힘들군요"
분홍, 분홍 봉선화

김분홍
1963~. 2015년 국제신문 등단, 2019 아르코 창작기금 수혜

진혜진, 꿈의 부호

부호들이 시 밖으로 우르르 쏟아진다.
언젠가 통화음이 길어졌을 때
그것이 엄마와 마지막 고별이라는 것을 알았다.
씨를 품는다. 쓴맛이 돈다. 피가 둥글어 진다.
포도덩굴 안에 있다. 물컹하다. 시가 씹힌다.
이제 씨와 시와 오롯이 동거하기로

진혜진
1962~. 2016, 경남일보 당선, 광주일보 신춘문예 당선으로 시산맥 등단

문보영, 거부하는 몸짓으로

제주도 출생, 고려대학교 교육학과 졸업, 2017 년 김수영 문학상 수상

내 고향은 제주도 다섯 살 까지 살아수다. 제주 출신이며 동갑인 문혜연도 조선일보로 2019 신춘으로 등단, 과히 제주 출신 문가의 문이 열려수다. '섬에서 육지로 날라 온 새. 서울에서의 예정일에 태어나지 않을 거라는 다짐을 엄마 뱃속에서 하여 제주도에서 태어났는지 모른다. 너는 이렇게 해라, 저렇게 해라, 이날에 태어나라, 는 사회의 명령을 거부할 목적으로 세상에 나타난 것인지도 모른다.'

문보영
1992~. 2016년 중앙신인 문학상으로 등단, '책기둥' 민음사 2017

유계영

1985~. 인천 출생, 동국대 문창과 졸업, 2010 현대문학으로 등단, '온갖 것들의 민낯' 민음사 2015, '이제는 순수를 말할 수 있을 것 같다' 현대문학 2018, '2019 오늘의 시 선정 작가상'

손유미

1991~. 인천 출생, 동덕여대 문창과 졸업, 2012년 대산대학상 희곡부문, 2014 창비로 등단

후설
여성 시인보, 100년을 쓰다

지난 100년은 흔적을 남기고 그것을 집요하게 집대성을 하면 100년 후를 낳는다.

지치면 지고 미치면 이긴다. 언어 깊숙이 심장 같은 부표

새로이 뜨개질 하랴. 벽과 벽, 지붕과 바닥, 불안과 우울 사이 쓴다가 있다.

한국 최초의 서정시는 여성이 썼다. 고대국가의 여옥은 공무도하가에서 '임아, 그 물을 건너지 마오' 라고 애처로이 노래했다.

여성은 동動이라기 보다 정靜이며 은근과 끈기로 이어온 정한, 여성 시인보 100년을 집대성하는 것은 곧 스토리가 있는 한류의 원천이라고 보게 되었다. 육당 최남선의 '해에게서 소년에게'(1908년) 보다 1년 먼저 김일엽의 11세에 '동생의 죽음'(1907년)이란 부분 신체시가 발표 되었다.

여기서는 시대상황과 발전흐름으로 어떻게 여성 시인들이 등장하였는가의 관점으로 보고자 한다.

1917년 김명순이 '의심의 소년'로 소설로 '청춘'지에 등단하고 1925년 '생명의 과실'이란 시, 소설, 수필 창작집을 한국 여성 처음 발간하다. 1920년 전후 '폐허' 동인인 탄실 김명순, 나혜석과 1918년 '신여자'라는 여성지를 발간한 김일엽(본명 김원주)과 김오남 시조 시인, 장정심 등이 여성 시인 1기이다. 그들은 1920년대 동인지 시대를 거쳐 1930년대 시의 황금시대에 가부장 제도와 사회 인습에 항거하면서 목소리를 높였지만 모두가 좌절하였다.

1931년 만주 용정의명신여학교에서 한글 교사시절 '동광'에 '피로 색인

얼굴'로 등단한 모윤숙과 1932년 이화여전 영문과 재학 시에 '신동아' 6월호에 '밤의 찬미'를 발표하면서 등단한 노천명과 1930년대에는 백국희, 오신혜 시조시인, 주수원 등이 함께 활동을 하였다. 2기를 대표하는 모윤숙, 노천명은 1941년 조선 문협 간사로 있으면서 조선총독부의 명으로 주구노릇을 한 오점을 남기게 되었다. 1949년 모윤숙은 '문예'지를 발간하였다.

이영도는 대구서 발행되는 문예지 '죽순'으로 오빠 이호우 함께 시조로 활동하게 된다. 1947년 '문예 신보'에 '가을'로 등단한 홍윤숙과 1950년 연합신문으로 '성숙', '잔상'으로 등단하고 첫 시집 '목숨'을 피난지에서 낸 김남조를 말 할 수 있겠다. 한국 여성 시인의 3기를 이루다. 1954년 경남 양산의 여학생이 김지향이 태극신문으로 발표하여 전란 후에 행보를 하다. 이 당시 활발한 여성 시인으로는 조애실, 이영희, 경남, 부산 지방에서 1953년 '화려한 좌표'라는 모더니즘 시집을 낸 노영란 등이다.

이후 한국 문학사는 4기로 관습적으로 10년 단위로 당대 문학을 평가되어오다. 4기의 여류 시인들은 거의 현대문학, 사상계, 자유문학지의 추천 내지 신인문학상 등단으로 정식 관문을 거쳐 등단하였다.

1963년대 3월에 '청미회'라는 여성 동인지를 김후란 박영숙 주도하에 한국 최초로 만들었다. 뒤이어 1964년 8월에 '여류시' 동인들인 김윤희, 김지향, 강계순, 박현령, 김규화등이 활동하였다. 1960년대에는 시인이 아니지만 한국 최초 독일 유학에서 돌아 온 전혜린이 독일 소설 번역과 수필을 발표하면서 외국 문학에 목말랐던 우리 문학의 지평을 넓혀 주었다. 한국 여성 시는 1960년대에 이르러 풍요한 궤도에 오르고 금자탑을 이룬다. 그것은 '청미회'와 '여류시'의 동인지 때문이라고 본다.

1970년대 산업 발전을 이루면서 한국 여성 시인의 방향은 여류를 탈피하여 여성으로 자각한다. 여성 시는 크게 네 갈래로 나뉜다. 1960년대 여성 시인들과 1970년 초 노향림, 신달자 그리고 한영옥 및 이영춘이 맥을 이루는 서정시 계열과 강은교, 고정희의 민중시 계열, 김승희, 김정란, 김혜순, 최승자의 해체시 젠더형 시인들로 나눠지고 종교시인, 대중 시인이라 할 수 있는 이혜인 수녀 시인이 시집 '민들레 꽃'이 베스트셀러의 효시가 된다.

1980년대는 여성학이 태동 될 정도로 이념화 문학 분위기 속에서 여성의 자의식에 의한 탈정치화 시인들이 등장 하다. 여성 문학이란 인간을 인간답게, 탈 가부장 의식과 양성 평등문학으로 중년여성들이 이 시대부터 경향 각지에서 등단하면서 맥을 이어가다. 또한 시집 붐 속에서 김초혜 시인의 '사랑굿'과 이혜인 시인의 '민들레 영토'가 권위정권의 경직된 사회 분위기 속에서도 감성을 추구하는 독자층들에 전례 없이 판매가 된다. 경제 발전과 민주화가 되어 가는 시대라 백화점, 공공기관 각 대학에서 평생교육원의 시창작반이 활발하기 시작 하다.

1990년대는 탈이념으로 개인의 감성 시대가 도래 한다. 시의 다원화 시대로 여성 시인의 르네상스시대를 이루다. 물론 대학의 전공과목을 마친 후 시인 배출과 중년 시인들이 신춘등단이나 시 전문지로 대거 등장하게 되다. 혹자는 이를 시문학의 공습의 시대라고도 하였다. 한국 여성 시의 또 다른 가능성을 보여 주었다. 1960년대에는 문인협회 기록을 보면 시인의 숫자가 불과 350명이다. 지금은 비 협회 회원 까지 100배 이상인 기 만명 시대이다. 1980년 대 까지는 남성 시인들의 숫자가 거의 독무대 일 뿐이며 여성 시인들은 불과 몇 몇 만 거론 되던 시대이기도 하다. 그러나 1990년 이후는 인원 면에서 여성 시인들이 남성 시인들을 앞지르게 되었다. 1990년대 전 후는 오규원 선생의 제자들의 등단 시대이며 감성의 시대, 이것은 동動의 속성인 남성이 정靜의 속성인 여성 희생 아래 이루어 온 게 한국 현대 시사이지 않았을까. 또한 신춘문예는 남성 심사위원들이 독점하다 자연히 여성 시인들이 수치적으로 적게 등단한다. 2000년 대 초반에 이르러 천양희 시인이 신춘문예 심사위원으로 등장한다. 지금은 여성 시인이 많이 심사하고 당선은 더 많다.

2000년대 전후의 젊은 시인들에 의해 기존의 질서와 사고가 다른 시를 발표하여 미래파 담론을 일으키다. 이 시대의 특징은 문예지가 늘어나고 대형 종합 문예지, 시 전문지, 신춘문예 까지 평준화 시대를 이루면서 과히 시대詩代가 도래하다. 젊은 시인과 중년이후 시인들의 시풍의 간격이 줄어

들고 함께 아방가르드와 서정의 혼합형 시, 모던 사유 형의 시들이 대저를 이룬다.

많은 유능한 시인들께서 시단을 풍성하게 하였지만 지면과 필자의 한계로 지금 시점에서 필자가 본 '시인보'임을 미리 밝혀 두고자 한다. 주류 문학사에서 보는 것 보다 사회과학을 전공하고 문예창작을 늦게 공부한 필자의 시선이 한쪽으로 함몰되지 않고 새로운 각도로 보였으면 한다.

2010년대 자신의 목소리로 가는 젊은 여성 시인들도 필하였다. 중년 여성 그룹이 없으면 문학 판이 무너진다는 말을 들을 정도로 허리 역할을 하고 있다. 그 여성 시인들을 박수부대에 머물게 하는 시대가 아니라고 생각한다. 과감히 주류 시인들과 함께 진술하게 필했다. 이름 보다 더 중요한 내공을 보았다. 거의 모든 시인이 어느 시대나 대학을 졸업 한 지식인임을 알았다. 석 박사를 늦깎이라도 마치고 집필을 하는 여성 시인들이 부지기수였다. 문학사적으로 주요 시인들은 거의 전부 망라하였다고 본다. 단지 인원이 많다 보니 상대적으로 덜하게 보일 뿐이다. 시인보 완고는 끝난 지 오래 되었지만 부속적인 게 늦어져서 오히려 퇴고와 시인들이 더 동참 할 수 있었다. 년 초 기획선으로 정식으로 출판 계약한 전통의 유수 문예지가 책의 부피를 감당 못하여 포기 할 때 과감히 받아 준 '시담 포엠 포에트리 아바 기획선'에 감사하다.

4차 혁명 시대는 그리움을 잃어 가는 지구별이다. 일일이 저서와 인터뷰, 메일, 문자 등으로 소통하면서 쓰다 보니 여성시인은 을의 처지를 대변한다고 본다. '시를 쓴 순간은 남성도 여성이 되어야 한다.' 는 문정희 시인의 글에 공감한다.

남성이 여성 시인보를 쓴 동기는 우리사회 만연한 젠더갈등을 봉합하여 진정한 양성평등으로 가고자 함이다.

2019, 9, 02